Christine Schuhmann & Manuela Sonntag

Perlen für die Säue

Anthologie

Bibliografische Information der Deutschen Nationalbibliothek:
Die Deutsche Nationalbibliothek verzeichnet diese Publikation in der Deutschen
Nationalbibliografie; detailierte bibliografische Daten sind im Internet über
http://dnb.dnb.de abrufbar

© 2016 Christine Schuhmann & Manuela Sonntag
Herstellung und Verlag:
BoD – Books on Demand, Norderstedt

ISBN: 9 – 783844 – 804539

Das Buch:

In unseren unbescholtenen Schuljahren – Rund um die erste aufsehenerregende Pisastudie - hat man einmal zu uns gesagt: ‚Romane mögen ja noch angehen, aber Kurzgeschichten und Gedichte für deutsche Jugendliche unter 25 schreiben, dass ist Perlen vor die Säue werfen.'

Gut, haben wir uns damals gedacht, dann ist es genau das, was wir tun wollen. ‚Perlen FÜR die Säue' schreiben und zeigen, dass deutsche Jugend mitnichten so tumb und unreflektiert ist, wie man sie gerne sehen möchte. Dass Menschen auch in unserer schönen, neuen Konsumgesellschaft nicht nur die täglichen Gerichtsshows, sondern auch eine Pointe verstehen, und neben bunten Boulevardmagazinen auch mal ein Gedicht zu schätzen wissen.

Und wo wir schon dabei waren, wollten wir mit demselben jugendlichen Elan noch jungen Menschen zeigen, dass man nicht Elisabeth George oder Ken Follett heißen muss, um Spaß am literarischen Schaffen finden zu können und dass Geschichten und Gedichte auch dann Spaß machen, wenn man nicht der nächste Eco werden will – und nicht zuletzt, dass auch Eco irgendwann mal angefangen hat, als noch niemand dachte, dass er der nächste Eco werden könnte.

Dieses Machwerk enthält daher neben den oben erwähnten Kurzgeschichten und Gedichten auch den einen oder anderen Tipp für junge oder auch nicht mehr so junge Autoren aus dem Erfahrungsschatz der Autorinnen. Und wenn wir alles richtig gemacht haben, dann ist es auch geeignet für Menschen, die sich vielleicht zum erstem Mal hinsetzen und endlich aufschreiben, was ihnen schon lange im Kopf herumgeht, weil sie uns einfach glauben, dass Sprache und Literatur Spaß machen können, wenn man es einfach mal versucht!

Die Autorinnen:

Christine Schuhmann, née Klotz, geboren 1983 in Aachen, lebt derzeit mit Mann und einer haarenden Katze in Nürnberg, wo sie neben einem abgeschlossenen Pädagogikstudium anderthalb Romane ('Das Kunstwerk' und 'La Thalía Bleue') und eine halbe Tonne Kurzgeschichten, kurze Geschichten und Fanfiktionen zu ihrem Lieblingsthema 'Das Phantom der Oper' hervorgebracht hat. (http://www.tine-schreibt.de/)

Manuela Sonntag, née Fonger, geboren 1983 in Aachen, lebt derzeit mit Mann und zu vielen Haustieren in ebd., wo sie Geschichte, Anglistik und Philosophie studiert hat.
Ihr literarisches Schaffen hat bislang eine wissenschaftliche Abhandlung über die historische Shakespeare-Analyse (William Shakespeare, Subject of the Crown?'), einen Roman ('Der Rosenfriedhof') eine ganze Reihe Kurzgeschichten und Gedichte (viele davon veröffentlicht in 'Perlen für die Säue' und der Anthologie 'B(r)uchstücke') hervorgebracht.
(http://jellylorum66.blogspot.de/)

Inhaltsverzeichnis

Die konstruktive Kritik

Ein paar einführende Worte für Schreiberlinge – und die, die es noch werden wollen – über das wichtigste Handwerkszeug des Literaten – die Kritik. Egal ob ihr die Texte in diesem Buch, das neuste Gedicht eurer Freundin, oder eure eigenen Texte bewerten wollt: Konstruktive Kritik und faires Verhalten gegenüber dem Autor – auch gegenüber euch selbst – ist nicht nur sozial hilfreich, sondern absolut notwendig, wenn eure Kritik mehr sein soll, als ein haltloses ‚Rumgemotze', sondern den Kritisierten auch wirklich weiterbringen soll. Ihr könnt gern an den folgenden Geschichten üben!

Konstruktiv bedeutet 'aufbauend' und 'weiterführend', die konstruktive Kritik ist also durchweg entwicklungsorientiert.
Kritik bedeutet "eine rationale, auf die Erweiterung von nicht ungefragt zu internalisierenden (annehmen, zu Eigen machen) Normen- und Wertsystemen zielende Beurteilung und Bewertung". (Brockhaus Enzyklopädie, 1990)
Dabei ist nicht nur das literarische Wertesystem des Schreiberlings (also dessen ästhetisches Empfinden in Bezug auf seine Schreibarbeiten) kritisch zu hinterfragen, sondern auch das des konstruktiven Kritikers.

Die Regeln sehen so aus:

1. Der Kritiker liest den Text nicht nur einmal, sondern zweimal, bevor er sich an seine Kritik setzt. Der erste Eindruck ist nicht immer der richtige, und man kann durchaus mal was überlesen oder erstmal falsch verstehen.

2. Eine Kritik beginnt immer mit einem begründeten Lob. Dies führt dazu, dass der Schreiberling sich freut, Sympathie für den Kritiker aufbaut und in der Folge offener für dessen Kritik ist.
3. Kritik sollte immer sachlich und neutral formuliert sein. Beleidigungen haben dort nichts zu suchen, sie führen nur dazu, dass

der Schreiberling dicht macht und auch für gute Argumente nicht mehr zugänglich ist.

4. Der Kritiker sollte es stets für möglich halten, dass es sich bei Merkwürdigkeiten einer Geschichte um bewusst eingesetzte Stilmittel handelt, und seine Kritik daran auch dementsprechend darstellen. Der Schreiberling wird so zum einen fair behandelt (da seine Kompetenz anerkannt wird), zum anderen kann er auf diese Weise viele handwerkliche Dinge dazulernen.

5. Kritik sollte mit einer kurzen Zusammenfassung der Kritik und der lobenswerten Punkte an dem Werk enden.

Akrostichon

Manuela Sonntag

Ein Akrostichon nennt man ein Gedicht, dass in den Anfangsbuchstaben der Zeilen, die Quintessenz des Gedichtes zusammenfasst.

M agst du das Stück?

I ch liebe es!

T atsächlich?

S icher, klar doch, ist lustig!

O beron oder Theseus, wer ist besser?

M einst du nicht, daß das egal ist?

M ag sein, aber ich will es wissen!

E igentlich Oberon, weil er realer ist.

R ealer?

N icht so aufgesetzt!

A ch so, und Hermia?

C harisma hat sie auf jeden Fall, aber Helena ist rührender.

H elena ist total überdreht!

T atsächlich, findest du?

S icher, sie schreit fürchterlich!

T ut sie gar nicht, im Gegensatz zu Zettel!

R ichtig, aber das gehört ja auch zur Rolle!

A uch gut, möchtest du Sekt?

U nmöglich die Pause ist doch gleich vorbei!

M einetwegen, dann laß uns wieder reingehen.

Was ist Liebe?
Eine Kuzgeschichtenreihe, die in unpersönlicher 'Er'&'Sie' Form Beziehungsmomente auschneiden und darstellen will. Manchmal funktioniert es sehr gut sich eine formale Linie vorzugeben und dann einfach mal aus verschiedenen Sichtweisen drauflos zu probieren!

Alanis

Christine Schuhmann

Als sie die beiden sieht, wird ihr schlecht.

Aber es ist auch wirklich zum Kotzen, wie eifrig er sie umturtelt, nachdem es erst eine knappe Woche her ist, dass er wegen diesem Zuckerpüppchen mit ihr Schluss gemacht hat.

Die Wut sammelt sich als kleine glühende Kugel in ihrem Bauch. Sie flucht leise.

'Du Drecksack! Du riesengroßer Drecksack! Du Arsch!' und während sie flucht, wächst die Kugel aus Wut. 'Weißt du eigentlich, dass du das Hinterletzte bist? Vor drei Monaten war es noch für immer! Wir wollten für immer zusammen bleiben, wie in einer Ehe, bis dass der Tod und scheidet! Und was ist? Du erstetzt mich durch ein blondes Klappergestell ohne auch nur ansatzweise tot umzufallen! Du Verräter! Du mieser, hinterhältiger Lügner!" bei diesem letzten Wort platzt ihr der Kragen, explodiert regelrecht. Und bevor sie sich versieht, stampft sie auch schon auf ihren Ex und seine Neue zu.

"Du Drecksack!" schreit sie ihn an. Ah, das tut gut! Leute bleiben stehen, drehen sich nach ihr um, starren sie an, aber ihm ist sowas sehr viel peinlicher als ihr. Das weiß sie. Schließlich kennt sie ihn seit drei Jahren. "Du bist so ein Musterbeispiel von einem Arschloch, dass ich mich fast schon wieder freue, dich kennengelernt zu haben." Herrlich, wie sich sein Gesicht in einer Mischung aus Scham und Wut rötet. "Es geht mir nicht gut, danke der Nachfrage. Und wie geht es dir und deiner Neuen? Fickt sie dich genau so gut wie ich? Ja? Habt ihrs auch schon in Theater gemacht? Mitten im zweiten Akt? Oh, jetzt wird sie auch rot!" sie grinst gezwungen, damit ihre Stimme nicht zittert, bei dem, was jetzt kommt. "Und wie stehts mit der Liebe? Habt ihr schon mit der Familienplanung angefangen? Ich meine, ihr hattet ja viel Zeit, Pläne zu schmieden, in dem halben Jahr, in dem du sie und mich gefickt hast. Soll

13

ichs nochmal sagen? Gefickt? Ohne Liebe, steriles Gerammel, du Arsch! Meine Güte, wir hätten so viel Geld verdienen können, wenn wirs jedes Mal gefilmt hätten... – Ach beruhigen soll ich mich? Wie denn? Wie soll ich mich beruhigen, wenn mich der Mann, der mir seine ewige, aufrichtige Liebe geschworen hat, über ein halbes Jahr und wer weiß wie viele Ficks angelogen hat? – Wenn ich mit dir rede, werde ich so ausfallend, wie ich will, Freundchen, denn du bist so dermaßen aus dem Rahmen gefallen, dass ich dir die Augen auskratzen könnte!" In diesen Gesichtsausdruck hat sie sich damals verliebt. Dieses erschrockene, anteilnehmende, liebevolle... Lügner! "Guck nicht so! Darauf fall ich nicht nochmal rein!"

"Ich habe es dir doch erklärt." sagt er leise. "Du wärst in dem halben Jahr nicht ohne mich zurechtgekommen."

"Ach ja? Hättest du wohl gerne! Großer starker Mann, ohne den ich nichts bin! Wie rücksichtsvoll von dir, mich ein halbes Jahr lang zu hintergehen und mit vorzulügen, dass du mich immernoch liebst, anstatt mir die Wahrheit zu sagen und mir meine Würde zu lassen!"

"Ich habe nie bei einem 'Ich liebe dich' gelogen!"

"Jaja, schon klar!"

"Einen Teil von dir liebe ich immer noch. Deshalb habe ich es nicht übers Herz gebracht, dich damals schon zu verletzen. Jetzt kommst du alleine klar."

"Oh gnädiger Jesus, hör doch auf mit dem Scheiß! Du hast mich ein halbes Jahr lang betrogen und dann sitzengelassen! Es ist mit scheißegal, was du dir für tolle Geschichten ausdenkst, du bist und bleibst ein Arschloch! Du wolltest mich nicht damit belasten? Weißt du wie viel Scheiße ich deinetwegen mit mir rumschleppe? Ein halbes Jahr, in dem ich einen miesen kleinen Verräter geliebt habe! Du hast einen riesigen, stinkenden Haufen von Scheißgefühlen bei mir hinterlassen, merk dir das!

Ich könnt mir selber in den Arsch beißen, dafür, dass ich mich überhaupt je mit dir eingelassen hab!" sie durchbohrt ihm mit einem beinahe tödlichen Blick. Dann lächelt sie und säuselt: "So, jetzt muss ich leider weiter, ich hab nämlich noch Wichtigeres zu tun, als meine Zeit damit zu verschwenden, dir Drecksack die Meinung zu geigen!"

Verhaltener Applaus begleitet sie auf dem Weg in die Buchhandlung.

14

Die Ameisenkönigin

Manuela Sonntag

Diese Technik nennt man im Fachjargon ‚Stream of Consciousness', das bedeutet eine in Worte gefasste Aneinanderreihung von Gedanken. Es ist nicht ganz Gedicht und auch nicht ganz Prosa, aber manchmal muss man das auch nicht so genau wissen, um Spaß am Schreiben zu haben!

Denken Ameisen wie Menschen?
Kommunizieren sie wie wir?
Wenn nicht, was bewegt dann unzählige Völker in der ganzen Stadt ausgerechnet heute ihre sorgsam gepflegten, geflügelten Brüder und Schwestern an die Erdoberfläche zu geleiten, damit sie sich, wie Engel, in die Luft erheben?
Die Logik sagt es sind Gene, Instinkte, Zufälle, das richtige Wetter...
Aber warum sollten sie nicht kommunizieren wie wir nur auf eine völlig andere Weise?
Ist das paradox? Unvorstellbar?
Warum fällt es uns so schwer anderen Wesen das zuzugestehen, was wir für uns als selbstverständlich erachten?
Weil sie ‚nur' Tiere sind und wir nicht?
Der Mensch als Krone der Schöpfung?
Der menschliche Geist begnügt sich nicht damit sich anzupassen, seinen Platz im Gefüge einzunehmen.
Er möchte bestimmen, beherrschen, vergewaltigen, manipulieren...aber warum?
Damit er eines Tages sagen kann:
'Sehet her, dies ist die Welt und ich habe sie mit meinen Händen geschaffen?'
Kann etwas aus sich selbst heraus geschaffen werden?
Fielen die Hummeln vom Himmel, als die Physik erkannte, dass sie nicht fliegen sollten?
Gestaltete sich der Himmel um, als die Astronomie erkannte, dass die Erde die Sonne umkreist?
Hören alle Geheimnisse, hört alle Magie dieser Erde auf zu existieren, nur weil die Wissenschaft behauptet, sie könne die Welt erklären?
Nein? Nein.

Doch der menschliche Geist begnügt sich nicht damit, seine Grenzen zu kennen.

Er verleugnet sie, komme was da wolle.

Und so schafft er ein Abbild der Welt, nennt es Zivilisation und irgendwann glaubt er selbst daran, das diese pervertierte Kopie die eigentliche Schöpfung ersetzen kann.

Er regiert nicht die Welt, aber er kann sagen und glauben seine Welt sei das einzig relevante, sein Wille der einzig zählende.

Ein Fuchs, der in eine Falle gerät, beißt lieber seine eigene Pfote ab, als weiterhin in Gefangenschaft zu leben.

Ist er zu bedauern?

Ist er zu beneiden?

Ist er frei?

Kann er eine Wahl treffen, die uns schon nicht mehr offen steht?

Ameisen haben eine Königin. Sie führen Krieg gegeneinander.

Aber ist es nicht unpassend den Vorgängen ihrer Welt die abstrakten Worthülsen unserer künstlichen Natur überzustreifen?

Wer weiß schon, was den Ameisen ihr ‚Krieg' bedeutet? Was ihre ‚Königin'?

Und doch können wir nicht über die inzwischen so liebgewordene Selbsttäuschung hinwegsehen, alles müsste sein, wie wir es erwarten.

Der Mensch ist ein eigenartiges Tier.

Er ist sicherlich das einzige, dass sich sein Gefängnis selbst gebaut hat.

Unvollended...

Amos Grash

Christine Schuhmann

Mitten in der Nacht wacht er auf, den Nachklang eines Schreis noch in der Kehle. Sein Körper ist schweißbedeckt. Keine Kühlung liegt im Luftzug vom Fenster.

Ihn träumte, er läge im Sterben, geschüttelt von Fieberkrämpfen und Schmerz. Ihn träumte, er stürbe, der Schnitter risse ihm die Seele heraus und fräße sie an einem Stück. Ihn träumte, er wäre tot, eingesperrt in einer Kiste, der Gestank von Seide, Holz und Balsam. Ihn träumte vom dumpfen Pochen der Erde auf seinem Sarg und seine Augen sahen nur Dunkelheit.

Ein neuerlicher Schrei entrang sich ihm bei der Erinnerung an seinen Traum.

Nie war er fromm gewesen, doch nun sand er ein Stoßgebet gen Himmel.

"Herr,", rief er, "Herr im Himmel, lass mich nicht sterben! Lass mich niemals sterben!" Wieder und wieder schluchzte er die Worte, warf sich auf die Knie, schluchzend, keuchend, furchtsam horchend auf eine göttliche Stimme, die seine Bitte erfüllte.

Über sein Gebet wurde Amos Grash ruhiger. Je mehr Zeit zwischen ihn und seinen Traum glitt, desto weiter fort schienen die Schrecken des Todes, auch wenn er sich immer noch fiebrig und schwach fühlte.

Ein letztes Mal sprach er sein Gebet, leise, fast verschämt ob seines kindischen Gebarens. Dann stemmte er sich vom Boden hoch und wankte zu seiner Waschschüssel.

Und noch einmal fuhr ihm der Schreck in die Glieder, als er sein Gesicht im Spiegel sah, hohläugig und ausgezehrt, wie nach einer langen Krankheit.

"Das macht die späte Stunde,", murmelte er beschwörend, "die Angst, das Kerzenlicht spielt dir einen Streich." Er schöpfte sich kühles Wasser ins Gesicht. "Es liegt am unruhigen Schlaf."

Er trocknete sein Gesicht ab, mied dabei den Spiegel mit seinem Blick. Dann kehrte er zum Bett zurück und ließ sich erschöpft darauf fallen. Er schloss die Augen und wartete.

Doch der Schlaf wollte nicht kommen.

Rastlos lief er in seiner Kammer im Kreis, beobachtete erst die Bahn des Mondes, dann den Sonnenaufgang. Immer wieder legte er sich auf sein Bett nieder, wenn er die Kraft aus seinen Beinen weichen fühlte, doch er konnte nur daliegen, mit brennenden Augen an die Decke starrend. Und sanken ihm doch einmal die Augen zu, riss er sie gleich wieder auf, denn er vermeinte, Erde auf einen Sargdeckel fallen zu hören.

Aber mit dem Morgenlicht schwand seine Angst. Er fühlte sich geneigt, seine Schweißausbrüche und die Stoßgebete zu verlachen. Doch schlafen... schlafen konnte er immer noch nicht.

Zu einer Morgenmahlzeit konnte er sich nicht entschließen, bei seiner Arbeit war er nicht ganz bei sich, füllte die Rechnungsbücher aus wie ein Schlafwandler, bis die Sekretärin ihn heim schickte, damit er keinen Schaden anrichtete.

"Was ist nur heute mit Ihnen los, Mr Grash? Sie sind bleich wie der Tod.", sagte sie zum Abschied.

Amos Grash lachte bitter.

"So fühle ich mich auch, Miss Albany."

Daheim legte er sich gleich auf sein Bett, gierig nach Schlaf. Es gelang ihm auch tatsächlich einzuschlafen, doch lang währte dieser Schlaf nicht, war unruhig und von beängstigenden Träumen durchzogen, die ihn immer wieder aufschrecken ließen.

Langsam, von Amos Grash erst nicht bemerkt, dann mit bangem Blick erwartet, brach die Nacht herein.

Das Anreißen des Zündholzes füllte den Raum mit beißendem Schwefelgeruch. Amos Grash entzündete seine Gaslampe und alle Kerzen, die er finden konnte, doch ihr Licht konnte die Dunkelheit nicht aus der stickigen Kammer vertreiben, schien sie nur zu vergolden und mit einer diffusen Tücke zu versehen. Auch schienen die vielen kleinen Flammen die Sommerhitze zu potenzieren.

Er goss ein weiteres Glas Wasser seine ausgedörrte Kehle hinunter. Die Zunge klebte ihm am Gaumen und sein Kopf schmerzte. In seinen Augen brannte es von Müdigkeit und Schweiß.

Doch bei aller Hitze fror ihn innerlich vor neuerwachter Angst und seine Glieder zitterten vor Schwäche.

Wieder suchte er Erleichterung im Gebet, doch alle Mächte schienen ihn verlassen zu haben.

Er flehte, weite, bebte, bis er schließlich in eine Ohnmacht glitt.

Einige Stunden währte der gnädig Zustand der Leere, bis Amos Grash plötzlich mit einem Ruck, der seine Glieder schmerzen ließ, erwachte.

Ein rauer Schrei erstarb in seiner Kehle.

Sein Körper troff von Schweiß, und als ein Luftzug durch die Kammer ging, verspürte er keine Erleichterung...

Was ist Liebe?

Anfang

Christine Schuhmann

Es ist nur ein Blick, den er ihr zuwirft, ein etwas längerer, ein wenig fragender Blick. Und sie erwidert ihn.

Sie würde jetzt gerne aufstehen, seine Hand nehmen und mit ihm vor die Gaststätte gehen. Sie würde gern mit ihm nach der richtigen Antwort suchen. Aber das geht nicht. Da wären immer zu viele Menschen um sie herum, und später am Tisch gäbe es Fragen, die vielleicht alles wieder kaputt machen, noch ehe es etwas Bestimmtes geworden ist.

Wie hatte das alles nochmal angefangen? Naja, irgendwie haben sie einander gleich gemocht, auch wenn sie zum Teil sehr unterschiedlich sind. Da war sofort Vertrauen zwischen ihnen, Anziehung, mit und ohne Sex.

Wenn er ihrer Meinung wäre und auch für ihn Sex nach einer angemessenen Anzahl von 'Ich lieb dich', tiefen Blicken und Geschmuse unumstößlich den Beginn einer Beziehung markieren würde, dann hätte sie kein Problem. Aber so? Für einen Moment verdunkelt sich ihr Blick. Liebe, ja, Liebe ist sehr viel für ihn da, vielleicht sogar zu viel für so ein frühes Stadium. Und Sex. Nach ihrer letzten Beziehung, die ein absoluter Rohrkrepierer war, hat sie sich geschworen, nie wieder Sex im luftleeren Raum zu haben, dazu bedeuten Körperlichkeiten zu viel für sie. Aber er ist so süß und riecht so gut und dann war ihr letzter Bus schon weg und zum Laufen war der Weg zu weit und als sie da so nebeneinander im Bett lagen, weil er keine Gästecouch hat, verließ seine Hand ihren Platz auf ihrem Magen und sie hatte nichts dagegen.

Sie hätte halt nicht davon ausgehen dürfen, dass er Sex den selben Stellenwert einräumt wie sie selber.

"... aufgepasst hat? Hey! Hallo?" jemand stößt ihr in die Seite.

"Was? Entschuldige.."

"Passt schon. Wie hieß nochmal der Hund, auf den Karsten bis vor kurzem aufgepasst hat?"

"Karl-Otto von Siebenfels der Dritte. Und Frauchen hat Karsten gefeuert, weil er ihm ordinäres Chappi verfüttert hat."

"Hey, das wollte ich erzählen!"

Wieder ein Ellenbogen in ihrer Seite.

Sie gibt eine schnippische Antwort und bemüht sich, wieder am Gespräch teilzunehmen, doch irgendwann driftet sie wieder in ihre Gedanken.

Dieser Blick! Dieser fragende Blick als Antwort auf die Frage von Elsas Freund 'Und ihr zwei seid also zusammen?". Dieser Blick, ein Grinsen, ein Schulterzucken. Sie wünscht sich, sie wäre geistesgegenwärtiger und hätte nicht nur unbewusst seine Reaktion nachgeäfft. 'Ach, naja, ich weiß nicht...?' Sie hätte die Stirn runzeln, 'Ja, ich glaube schon' sagen und ihn ernsthaft ansehen sollen. So hatten sie das Grinsen im Gesicht, mit dem kleine Kinder sagen, dass sie gar nichts gemacht haben, während ihr Hirn schon an neuen Streichen bastelt. Ein pubertäres Ich-denk-an-Sex-Grinsen. Warum ein Grinsen? Warum kein Lächeln? Warum kein 'Ich will gern, und du?' Es ist doch zum Heulen!

Sie will, das ist klar, sie will mehr als alles andere diese Beziehung! Sie will mit ihm zusammen wohnen und irgendwann ihre Figur mit seinen Kindern ruinieren. Und sie war so naiv, zu denken, dass ihm das nach dem 'ich liebe dich' und dem Geschmuse und den tiefen Blicken und dem Sex klar wäre! Aber gut, sie ist nicht böse, jedenfalls nicht wirklich. Schließlich ist es nicht ihre erste Beziehung und es war nicht ihr erster Sex. Er konnte nicht wissen, dass sie so dumm-romantisch veranlagt ist.

Sie seufzt. Hoffentlich findet sie auf dem Heimweg die Gelegenheit, ihn zu fragen. 'Wie soll es mit uns weitergehen?' Wenn er so unentschlossen ist, wie sie denkt, wird sich die Sache ohne eine Aussprache noch eine Zeit lang in dieser undefinierten Form hinziehen und dann werden sich ihre Wege wegen einer Kleinigkeit trennen. Oder? Sie fühlte sich so schnell so sehr von ihm angezogen, das ganze Berühren und Flüstern kam so selbstverständlich und ohne Aufregung. Nur immer diese Vorfreude, ihn wiederzusehen. Kein Stocken, kein Grübeln. Einfach 'Ich liebe dich', und seine Antwort darauf kam in so einem herrlich tiefgründigen Tonfall.

Vielleicht war es zu einfach. Wenn Sachen zu glatt gehen, legt man sich leicht damit auf die Schnauze.

Et voila, da liegt sie und reibt sich verdutzt den Hintern.

Warum muss nur alles so kompliziert werden, nachdem es so einfach war?

Der Abend plätschert seinem Ende entgegen. Die Rechungen werden verlangt und bezahlt, Jacken zusammengesucht, "Kind, was hast du so schlechte Laune heute? Ich hatte das Gefül, du warst die ganze Zeit woanders.", ein Abwinken, "Unistress.", Umarmungen zum Abschied. Dann, im menschenleeren Park unter einer mottenumschwirrten Laterne, als sie gerade Luft holen will, um ihn zu fragen, bleibt er stehen.

Es ist nur ein Blick, den er ihr dann zuwirft, ein sehr langer, fragender Blick.

'Ich will wirklich gern. Und du?'

Was ist Liebe?

Anna Karenina

Manuela Sonntag

Das kleine, zerknitterte Papier war schon grau vom kalten Schweiß ihrer Handflächen, die ohnehin undeutliche Bleistiftschrift kaum noch zu erkennen. Nur noch vereinzelt fielen indessen kleine Tropfen von ihrem Kinn herunter und vereinigten sich mit dem Rinnsal in den Falten ihres dunkelblauen Kleides.

Samt, nur für ihn. Resignation, Aufgabe, Hoffnungslosigkeit - alles zugleich.

Mit einer vielgeübten, fahrigen Bewegung fuhr sie von ihrem Stuhl auf und wanderte in ihrer freudlosen, grauen Küche auf und ab. Selbst der Himmel verdunkelt sich in Trauer!, dachte sie, doch viel wahrscheinlicher verdunkelte er sich im Zorn.

Wütend knüllte sie den Zettel in ihrer Hand zusammen, bis ihre Fingernägel in ihre Handflächen schnitten.

Maniküre, nur für ihn. Wut, Enttäuschung, Unglauben - alles zugleich.

Was konnte er ihr schlimmeres antun, als diesen nichtssagenden Zettel? Dieses verfluchte Stück Papier! Ich werde fahren . . . wie einfach ihm das gefallen war! Wie einfach er sie hinter sich ließ, wie man ein abgetragenes Kleid wegwirft! Unsere Situation ist unerträglich . . . unsere Situation?

Was wusste er schon, über ihre Situation? Ich habe alles aufgegeben für dich, du elender Feigling! Meine Familie, mein Zuhause, selbst meinen Sohn . . . der Gedanke schnitt, wie eine Klinge in ihr Herz und der alte Stuhl knarrte ergeben, als sie sich wieder darauf fallen ließ. Ihre zitternde Hand fuhr durch ihr Haar.

Locken, nur für ihn. Ausweglosigkeit, Schmerz, Trauer - alles zugleich.

Sie hatte alles aufgegeben, an jenem Tag, als sie seinem nachdrücklichen Blicken, seinen fordernden Gesten, seinen ungeduldigen Argumenten endlich nachgab. Als sie ihre Ehe verriet, ihr Kind zurückließ und ihm folgte, ihm folgen wollte . . . wohin auch immer! Außer seiner Liebe war ihr nichts geblieben. Er war ihre letzte Rettung und er wusste es! Und dennoch dieser nichtssagende Zettel! Ein armseliges Stück Papier, ohne Wärme, ohne Trost, ohne Hoffnung!

Ich werde fahren . . . fliehen, das wollte er! Fliehen vor seiner, vor ihrer gemeinsamen Schuld! Vor ihrer Abhängigkeit von ihm, vor ihrer Liebe, die er nicht mehr brauchte! Die Tränen begannen wieder zu fließen und hinterließen neue Spuren auf ihren Wangen.

Rouge, nur für ihn. Verrat, Schuld, Abscheu - alles zugleich.

Sie hatte ihn nicht einengen wollen, doch er war der einzige Mensch, der ihr noch geblieben war und so klammerte sie sich an ihre Liebe, an ihr Glück, an ihr Beisammensein. Sie liebte ihn mit ihrer ganzen Seele, seine Besonderheiten, seine Fehler, seine Vollkommenheit. Und er? Er hatte sie auch geliebt, dessen war sie sich sicher. Selbst jetzt brachte sie es nicht über sich, etwas anderes zu denken! Er hatte sie mit diesem Feuer in den Augen angesehen und seine Berührungen hatten sie tief gebrandmarkt. Und irgendwann . . . irgendwann war der Funke erloschen und die Leere, die ihm folgte, ließ sie beide zu Eis erstarren. . . Aber ich hätte uns retten können!, dachte sie verzweifelt. Sie ertrug es nicht, etwas anderes zu denken! Noch heute hätte sie alles retten können!

Wutentbrannt fegte sie das teure Porzellan vom Tisch.

Kerzenlicht, nur für ihn. Zerrissenheit, Rettungslosigkeit, Verzweiflung - alles zugleich.

Doch statt dessen kam nur dieser Zettel und brachte den Tod auf ihre Schwelle. Wieder verschwand das kleine Papier in ihrer verkrampften Hand. Er war alles, was ihr geblieben war, ohne ihn besaß sie nichts mehr . . .

Draußen fuhr ein Auto vor und hielt mit quietschenden Bremsen vor ihrem Haus. Männerschuhe klackerten auf dem Asphalt und bewegen sich auf ihre Haustür zu.

Seufzend erhob sie sich von ihrem Stuhl und ging sie langsam und ruhig zum Fenster herüber, öffnete beide Flügel weit, sog begierig die Luft ein, die ihre Tränen trocknete, stieg vorsichtig auf die Fensterbank und blickte auf die nass glänzende Straße hinunter. Dann tastete sie einen Moment mit zitternden Fingern nach dem Holz des Fensterrahmens und warf einen nachdenklichen, langen Blick auf die große Tür im Dunkel des engen Flurs.

Was ist Liebe?

Aspasia
Manuela Sonntag

"Und wenn ich ihnen hier noch etwas zeigen darf..."
Schweigend und ergeben folgte sie der parfumschweren Channelpuppe durch den Laden und wich vorsichtig den Ständern mit Spitze, Seide und Samt aus, die ihr von jeder Ecke entgegen starrten. Natürlich war so wenig Stoff wie nur möglich, auf möglichst teure Weise verarbeitet worden und sie sah nun wirklich aus, als tue sie den ganzen Tag nichts anderes, als das Geld ihres Mannes für so etwas zu verschwenden ... nun ja oder eben das Geld ihrer Affäre, wen kümmerte das schon? Sicher nicht diese katzbuckelnde Verkäufern! Beifällig lächelnd betrachtete sie rote Spitzennegligés und jede Menge weißes, blaues, schwarzes und grünes Nichts, das sich auf den Armen der Verkäufern tummelte.
"Eigentlich geht es mir viel zu gut!" dachte sie und ließ ihre Gedanken genüsslich abschweifen, während sie sich weiter über die 'neue Frühlingscollection' belehren ließ.
Wenn es nach ihr ginge, dann wäre jeder Mann verheiratet, hätte zwei Kinder und wäre furchtbar unglücklich. Das waren die besten Liebhaber, hatte sie in langer Erfahrung festgestellt - kein Arnold aus dem Fitnessstudio und auch kein Ricky Martin aus dem Solarium. Nein der Hermann von nebenan, das war der Richtige. Natürlich war auch die Ehefrau von großer Bedeutung. Sie musste ein wenig frustriert sein, aber nicht zu eifersüchtig und natürlich so gutgläubig, oder pragmatisch, dass sie sich darüber freuen konnte, wenn er abends gutgelaunt nach Hause kam, ohne sich darüber zu wundern. Leider gab es diese Frauen weit seltener, als die unglücklichen Männer, was die Suche sehr erschwerte. Doch das interessierte sie jetzt nicht mehr. Ihr 'Geliebter' würde sie nie verlassen, davon war sie fest überzeugt. Ihr Sex war einfach viel zu gut! Ein kleines, spitzes Lächeln stahl sich auf ihr Gesicht, als sie ihre Gedanken noch ein wenig weiter abschweifen ließ.
Er besucht sie am Samstagabend, wie gewöhnlich. Auch wenn sie mit seiner Ehefrau längst auf gutem Fuß steht, bemüht er sich doch immer

noch um eine Ausrede, der kleine Schelm! Sie empfängt ihn an der Tür mit dem leidenschaftlichsten Kuss, der sich in ihrem Repertoire findet, doch sie wird ihn jetzt noch nicht ins Schlafzimmer ziehen - nein, das ginge viel zu schnell! 0815 Sex das kann er Zuhause haben! Statt dessen öffnet sie eine Flasche von dem guten Rotwein und erzählt ihm von ihrer Woche - sie fragt ihn nicht nach seiner Arbeit, das kann er auch Zuhause haben! Das Geheimnis ist, immer interessant zu bleiben, nie in Routine zu verfallen, sich nie gehen zulassen! Nach der ersten Flasche Rotwein zieht sie ihn hinaus auf ihre Terrasse, wo im Wintergarten ein riesiges Doppelbett auf sie wartet. Und wieder hat sie es geschafft ihn zu faszinieren!

Jetzt nichts übereilen! Zieh mein Kleid aus - langsamer du Dummchen! Ja sieh nur, ich habe neue Unterwäsche gekauft - rot, wie die Sünde! So jetzt bin ich nackt - jetzt bist du dran!

Sie öffnet seine Hemdknöpfe mit den Zähnen - sie hat Übung darin, es werden keine Lippenstiftflecken zurück bleiben. Schließlich stehen sie sich gegenüber, übergossen vom Mondlicht und bestaunen was ihnen zuteil werden wird. Ihre Küsse werden nur langsam fordernder, doch schließlich schlingt sie ihre weißen Beine um seine Hüften und führt in genau dorthin, wo sie ihn haben will!

Stört es dich, dass du bei mir die Kontrolle verlierst? Bist du nicht glücklich damit, besessen zu werden? Zerkratzt, benutzt, besiegt? Ich bestimme alles und du bist nur derjenige, der Anweisungen ausführt . . .Gefällt es dir nicht? Ist - es - nicht - das - was - du - willst?

Ein leiser Aufschrei markiert den Gipfel ihres Aufstiegs und für einen Moment lässt sie sich völlig gehen und fällt in die Kissen zurück. Doch dann schaut sie auf und ihre Augen glitzern unternehmungslustig. Kontrolle? Das kann er auch Zuhause haben! Auf ein neues!

Noch bevor er weiß, wie ihm geschieht, nimmt sie seinen Mund wieder in Besitz.

Nein man darf nicht davon ausgehen, das einem gleich alles gehört - jeder neue Anlauf muss eine neue Eroberung sein! Erst den Mund, dann die Hände, dann . . .

"Ähm Madame? Hallo? Ist Ihnen nicht gut?"

Wie ertappt fuhr sie zusammen, doch fing sich gleich wieder.

"Nein . . . ähm mir geht es bestens! Ich denke ich nehme das rote Negligé, danke!"

Horror

Die Bettlerin

Christine Schuhmann

Kälte. Das ist ihr einziger Eindruck, die einzige Empfindung, die in ihr Bewusstsein vordringt. Alles andere prallt einfach von ihr ab. Oder, nein, doch nicht. Etwas anderes ist da noch... Etwas, das ihr erst fremd erscheint. Sie hat es lange nicht mehr gespürt - seit gut einem Jahrzehnt nicht mehr. Mit einem Ruck erwacht sie aus ihrem Dämmerschlaf und stützt sich mit der Hand an der Mauer ab, um sich aus ihrer Hocke zu erheben. Ihre Finger in den zerlöcherten Handschuhen sind blau gefroren, doch sie nimmt den stechenden Schmerz nicht wahr. Auch ihre Knie spürt sie nicht, als sie sie langsam streckt. Ihr schwindelt leicht, doch die Mauer gibt ihr Halt. Die Mauer und die Wahrnehmung, die sie geweckt hat.

Sie lauscht in die Nacht hinaus. Da sind Schritte im Schnee, doch obwohl sie, seit sie vor zehn Jahren ihr Augenlicht verlor, so gut hört, dass sie auf fünfzig Meter Entfernung einen Polizisten erkennen kann, einzig an der Art, wie er geht, sind nicht die Schritte der Grund ihres Erwachens. Sie, Graustar-Hanni, die in der Nacht nicht den Mond sieht, kann plötzlich die Wärme eines menschlichen Körpers sehen. So wie man an einem Sommertag durch geschlossene Lider die Sonne sehen kann.

'Wärme!', das ist alles, was sie denken kann. Wärme bedeutet Leben, und Graustar-Hanni hat nicht vor, der Welt diesen Winter schon Adieu zu sagen.

Sie weiß nicht genau, was sie vorhat, als sie sich mit taumelnden Schritten aufmacht, dem roten Glühen zu folgen, fühlt sich mehr wie eine Motte, die ohne Sinn und Verstand dem Licht hinterher flattert. Doch als sie das Glühen so weit eingeholt hat, dass sie das schwere Parfum der Frau riechen kann, ist sie sich fast sicher, was sie will.

Der Griff ihrer eiskalten Finger lässt die Frau erstarren.

'Gib mir deinen Mantel! Her mit dem Mantel! Gib ihn mir!'

Graustar-Hannis Finger formen sich zu Krallen und verhaken sich in den Taschen des edlen Cashmere-Stücks.

'Lassen Sie mich los! Hey!' beschwert sich die Frau und versucht, sich loszureißen.

Graustar-Hanni spürt, wie sich die Frau bei diesen Worten erhitzt, sieht, wie die Wärme stärker durch ihre Kleider sickert.

'Ich will deinen Mantel!' Eine gewaltige Kraftanstrengung, Knöpfe reißen ab, die Frau schreit empört, und schon hüllt sich Graustar-Hanni in kostbaren Stoff und noch kostbarere Wärme.

'Sie Diebin! Verbrecherin!' zetert die Frau und Graustar-Hanni hebt den Kopf, um sie anzuknurren 'halt's Maul, du Kuh!', doch stattdessen verbirgt sie ihr Gesicht hastig hinter einem Arm, so gleißend schlägt ihr das Glühen der Frau entgegen. So lebendig und warm...

'Ich werde die Polizei rufen, sie Kriminelle!' keift die Frau 'Ich werde sie anzeigen!' und dreht sich um, will zitternd vor Empörung und Kälte davon stapfen.

Doch sie kommt nicht weit. Mit einem Satz springt Graustar-Hanni auf den Rücken der Frau.

'Wärme ist rot, Blut ist rot, Leben ist rot und du bist tot!' flüstert sie in das beringte Ohr der Frau, bevor sie ihr die Kehle mit einem angerosteten Klappmesser öffnet und in großen, genussvollen Schlucken wohlige Wärme trinkt.

Schemenhaft beginnt Graustar-Hanni das Glühen ihrer eigenen Hände zu sehen, fühlt sich von innen heraus leuchten, während die Frau an Deutlichkeit verliert, bis sie unsichtbar geworden ist und vollkommen tot.

Satt und warm lehnt die Bettlerin kurz darauf wieder an ihrer Wand. Nein, Graustar-Hanni hat nicht vor, der Welt diesen Winter schon Adieu zu sagen. Und jetzt weiß sie auch, wie sie das anstellen wird.

Ceridwen

Manuela Sonntag

Ich war in vielen Gedanken
bevor ich feste Form fand

Ich war ein Tropfen in der Luft
Ich war ein leuchtender Stern
Ich war ein geschriebenes Wort

Ich war die Gischt des Wassers
Ich war ein Schürhaken im Feuer
Ich war ein Baum im Wald

Es gibt nichts, was ich nicht gewesen

Ich ward geschaffen
aus dem Flüstern des Windes
dem Lachen des Wassers
und dem Stöhnen des Feuers
Ich ward verzaubert vom Geist der Erde

Ich bin, Ich war, Ich werde sein

Denkanstoß

Ein kleiner Anstoß zum Weiterschreiben. Schreibt auch solche winzigen Texte auf, wenn euch eine Geschichte, eine Formulierung, vielleicht auch nur ein Wort besonders gut gefällt...man weiß nie, wann man die Inspiration bekommt einen Bestseller daraus zu machen!

Cora

Christine Schuhmann

Ich fing mir Cora ein, wie sich andere Leute eine Grippe holen.

Ich weiß wirklich nicht, was los war, denn eigentlich war sie gar nicht mein Typ, sondern viel zu wild und chaotisch.

Aber vielleicht war es auch wieder genau das, dass sie mich aus meinem Trott holte, für eine Weile. Cora war dünn und sie war klein, aber sie war unglaublich sexy, wie sie ihren wirklich fast kindlichen Körper präsentierte, so selbstbewusst und fest davon überzeugt, dass sie jeden haben konnte, den sie wollte.

Sie wollte mich.

Warum weiß ich nicht, aber ich konnte es fast riechen, als sie mich zwischen dem übergroßen gelben Sonnenhut und der übergroßen gelben Sonnenbrille ansah. Ihr Lächeln entblößte...

Der Tod tanzt langsam

Christine Schuhmann

Mich verlangte nach ihr, seit ich sie das erste mal sah. Mit jeder Faser meines unsterblichen Körpers fühlte ich mich zu ihr gezogen, und ich konnte meine Augen einfach nicht mehr von ihr nehmen. Ich sah sie, ihre schlanke Silhouette im Gegenlicht. Ich atmete sie, den warmen, vollen Duft ihrer seidenweichen Haut, den Hauch von Blut, den ihre rosigen Wangen verströmten – meine Nasenflügel zitterten in unbeschreiblichem Genuss.

Ich hörte sie, das Flüstern ihres Haares, das sich bei ihrem unerträglich langsamen Tanz kaum sichtbar bewegte; so hell und blond, ein goldener Schleier, der über ihre Schultern und ihren schön geschwungenen Rücken floss. Ich hätte Stunden und Stunden damit zubringen können, ihr einfach nur zuzusehen, wie sie sich zu dieser langsamen Musik aus der Jukebox in der Ecke der Bar bewegte.

Ich hatte sofort erkannt, dass sie alleine und sehr unsicher war; wie ihre Augen ängstlich von einem Gesicht zum nächsten eilten und nach einem Zeichen suchten, dass es besser war, die Bar wieder zu verlassen, zu fliehen. Aber die Männer am Tresen waren in ihren bierseligen Phantasien versunken, bereits zu benebelt, um mehr als ein paar Schritte geradeaus zu laufen. Also ging sie zu der Jukebox und begann zu tanzen.

Als ich neben sie trat und sie berührte, war es wie die Erfüllung eines uralten Versprechens. All meine Sinne wahren angefüllt mit ihr. Wie schwarz ihre langen Wimpern waren, wie blau ihre Augen, wie unschuldig und fragend sie in mein Gesicht schauten!

Doch als ich ihren Geist durchstöberte, stellte ich fest, dass sie das Gegenteil eines Engels war.

Dieses Mädchen hatte getötet - mehr als ein Mal. Und ihre Mutter schrie, als sie das Messer in der blutüberströmten Hand ihrer Tochter sah.

Ich lächelte sie an und fragte, ob es ihr etwas ausmachen würde, mit mir zu tanzen - das wäre auf jeden Fall besser, als allein.

Sie willigte ein und ihre Mundwinkel zuckten für eine Sekunde zu einem angedeuteten Lächeln nach oben.

'Du bist schön.' flüsterte ich in ihr Ohr, küsste ihr Haar und fühlte mich so gut, dass ich beinahe in ein glückliches Gelächter ausgebrochen wäre.

Sie versteifte sich misstrauisch.

'Warum sagen Sie das?' fragte sie und zog sich von mir zurück.

'Weil es wahr ist. Du bist schön. Was hältst du davon, ein Model zu werden?'

Sie lachte, ein winziges Geräusch, kaum hörbar für menschliche Ohren.

'Ich bin schön, aber so schön nun auch wieder nicht.'

'Oh doch, das bist du.' widersprach ich lächelnd. 'Warum magst du keine Schmeicheleien? Komm mit, ich will dir einen Ort zeigen...'

'Nein, bitte, ich würde lieber hier bleiben...'

'Hast du etwa Angst in der Dunkelheit?'

Sie antwortete nicht.

'Nun, komm mit mir, und ich werde sie für dich erleuchten.' Die Kunst der Überredung war schon immer mein größtes Talent und auch dieses Mal versagte sie nicht.

Also spazierten wir durch die verlassene, schmutzige kleine Straße vor der Bar und plauderten Unsinn darüber, wie schwarz der Himmel doch war und wie weiß der Mond und die Sterne.

In dem Lichtkreis unter einer der alten Straßenlaternen blieb ich plötzlich stehen und legte meine Hände auf ihre Taille. Ihre blauen Augen starrten mit verhaltenem Schrecken in meine.

'Hab keine Angst, mein Herz. Es wird nur ein winziges bisschen wehtun.'

Ich hörte ihren sanften Herzschlag, wie er sich vor Angst beschleunigte. Oh, diese unergründlichen Laute des Lebens - Blut und Herz und singende Venen, die mich rufen wie die Sirenen aus den alten Mythen; der Rhythmus ihres Atems, eine Sinfonie. Ihre Haut war salzig und ich genoss das Gefühl als meine Reißzähne durch das feine Gewebe drangen.

Ihr Blut. Dick und süß strömte es in meinen Mund, raste durch meinen Körper und füllte ihn mit Wärme und Leben. Taumelnde Bilder stiegen aus ihrem Geist auf, Schmerz und Freude, gemischt mit Furcht und der großen Frage 'Wer bin ich?'. Leuchtende Farben, Gerüche, Empfindungen, die Aussicht auf ein grünes Tal irgendwo im Süden

Frankreichs, durch das Fenster eines winzigen Hotels.

Ich trank von ihr, langsam und genüsslich. Momente wurden zu Ewigkeiten, während ihr Herz immer langsamer doch gleichbleibend kraftvoll Blut in mich pumpte. Bis es plötzlich stehen blieb. Es geschah so abrupt, dass ich nicht darauf vorbereitet war. Das tote Blut ließ mich zurücktaumeln. Zu spät, es auszuspucken. Schmerz erfüllte mich, machte mich schwindelig, bis ich alles Gefühl für Zeit und Raum verlor. Es tötete mich nicht, denn Akashas altes Blut hatte mich zu mächtig gemacht. Doch ich konnte den Tod spüren, wie er sich durch meine Kehle und meinen Leib brannte, wie er durch mein Herz floss und mein Hirn ausfüllte.

Gott, diese Bilder! Die verdammungswürdigste Kreatur träumend von den verdammungswürdigsten Taten, die Menschen begehen konnten. Wie sie einander für Geld und Land ermordeten, Kriege begannen, um wirtschaftliche Interessen zu stützen und neue Waffen benutzen zu können, wie Wissenschaft, die helfen sollte, zum Völkermord genutzt wurde, wie Glaube Kinder zu hasserfüllten Soldaten machte, wie Hoffnung und Vertrauen missbraucht wurden, um Väter zu Mördern zu machen. Tod überall, Hass und Gewalt.

Irgendwie fühlte ich mich daheim. Ich, Lestat, der Blut und Leben stiehlt, ewig jung, von engelsgleichem Angesicht, ein unbesiegbares Raubtier, versteckt in den Schatten der Nacht.

Der wandelnde Tod, der langsam mit lebenden Schönheiten tanzt.

Fan-Fiction

Death dancing slowly

Christine Schuhmann

Eine überarbeitete Version ohne Bezüge zur Saga von Anne Rice, aufgeführt im Rahmen der Produktion 'Poetry In Motion', der Theatergruppe des Anglistischen Institutes 'Actor's Nausea', der RWTH Aachen, 2003

I longed for her since the first time I saw her. Every fibre of my body was drawn towards her and I simply couldn't take my eyes off her anymore.

I breathed her, the warm and luscious fragrance of her silk like skin, the waft of blood scent emanating from her rosebud cheeks. My nostrils vibrating in inexpressible delight.

I heard her, the whisper of her hair moving hardly visible while she danced so slowly; so bright and blond, a golden veil flowing over her shoulders. I could have spent hours and hours just watching her moving to this fancy slow music from the old jukebox standing in the corner of the bar.

I immediately had realized that she was here on her own and very insecure. How shy her eyes sped from one face to the next, searching for any sing that it was better to leave and run ahead. But the men on the bar were caught in their beer ignited fantasies, already too drunk to walk more than a few steps. So she went for the jukebox and started to dance.

When I reached her and touched her it was like the fulfilling of a long ago promise. All my senses were filled up with her scent and view and sound. How blue her eyes were, how black and long the lashes around them, how pure and questioning they looked into my face!

But when I scanned her mind I realized that she was an angel, created by an evil mind. This girl had killed - more than once. How her mother had screamed when she had seen the knife in the blood drenched fist of her beloved daughter...

We made a perfect couple although she was the last one to realize.

I smiled at her and asked her if she'd care to dance with me - it would be better than dancing alone anyway.

She agreed, the corners of her deep red mouth moving upwards for hardly a second.

'You are a very beautiful girl.' I whispered in her ear, kissing her hair and likening it so much that I nearly broke out in a happy laughter.

She stiffened full of suspicion. 'Why do you say this?' she asked and drew away from me.

'Because it's true. You are beautiful. What do you think of becoming a model?'

She laughed, a tiny sound, barely audible to my ears. 'I'm beautiful but not that beautiful.'

'Oh yes, you are.' I contradicted and smiled 'Why don't you like such flattery? Come with me I will take you someplace...'

'No... please... I want to stay in here...'

'Are you afraid of the dark?'

She didn't answer.

'Well, come with me and I'll set it alight for you.' Persuasion has always been my best and it didn't fail this time as well.

So we walked down the lonely and dirty little street in front of the bar, talking sweet nonsense about how black the sky was and how white the moon and stars.

In the circle of light under one of the old streetlamps I suddenly stopped and lay my arms around her waist. Her blue eyes stared into mine with slight horror.

'No fear, my heart. It will hurt just a very little bit.' I murmured.

I could hear the soft beating of her heart fastened by her fear. Oh, these dense sounds of life - blood and heart and chanting veins, calling me like the sirens of the old myths. The rhythm of her breathing, such a symphony. Her skin was salty and I loved to feel the very small, very shiny silver knife, breaking through the fine texture of it.

And then the blood. Thick and sweet, spilling from her like from a sacred spring, almost violating my senses as it touched my tongue, excitement rushing through my entire body an filling it with warmth and life. Dazzling images rose from her mind, sorrow and joy, mixed up with fear and the great question of 'who am I?'.

Brilliant colours, scents and feelings, a view through the window of tiny hotel room facing a green valley somewhere in the south of France.

So I danced with her in the circle of light, so slowly and delightfully.

Moments became eternity while her heart went slower, still forcing the blood to run, on and on, but fading, hesitating. Until it suddenly stopped.

The damnest creature dreaming of the damnest actions man can make. How they killed each other for money and land, started wars just to use their new weapons, how science that was meant to help was used for genocide, how beliefs made children become hating soldiers and how hopes were used to make a father a killer. Death all over, hate and killing.

Somehow I felt at home. Everywhere, every night in small pools of light on street corners.

Death dancing slowly with living beauties.

Diarmaid

Manuela Sonntag

Vollmond umspülte Grenzen
Wirklichkeit und Traum
Warum sollten wir unterscheiden?
Warum sollten wir es wollen?

Triff mich auf dem kahlen Gipfel
ein steinerner Thron für die Gebieterin der Sterne
Folge mir auf den Bernsteinpfaden
Wege der Mutter des Mondes

Vollmond umspülte Grenzen
Raum und Zeit
Warum sollten wir verweilen?
Warum sollten wir es wollen?

Streife mit mir durch die dunklen Wälder
Geschenke der Königin der Erde
Tauche mit mir in die silbernen Seen
Quellen der Herrin des Lebens

Vollmond umspülte Grenzen
Liebe und Magie
Warum sollten wir sie trennen?
Warum sollten wir es wollen?

Fantasy

Die Prüfung

Manuela Sonntag

Ächzend und fluchend schob sich eine Gestalt immer weiter durch das unwegsame Gestrüpp der Norga Wälder. Norga, das hieß in der Sprache des dunklen Volkes soviel wie finster, feindlich. Mockra zweifelte nicht daran, dass dieser Name zutreffend war.

„Ach verschwinde!" herrschte sie eine wilde Hirschkuh an, die gemächlich ihren Weg kreuzte.

Unter anderen Bedingungen hätte es sie gefreut hier einem Wesen des Lichtvolkes zu begegnen, denn es bedeutete, dass sich zumindest vorerst keine Dämonen in ihrer Nähe befanden. Andererseits knurrte ihr Magen und doch durfte sie während der fünf Tage ihrer Prüfung kein Fleisch reißen. Die Hirschkuh hielt ihr nur vor Augen, was sie sich entgehen ließ, und ihre Laune besserte sich dadurch nicht gerade. Missmutig richtete sie ihren Blick wieder auf die beinahe lebendig anmutenden Dornenranken. Anscheinend war dieses dornenbewehrte Gestrüpp das einzige, was in der Dunkelheit des Schattenreiches gedeihen konnte.

„Sogar die Pflanzen in dieser Gegend sind böse und hinterlistig!", dachte Mockra verdrießlich und zog sich einen giftigen Stachel aus der schuppigen Haut, „Aber nicht mit mir!"

Auf einer kleinen Lichtung inmitten des finsteren Gebüschs blieb sie stehen und sah sich unschlüssig um. Sie musste fünf Tage in dieser Wildnis verbringen, doch wohin sollte sie sich wenden? Zwar sollte sie ihre Fähigkeiten unter Beweis stellen, doch sie hatte auch keine Lust nur aus verfehltem Heldenmut, oder schlichter Leichtsinnigkeit die Konfrontation mit den Wesen des dunklen Volkes zu suchen, die in dieser Region das Grenzgebiet unsicher machten. Diese Kreaturen waren sogar im Reich der Dämonen Ausgestoßene und selbst ihre Artgenossen konnten von ihnen keine Gnade erwarten. Dies galt daher erst recht, wenn man dem Lichtvolk angehörte, das die dunklen Wesen von jeher beneideten und hassten. Ein herausgeforderter Kampf mit ihnen kam einem Selbstmord gleich. Es gab einige Heißsporne in ihrem Stamm, die nur auf diese Gelegenheit gewartet hatten, doch sie alle waren von ihrer Prüfung nicht zurückgekehrt ... und Mockra wusste, dass ihre Familie, die in sicher Entfernung von der Grenze auf sie wartete nicht nur auf ein Freudenfest zu ihrer Rückkehr vorbereitet war, sondern auch auf eine Trauerfeier, sollte sie nicht überleben. Drei Tage würden sie über ihre fünftägige Prüfung hinaus warten, dann würden die Weisen den Sterberitus vollziehen und ihre Familie würde sich abwenden, denn ihr Volk verachtete Schwäche...

Doch Mockra war fest entschlossen keine Schande über ihre Familie zu bringen. Schließlich wandte sie sich nach Süden, die Richtung aus der die Hirschkuh gekommen war. Jeder Ort im Schattenreich barg Gefahren, warum sollte sie also diesen kleinen Fingerzeig außer Acht lassen? Letztlich würde sie sich dem dunklen Volk doch stellen müssen und sie hoffte nur, dass es nicht allzu viele sein würden. Mit zehn, zwanzig Dämonen konnte sie leicht fertig werden, doch sie hatte gehört, dass es auch Gruppen gab, die mehrere Hundertschaften zählten...

Doch zunächst einmal musste sie Nahrung suchen. Nachdenklich betrachtete sie die faustgroßen, schwarzen Beeren, die beinahe unerreichbar zwischen den langen Dornen reiften. Dann entschied sie sich jedoch dagegen. Man konnte schließlich nicht wissen, welche Tücken diese einladenden Früchte verbargen. Statt sich also an weichem Fruchtfleisch gütlich zu tun, grub sie nach einigen Wurzeln und brach einige Brocken weichen Sandstein aus einem nahe gelegenen Felsen.

„Wurzeln und Steine!", grummelte sie leise vor sich hin, als sie sich nach einem geeigneten Lagerplatz umsah und sich dann schwer auf einen größeren Felsen fallen ließ, „Das ist kein Essen für eine Kriegerin!"

Nachdem sie ihr frugales Mahl beendet hatte, schulterte sie seufzend ihren schweren Wurfspeer und wanderte weiter durch die schwarzen Ranken. Ob es inzwischen wohl schon Abend war?

Oder noch nicht einmal Nachmittag? Sie verlor zusehends das Zeitgefühl. Beunruhigt sah sie sich nach dem bleichen Mond des Schattenreiches um. Schließlich entdeckte sie ihn weit im Osten, nur knapp über den morschen Ästen der kärglichen Baumleichen, die ihr Blickfeld begrenzten. Die älteste Weise, Borka, hatte ihr verraten, dass der Mond auf der dunklen Seite etwa zur Mittagszeit sank und erst spät

in der Nacht wieder aufging. Also war es schon Nacht? Ärgerlich blähte sie die Nüstern und ließ zischend die Luft entweichen. Die Zeit zu vergessen, war beinahe so leichtsinnig, wie unnötige Kämpfe! Wenn sie die Orientierung verlor und nicht rechtzeitig zurückfand . . . dann konnte sie genauso gut sterben! Sie blieb einen Moment stehen und vollzog gründlich ihren bisherigen Weg nach, um sich eine innere Landkarte anzulegen. Sie hatte sich noch nie verirrt und auch keine Lust jetzt damit anzufangen! Während sie noch den Lauf des Mondes verfolgte, bemerkte sie ganz in der Nähe einen leidlich hohen Baum, der nicht so verrottet aussah, wie alles andere um sie herum. Vielleicht könnte sie in den oberen Ästen ein Nachtlager aufschlagen? Entschlossen stapfte sie weiter durch das elende Dickicht, bis sie genau unter dem ausladenden Geäst stand. Mit ihrem Speer stieß sie mehrere Male so fest sie konnte gegen den Stamm und die tiefer liegenden Äste und stellte zufrieden fest, dass beide diesen Attacken standhielten. Sie wagte nicht ihre Schwingen zu entfalten, da sie fürchtete sie an den Dornenranken zu verletzen, die auch diesen Baum fest in ihrem Würgegriff hielten und so nahm sie ihren Speer zwischen die Zähne und grub die Krallen ihrer Hände tief in das steinharte Holz. Der Aufstieg an sich war leicht zu bewerkstelligen, sich einen Schlafplatz zwischen all diesem Gestrüpp einzurichten dagegen schon fast Schwerstarbeit. Doch schließlich hatte sie sich eine Astgabel freigelegt und ließ sich mit einem erschöpften Knurren darauf nieder. Den Speer griffbereit und alle anderen Sinne aufs äußerste geschärft, schloss sie die Augen und war bald darauf eingeschlafen, ohne auch nur die kleinste Faser ihres muskulösen Körpers zu entspannen.
Die weiteren Tage ihrer Prüfung gingen beinahe ereignislos dahin, so dass sich Mockra ernstlich zu fragen begann, was sie den Weisen berichten wollte, wenn sie die dunkle Seite wieder verließ. Natürlich gab es auch Feiglinge unter den Kriegerinnen ihres Stammes, die sich die ganzen fünf Tage in der Krone eines Baumes aufhielten und später wilde Geschichten über ihre Abenteuer ersannen, doch solcherlei war unter Mockras Würde. Andererseits wäre es auch beschämend, gestehen zu müssen, dass sie nicht einen einzigen Kampf bestritten hatte, sah man einmal von der winzigen Auseinandersetzung mit zwei Trollen ab. Doch diese buckligen Zwerge mit den krummen Beinen und den warzenübersäten Gesichtern waren ebenfalls unter ihrer Würde!

„Es hilft nichts!", dachte Mockra niedergeschlagen, „Ich muss zurück und es wäre töricht noch länger zu bleiben, nur um auf einen vielleicht gefährlichen Kampf zu hoffen. Am Ende würde ich verletzt und schaffte es nicht mehr rechtzeitig und damit wäre niemandem geholfen!"
Also schulterte sie wieder ihren schweren, unbenutzten Speer und machte sich trübsinnig auf in Richtung Westen, zurück zu Sonne, Wärme und gutem Essen!
Doch sie war noch keine hundert Schritte weit gekommen, als sie ein leises Geräusch aufhorchen ließ. Der Wind, der beständig von den Kaska Bergen herunterwehte, auf denen Eis und Schnee das Schloss des Dämonenkönigs verbargen, hatte sich etwas gedreht und trug ihr aus der Ferne das tiefe Gemurmel mehrerer Stimmen zu. Ihr Herzschlag beschleunigte sich und ihre Nasenflügel bebten, als sie versuchte eine Witterung der Wesen aufzunehmen, die sich etwa fünfhundert Fuß von ihr entfernt unterhielten.
„Dämonen!" flüsterte sie kampfeslustig.
„Es ist nicht vernünftig deine Rückkehr zu verschieben!" flüsterte ihr Verstand, „Du weißt nicht einmal wie viele es sind!"
Doch das Blut, das murmelnd durch ihre Muskeln floss und in ihren Ohren rauschte, flüsterte ihr etwas Anderes zu.
Vielleicht hätte ihre Vernunft dennoch den Sieg davongetragen, hätte sie den Schrei nicht gehört. Doch sie musste ihn hören, denn ihre Sinne waren so scharf, wie gebeizter Stahl. Es war der verzweifelte Schrei einer Menschenfrau und er hing lange und unheilsschwer in der dumpfen Luft. Ohne dass sie es wahrnahm begannen ihre Beine zu laufen, katapultierten sie auf dem unwegsamen Gelände vorwärts. Schließlich breitete sie, taub für Befürchtungen und Ängste, ihre Schwingen aus und genoss die wirbelnden Luftströme, die über und unter den ledrigen Häuten hinflossen. Wie ein riesiger Vogel schwebte sie über der Lichtung, auf der sich die Dämonen um ein winziges Lagerfeuer versammelt hatten.
„Es sind nur fünf!" dachte ihre Vernunft und ließ ihrer Kampfeslust erleichtert und siegesgewiss alle Zügel schießen.
Die Menschenfrau lag zusammen gekrümmt am Rande der Lichtung und wimmerte. Ihr ehemals weißes Kleid war zerfetzt und blutverschmiert, die gelben Flechten auf ihrem Kopf und die weiße Haut schimmerten schwach im Glanz des Feuers.

„Das wird ein Abenteuer!" jubelte Mockra im Stillen, als sie pfeilschnell auf die Lichtung herab schoss und erst im letzten Moment ihren Körper abfing. In einer riesigen Staubwolke landete sie vor den erstaunten und - sie sah es mit Genugtuung - erschreckten Gesichtern der dunklen Wesenheiten.

Es musste sich ein See in der Nähe befinden, denn sie bemerkte zwei Wassergeister unter den Schreckgestalten, die sich nur langsam aufrappeln konnten. Ihre schuppige Haut glich der ihren, war aber bläulich, statt braun und nach ihren Erfahrungen weit weniger widerstandsfähig und aus den grünen Algen, die ihren Kopf bedeckten rann traniges Wasser. Ihre drei Gefährten waren seltsame Mischwesen, eine beträchtliche Ansammlung hässlicher Fratzen und abstoßender Gliedmaßen, Tentakel und Flügeln.

„Sieh an, eine Drachenkriegerin!", ließ sich der größere Wassergeist vernehmen, offenbar der Anführer der Gruppe, „Was führt ein hässliches Reptil, wie dich an einen solchen Ort?"

Seine hämische Stimme ließ das Feuer in ihrer Lunge aufsteigen, doch sie wollte diese ungewöhnliche Zusammenkunft genießen und so hielt sie ihren brennenden Atmen zurück und entblößte statt dessen ihre rasiermesserscharfen Reißzähne.

„Was sollte es einen armseligen Fisch kümmern, der es nicht einmal versteht ein Lagerfeuer zu verbergen und seine Gefangenen ruhig zustellen?"

Sie legte bedächtig ihre Schwingen auf ihrem Rücken zusammen und ließ einen grimmigen Blick über die Dämonen schweifen, die zufrieden stellend verängstigt waren. Ihr Speer funkelte im Feuerschein und die Knochenstacheln auf ihren Rücken und ihrem anmutig gebogenen Schwanz stellen sich bedrohlich auf. Sie sah das flackern von Furcht in den Augen des Wassergeistes und doch war er zu sehr erzürnt über ihre Herablassung, um ihr nicht zu antworten.

„Sieh dich vor Du elender Wurm! Wir sind Abgesandte des großen Königs Bahmat! Wenn du dich uns in den Weg stellst, wird er dich zermalmen!"

Wie um seine Worte zu verstärken, trat er mit seinen Flossenfüßen das Feuer aus, doch ihr spöttisches Lächeln konnte er dadurch nicht vertreiben. Sie brauche kein Licht, um ihn genau ausmachen zu können, das würde er noch früh genug bemerken. Doch zuerst wollte sie mehr über diese seltsame Gesandtschaft erfahren. Warum hatten sie diese Menschenfrau bei sich? Und warum waren sie auf dem weg zur Grenze, statt die Gefangene zu den Kaskahöhen zu bringen?

„Du, ein Bote des Königs? Ich dachte bisher euer König hätte zumindest für einen Dämon einen Funken Verstand, doch wenn er so unvorsichtige Versager wie euch mit einem Beutezug betraut, dann kann er nicht mehr Verstand haben, als eine Fliege!"

„Das wirst du bereuen, du ..."

Der triefende Wassergeist brachte diesen Satz nicht zu Ende, sondern stürzte sich mit gebleckten Fangzähnen auf sie, doch er war kein Gegner für ihre aufgestaute Kraft. Mit nur einem Schwung ihres Schwanzes schleuderte sie ihn quer über die Lichtung, bis ein morscher Baum seinen Flug bremste und über ihm zusammenbrach. Mockra lachte befreit auf, während sich die anderen Mitglieder der Gesandtschaft nun gleichzeitig auf sie stürzten.

Einen schlug sie nieder, dem anderen bohrte sie ihre Klauen in den Bauch, bis sie ein zufrieden stellendes Knirschen vernahm und dickflüssiges Blut ihre Hand netzte. Den anderen Wassergeist und ein kleines Insektenähnliches Wesen trieb sie vor sich her, bis sie es leid war, dann schickte sie ihnen eine glühende Feuerwoge nach, die sehr viel schneller war, als sie. Befriedigt und belustigt blickte sie sich um.

„Ah da bist du ja!"

Der Dämon, den sie lediglich niedergeschlagen hatte bemühte sich nach Leibeskräften zu fliehen, doch aus seinem Ohr floss Blut und es war abzusehen, dass er seinen Freunden bald ins Jenseits folgen würde. Doch vorher ...

„Wenn du mir erzählst, was eure Aufgabe war und warum ihr diesen Menschen bei euch habt, dann werde ich dich schnell töten. Wenn nicht, dann werde ich dir die Beine, oder was das da auch sein mag, brechen und dich für die Trolle zurücklassen!"

Sie sah, dass ihre Worte Wirkung zeigten. Sogar die Dämonen fürchteten sich davor den Trollen hilflos ausgeliefert zu sein, denn jedermann wusste, dass es ihnen großes Vergnügen bereitete andere Wesen zu quälen und vor ihren Augen deren Eingeweide zu verspeisen. In den schwarzen Augen des Dämons spiegelten sich Resignation und Hass.

„Unsere Aufgabe hast du übernommen und du wirst die Konsequenzen tragen! Die Menschin ist die Gefangene unseres Königs und du wirst noch bereuen sie gerettet zu haben!"

„Er redet irre, diese miese Kreatur!" dachte Mockra bei sich, „Niemals würde der König eine Gefangene entkommen lassen, geschweige denn ihr eine Eskorte bis zur Grenze mitzugeben! Und warum sollte ich bereuen sie gerettet zu haben? Der Machtbereich des Dämonenkönigs endet nur wenige hundert Schritt von hier! Man sollte keine hirnlosen Geschöpfe um Auskunft bitten!"

Ärgerlich wandte sie sich ab, hielt jedoch ihr Versprechen und zerschlug den Kopf des Wesens mit der harten Knochenspitze ihres Schwanzes. Sie hatte nie vorgehabt ihn zurück zulassen, es deckte sich nicht mit ihrer Ehre.

„Wären diese Dämonen nur ein klein wenig schlauer, dann hätten sie uns in der Hand, aber da sie keine ehrenhaften Taten kennen und da sie so dumm sind, werden sie ewig die Verlierer sein!" überlegte sie, während sie über die verstreuten Leichen hinweg stieg, um sich den Zustand der Menschin einmal genauer anzusehen.

„Ein Schlag auf den Kopf!" murmelte sie, als sie den bewusstlosen Körper herumdrehte.

Die Menschin war zierlich und schwach, kein Wunder also, wenn sie in die Hände der Dämonen gefallen war. Doch dann fiel Mockras Blick auf das kleine, goldene Messer an ihrem Gürtel und ihre bernsteinfarbenen Augen weiteten sich vor Erstaunen.

„Eine Priesterin!" flüsterte sie mit neuem Respekt.

Alle Völker von Elysion achteten die Priester und Priesterinnen der Elemente, auch wenn ansonsten jeder Stamm seine eigenen Götter verehrte. Doch wann immer sich in einem Kind die Kraft zeigte die Elemente gefügig zu machen, brachte es große Ehre für seine Familie, wenn es in einen der Orden eintrat, dort die Kräfte seines Elementes, der Telepathie und der Telekinese beherrschen lernte und die höheren Weihen empfing.

„Ein weißes Kleid . . . eine Windbeschwörerin!" kombinierte Mockra und freute sich noch mehr, dass sie sie gefunden hatte. Sie hatte eine Priesterin der Elemente gerettet und konnte zudem den Beweis für ihre Geschichte gleich mitbringen. Neugierig warf sie einen Blick auf die Unterseite des Messers. Aleia stand da in schön geschwungenen Buchstaben.

Dann betrachtete sie einen Moment sie schönen Züge der bewusstlosen Frau und dachte an die Entfernung, die ihr noch zu überbrücken blieb, bis sie sich wieder im Licht von Elysion und der Bewunderung ihrer Familie sonnen konnte.

Seufzend schulterte sie ihren Speer und ihre menschliche Last und machte sich auf den Weg.

„Zumindest hast du dafür gesorgt, dass meine Prüfung wirklich erfolgreich war!" sagte sie zu Aleia, war aber froh, dass sie ihr nicht antworten konnte, als sie sich ihren Rückweg durch den Dornenwald erkämpfte.

Was ist Liebe?

Eifersucht

Christine Schuhmann

Als sie den Schlüssel in der Tür hört, steht sie leise auf und geht zur Treppe.

Sie beobachtet, wie er seinen Mantel an die Garderobe hängt und die Schlüssel auf die Flurkommode wirft, wie er sich bückt, um seine Schuhe auszuziehen.

Er bemerkt sie, als er sich aufrichtet. Ein Lächeln huscht über sein Gesicht.

„Hallo, Schatz! Warum bist du noch wach?"

„Ich habe auf dich gewartet.", antwortet sie kalt.

„So?" Er steigt die Treppe hinauf und will sie küssen, doch sie entzieht sich ihm und stapft ins Schlafzimmer. „Was ist denn los?", fragt er irritiert.

„Was ist denn los?!", äfft sie ihn erbost nach, „Ha! Also ob du das nicht genau wüsstest!"

„Ach, du denkst schon wieder, ich würde dich betrügen? Wer soll es diesmal sein? Meine Sekretärin? Das Mädel aus der Eisdiele? Oder zur Abwechslung mal mein Chef?!"

„Mach dich nicht über mich lustig!"

„Hör zu, du kannst gerne im Betrieb anrufen, die Nummer ist im Telefon gespeichert! Frag meine Sekretätrin, frag Hannes, frag meinen Chef, wenn du unbedingt willst! Ich war bis vor einer Stunde auf einer Konferenz!"

„Haha! In einer Stunde kann man sehr viel Sex haben! Und ihr bei euch im Betrieb steckt doch alle unter einer Decke! Diese ganzen Schlampen die da rum laufen, um uns Hausfrauen die Männer abspenstig zu machen!"

„Hätte ich dich geheiratet, wenn ich etwas für Schlampen übrig hätte?", schmeichelt er hilflos und empört.

„Mach dich nicht über mich lustig! Ich weiß genau, dass diese Weiber alle hinter dir her sind! Du siehst gut aus!"

„Oh, danke."

„Lenk gefälligst nicht vom Thema ab! Die wollen dich mir wegnehmen!

46

Diese miesen Flittchen! Und du bist doch auch total scharf auf diese großbusigen billigen Schlampen!"

„Du machst dich lächerlich! Warum zur Hölle sollte ich mit dir unzufrieden sein, mal abgesehen von der Tatsache, dass mir deine ständigen Unterstellungen langsam auf die Nerven gehen?!"

„So, ich gehe dir also auf die Nerven, ja? Dann fick doch deine Sekretärin, wenn es dir Spaß macht!"

„Ich habe nie mit meiner Sekretärin geschlafen und ich werde auch nicht damit anfangen! Willst du dich denn wirklich an diesem einen Abend aufhängen?"

„Ja! Hat es sich wenigstens gelohnt!?"

„Das hat es allerdings, denn wir haben uns sehr nett unterhalten! Sie hat zwei bezaubernde Kinder, die Gute!"

„Ach, sie auch? Na, dann passt ihr ja perfekt zusammen!"

„Wir haben nicht miteinander geschlafen! Jeder außereheliche Verkehr, den ich jemals hatte, fand vor unserer Trauung statt!"

„Ach, und das soll ich dir abkaufen? Ich soll dir allen ernstes glauben, dass du mich nicht betrügst? Ich soll deinen Worten mehr glauben, als den Lippenstiftflecken an deinem Kragen? Und diesem widerlichen Parfum an deinen Händen?"

„Der einzige Lippenstift, den ich seit unserer Hochzeit am Kragen hatte, war von dir oder von unserer gemeinsamen Tochter, die mich ärgern wollte! Und wenn man auf dem Betriebsessen einer Frau vorgestellt wird, wäre es doch sehr unhöflich, sich angewidert abzuwenden, nur damit die krankhaft eifersüchtige Ehefrau daheim nicht sauer wird!"

„Ach hör doch auf mich zu verarschen!"

„Na gut! Ich habe bis vor einer Viertelstunde mit meiner und Hannes' Sekretärin aufregenden Sex gehabt, während Hannes und mein Chef uns filmten und meinen Arsch mit Petersilie garnierten!"

„Hör auf mich zu verarschen!"

„Ja was willst du denn sonst hören?! Wenn ich mich verteidige, ist es falsch, wenn ich alles zugebe, ist es auch falsch! Was willst du hören? Du glaubst mir ja nichts!"

Immer noch heulend starrt sie ihn an.

„Es hat keinen Zweck mit dir.", sagt sie dann ruhig, „Es tut mir weh, das zu sagen, aber ich glaube es ist besser, wenn wir uns eine Zeit lang nicht sehen."

Eine Träne

Manuela Sonntag

Diese Technik der Strophenaufteilung nennt man ‚Korrespondenz von Form und Inhalt'. So kann beispielsweise ein Gedicht über eine Sanduhr in X-Form angelegt werden, oder wie in diesem Fall ‚tränenförmig'.

Ein kleiner Tropfen
Hoffnung
Trauer
Schmerz
Freude

Ein Blick zurück
Willkommen
Abschied
Frieden
Glück

Eine einziger Augenblick
Freundschaft
Hilfe
Trost
Liebe

Elfchen

Manuela Sonntag

Als Elfchen bezeichnet man kleine Gedichte, die aus 11 Worten bestehen, zumeist aufgeteilt in 1-2-3-4-1 oder 1-2-4-3-1, wobei das erste und letzte Wort die Quintessenz bilden. Im Großen und Ganzen sind sie kleine, niedliche Zeitvertreiber für langweilige Schulstunden.

Regen
wütender Sturm
zerstörende Kraft lebendiges Wasser
und mitten darin
Ich

Wolken
ziehen vorbei
durch goldenen Sonnenschein
über den Wasserblauen Himmel
endlos

Farben
rotgelbe Blätter
ein blauer Himmel
grüne Pflanzen im Teich
Leben

Blätter
grün, gelb
rot, wirr, wirbelnd
springen, treiben, hüpfen, fliegen
Freude

Everything changes?

Manuela Sonntag

Das Telefon riss sie aus einer beschaulichen Sonntagnachmittag Ruhe und verlange energisch und bestimmt dass sie aufstand und den Hörer abnahm. Eine Aufforderung, der sie nur mit großem Bedauern nachkam.

"Ja hallo?"

"Hi Liebes, ich bin's!"

"Oh Hi! Na wie geht's dir?"

"Ganz toll, stell dir vor er kommt mich heute Nachmittag besuchen!"

"Er?"

"Na du weißt schon!"

"Ach er! Sag mal, seid ihr inzwischen nicht schon über zwei Monate auseinander?"

"Na und? Trotzdem kommt er mich besuchen! Ich kann es gar nicht abwarten! Was meinst du, was soll ich anziehen?"

"Ist das nicht egal? Wenn ich dir glauben darf, hattest du doch genug von seiner Kleinlichkeit. Dann musst du ihm doch nicht gefallen, oder?"

"Ach du! Natürlich muss ich so gut aussehen, wie ich nur kann! Schon allein, damit er erkennt, was er alles aufgegeben hat!"

"Ähm du hast aber ihn doch verlassen, oder?"

"Na und? Hätte er sich mehr um mich bemüht, dann wäre es gar nicht erst dazu gekommen!"

"Und was versprichst du dir davon, dass er heute zu dir kommt? Willst du wieder mit ihm zusammen kommen, oder was . . .?"

"Ach was, Quatsch! Ich bin doch im Moment viel zu glücklich mit meinem Singledasein! Aber ein bisschen ärgern, will ich ihn schon!"

"Und warum glaubst du, dass er sich ärgert, bloß weil du dich aufdonnerst?"

"Na weil er mich immer noch liebt, ist doch klar."

"Klar. Wie konnte ich das nur vergessen? Und was wollt ihr tun?"

"Also, ich dachte an ein kleines Candle-Light-Dinner und ein bisschen gedämpfte Musik...und dann . . . mal sehen."

"Aber du bist sicher, das du nichts mehr von ihm willst?"

"Wer behauptet denn das? Natürlich will ich noch was von ihm!"

"Ja aber hast du nicht eben ..."

"Ich will keine Beziehung mehr mit ihm ... zumindest nicht gleich. Aber ein bisschen Sex ist doch völlig in Ordnung, oder nicht?"

"Na wenn du meinst. Also wenn's darum geht, dann würde ich den roten Lackmini vorschlagen."

"Ach du bist schon lustig! Dann wüsste er doch sofort was Sache ist!"

"Ach so, das soll er nicht wissen?"

"Natürlich nicht sofort! Er würde ja denken, dass ich auf ihn angewiesen bin und das bin ich schließlich nicht!"

"Ach so. Na dann. Das kleine Schwarze?"

"Genau was ich mir gedacht habe! Du bist wirklich genial!"

"Danke, gern geschehen."

"Also ich muss mich jetzt beeilen! Ich muss ja noch unter die Dusche und mich anziehen und schminken! Du weißt ja, wie das ist! Ciao Bella!"

Damit wurde der Hörer wieder auf die Gabel geworfen und sie kehrte mit einem tiefen Seufzten zu ihrer gemütlichen Couch zurück.

"Weiber! Einfach nicht zu verstehen!" dachte sie noch, bevor sie sich wieder ihrem Roman widmete.

Nach Motiven von Robbie Williams

Feel

Christine Schuhmann

Ich war unterwegs ins Dorf, um bei Martha's neuen Drehtabak zu holen. Ein dunkelgrüner Cadillac kam mir auf halbem Weg entgegen. Er hielt neben mir und ein knallrot angemalter Mund fragte nach dem Weg zur Ferienfarm.

"Immer geradeaus und dann links, Lady." murmelte ich.

"Danke, bye!"

Ihr Lächeln fuhr mir direkt in den Bauch.

'Frauen!' dachte ich 'Allesamt Hexen.'

Wir trafen uns am nächsten Tag frühmorgens wieder. Sie wollte ausreiten und ich war gerade im Stall beschäftigt. Sie lächelte mich an.

"Guten Morgen."

Ich knurrte.

"Kennen Sie sich hier in der Gegend aus?"

"Geht so."

"Ich suche einen Reitweg mit netter Landschaft daneben."

"Die Straße zum Dorf runter, vor dem Ortsschild links geht es in einen Tannenwald. Oder Sie biegen rechts ab, da haben Sie Hügel mit Steppengras."

"Ich hatte eher daran gedacht, dass Sie mitkommen. Ich habe einen furchtbar schlechten Orientierungssinn und fürchte, dass ich ohne einen Sherpa nicht zur Farm zurückfinde."

"Nehmen Sie Lane mit. Der kennt sich besser aus."

"Ist das der kleine Kerl mit dem breiten Gesicht?"

"Ja."

"Der ist mir unsympathisch." meinte sie gutgelaunt "Ich will, dass Sie mich begleiten."

Ich knurrte wieder.

"Holly Deverau." stellte sich sich vor und reichte mir eine schmale Hand mit langen, rotlackierten Fingernägeln.

"Robert." gab ich zurück, ihre ausgestreckte Hand geflissentlich ignorierend.

"Robbie?"
"Robert!"
"Ganz wie Sie wollen." meinte sie und steckte ihre Hand wieder in ihre Hosentasche.

In der Nacht hatte es geschneit. Von den Tannen rieselte Pulverschnee, als wir schweigend nebeneinander durch den Wald ritten. Hollies Parfum waberte süßlich über den Geruch der Pferde in meine Nase. Ihre heute ungeschminkten Lippen waren blass von der Kälte, ihre Augen waren von einem wässrigen Blau, ihr Haar weißblond gebleicht. Die einzige satte Farbe an ihr, die roten Fingernägel, steckten in beigen Handschuhen. Sie war unauffällig aber furchtbar altmodisch gekleidet und ich wundere mich immernoch, warum ich sie in diesem Moment so unglaublich schön fand.
"Erzählen Sie mal was." forderte sie mich auf "Wo kommen Sie her?"
Ich verbiss mir, sie darauf hinzuweisen, dass sie das nichts anging - weiß der Teufel warum.
"Ich komme aus ner verrotteten Kleinstadt. Schulversager, abgehauen. Sie wissen schon."
Sie sah mich interessiert an.
"Ein Herumtreiber also?"
"Ja."
Schweigen.
"Wie alt sind Sie?"
"29."
"Ich bin 24 und studiere Jura. Mummy und Daddy sind sehr stolz auf mich."
'Na herzlichen Glückwunsch.' dachte ich halbherzig.
"Ich werde Prozessanwältin. Und wenn Mummy und Daddy wüssten, dass ich mich mit Herumtreibern abgebe, wären sie sehr enttäuscht und würden mir kein Geld mehr fürs Studium schicken."
Ihr Unterton sollte wohl selbstironisch klingen.
"Tja." machte ich.
"Tja." machte sie.
Schweigen.
Mein Blick schlich wieder verstohlen in ihre Richtung. Anscheinend war ich diesmal nicht verstohlen genug, denn ihr Mund zog sich

plötzlich sehr zufrieden in die Breite.

Und als ich mich zu ihr drehte, um ihr zu sagen, dass es langsam Zeit wäre, wieder zur Farm zurückzukehren, hatte sie diesen gewissen Blick drauf. Sie hatte Blut gewittert.

Nach dem Mittagessen kam sie und sah zu, wie ich Holzscheite für den Kamin im Speisesaal hackte. Ihr Blick wanderte abschätzend über meinen Oberkörper unter dem durchgeschwitzten T-Shirt.

"Trainierst du?" fragte sie und setzte sich auf meinen ordentlichen Holzstapel.

"Was meinen Sie damit?"

"Machst du ein Muskelaufbautraining?"

"Nein."

"Dafür bist du ganz schön muskulös."

"Das passiert schonmal, wenn man körperliche Arbeiten verrichtet."

"Ah, du willst darauf anspielen, dass ich von Beruf Tochter bin und mein Studium von meinen Eltern finanzieren lasse?" fröstelnd grub sie sich noch etwas tiefer in ihre dick gefütterte Lederjacke.

"So ähnlich." antwortete ich.

"Wir sprechen uns wieder, wenn du deine ersten paar Semester Jura hinter dir hast."

"Gehen Sie wieder ins Haus oder bewegen Sie sich." sagte ich trocken.

"Wenn Sie weiter rumfrieren, erkälten Sie sich nur."

"Du gehst auch wirklich auf nichts ein." knurrte sie und stand auf, um im Kreis um mich herumzulaufen.

"Was soll das wieder heißen?" fragte ich mürrisch.

"Das soll heißen, dass es mich stört, dass du mich siezt."

"Dann unterhalten Sie sich nicht mit mir."

Ihr Blick wurde giftig und sie drehte mir den Rücken zu. Ich wünschte, ich wüsste, was in ihrem Kopf vorging während sie so geradeaus starrte.

"Ich habe gehört, dass es im Dorf ein Kino gibt. Ich lad dich ein, heute Abend." sagte sie über ihre Schulter, als sie schließlich zum Gästehaus zurückging.

"Ich habe keine Zeit heute Abend!" rief ich ihr nach, aber sie tat so, als hätte sie es nicht gehört.

Gegen sieben klopfte es an meiner Zimmertür. Ich war gerade aus der

Dusche gekommen und stieg seelenruhig in eine Jeans und ein T-Shirt, bevor ich öffnete.

"Ich leih dir meinen Föhn, dann brauchst du nicht mit nassen Haaren in die Kälte raus." sagte sie ohne Begrüßung.

Ich antwortete nicht, sondern zog mir einen Pullover über.

"Dann setz dir wenigstens eine Mütze auf."

Die Luft im grünen Cadillac war von Hollies Parfum gesättigt.

"Den Film, den sie heute Abend zeigen, habe ich schonmal gesehen. Gibt's irgend eine Alternative zu Kino in diesem Kaff?"

"Zuhause bleiben."

"Sowas wie... Bingo oder so? Angeblich ist das in Dörfern doch so beliebt."

"Es gibt eine Bingohalle." sagte ich, und wunderte mich, warum ich ihr nachgab.

"Na dann auf!" Und ihr rotangemalter Mund lächelte direkt in meinen Bauch.

Ich weiß nicht mehr, worüber wir geredet haben, während der weißhaarige Mister Billing Zahlen in sein Mikrophon nuschelte.

Ich weiß nur noch, dass Hollies roter Mund die ganze Zeit lächelte und dass ihr Blick an meinem Gesicht hing und ich mich merkwürdig wohlfühlte.

Als wir wieder in den grünen Cadillac stiegen, um zur Farm zurückzufahren, hatte ich aufgegeben, und als sie in einen Feldweg einbog und mich lange ansah, versuchte ich gar nicht erst, diesen gewissen Drang zu unterdrücken.

Es war über zwei Jahre her, seit ich das letzte mal unbezahlt gevögelt hatte, und Holly schien ebenso ausgehungert zu sein wie ich. Die Scheiben des Cadillacs beschlugen.

Zurück auf der Farm zog sie mich in ihr Zimmer und wir brachten den Lattenrost zum Quietschen.

"Du siehst frustriert aus." meinte Holly, als sie zum Schlafen ihren Kopf an mich lehnte.

"Ich bin nicht frustriert."

"Warum siehst du dann so aus als wärst dus?"

"Was weiß ich!"

"Du bist frustriert."

"Ich bin nicht frustriert."

"Lebst du überhaupt? Ich meine, lebst du *wirklich*?"

"Frauen." stöhnte ich gerinschätzig.

"Ha. Wusste ichs doch!"

"Denk was du willst."

Ich wachte wie üblich bei Sonnenaufgang auf und betrachtete kurz Hollies Gesicht und ihre nackten Arme. Dann stand ich leise auf, zog mich an und ging raus, um nach den Pferden zu sehen.

Hollies Duft klebte an meinem Körper. Ich verspürte das unbestimmte Bedürfnis, ihn in eine Flasche zu füllen und immer bei mir zu tragen. Ein paar Stunden später stand sie neben mir, an die Tür der Pferde-Box gelehnt.

"Morgen."

"Morgen."

"Hast du gut geschlafen?"

Ich zuckte die Schultern.

"Ich für meinen Teil habe hervorragend geschlafen." Sie reckte mir ihr Gesicht entgegen und schaute mich an, als erwarte sie, dass ich einen Kuss gab.

Ich reagierte nicht.

Sie wartete noch ein paar Sekunden, dann verließ sie den Stall.

Mit einem Mal fühlte ich mich elend, aber ich ging ihr nicht hinterher.

Nachmittags besuchte sie mich wieder beim Holzhacken.

"Du und ich..." sagte sie langsam.

"Was ist mit 'du und ich'?"

"Wir..."

"Was 'wir'? Was willst du von mir?"

"Das kann doch wohl nicht alles sein, was du dazu zu sagen hast!"

"Wieso? Nur weil wir..."

"Das war kein 'nur'."

"Und weil du das glaubst, meinst du, jetzt Erwartungen an mich richten zu dürfen, ja?"

"Ah, wenigstens duzt du mich jetzt." meinte sie aggressiv.

Ich schwieg.

Sie gab sich einen Ruck und kam neben mich.

"Leg mal die Axt weg." sagte sie.
"Nein. Ich muss hier fertigwerden. Ich bin nicht für deine Gefühle verantwortlich." knurrte ich rüde und schlug das Hozstück vor mir in zwei Hälften. Als ich mich nach einem neuen Stück bückte, drehte sie sich um und stampfte zum Haus zurück.

Abends kündigte ich, steckte meinen Lohn in die Tasche und verließ die Farm.
Auf dem Weg zum Dorf kam sie mir mit ihrem grünen Cadillac entgegen.
Sie fuhr langsam an mir vorbei, so als hoffte sie, dass ich es mir noch einmal anders überlegte.
Aber das Risiko, mich in Holly zu verlieben, war mir einfach zu groß, und es würde all meine Pläne zunichte machen. Ich könnte nicht mehr so von der Hand in den Mund leben, wie ich es gerne tue. Das war mein Verständnis von Freiheit.

Ich war ein Vollidiot.

Frauen sind anders...Männer auch.

Manuela Sonntag

Mit einem entnervten Seufzen schaltet sie den Fernseher leiser und nimmt das Telefon vom Tisch, wo es bisher so geruhsam neben einer halben Tafel Traube-Nuss Schokolade und einem halbvollen Glas Rotwein geschlafen hatte.

„Ja Herzblatt, was ist los?"

„Siehst du gerade die Nachrichten? Ich könnte ausrasten wenn ich mir ansehe was diese Leute..."

„Nein Schatz, ich sehe nicht die Nachrichten, ich habe sie ausgeschaltet als der Film weiterging."

Für einen Moment hat sie ihm den Wind aus den Segeln genommen, leider nur für einen Moment . . . sie seufzt erneut und äfft übertrieben seine nächsten Worte nach.

„Wie kannst du dich nur so überhaupt nicht für das interessieren was um dich herum passiert? Was wenn es nun wirklich Krieg gibt?"

„Dann, Schatz, habe ich wenigstens vorher noch in Ruhe einen guten Film im Fernsehen gesehen!"

„Ach ihr Frauen seid doch einfach oberflächlich! Ihr interessiert euch doch nur für eure Fernsehschnulzen und dann wundert ihr euch, das man euch politisch nicht ernst nimmt!"

Sie verdreht genervt die Augen.

„Wenn ich mich recht erinnere, ist einer der wichtigsten Berater im weißen Haus eine Frau oder nicht? Und wenn eine Frau der Präsident der USA wäre, dann hätten wir sicherlich weniger Probleme!"

„Ach nein, wo hast du denn das nun wieder ausgegraben? Aus einem deiner Emanzenmagazinchen?"

„Schatz, du weißt ganz genau, dass ich keine Emanzenmagazinchen mag. Ich bin leider nicht so klischeezerfressen wie du dir das gern vorstellst. Nicht so wie du und dein Fußball..."

„Jetzt fang nicht wieder damit an!"

„Ich habe damit gar nicht angefangen, du hast mich beim fernsehen gestört!"

„Warum müsst ihr Frauen immer das letzte Wort haben?"

„Und warum müsst ihr Männer immer Anderen die Schuld geben wenn ihr etwas falsch macht?" grinst sie süffisant.

„Ich kann sehr wohl zugeben, wenn ich etwas falsch gemacht habe, aber im Moment versuche ich nur dich zu ein wenig mehr Interesse an deiner Umwelt zu bewegen."

„Und was gibt mir die Umwelt dafür, dass ich mich für sie interessiere?"

„Warum sind Frauen nur so engstirnig? Könnt ihr nicht mal über den Rand eurer Kaffeekränzchentasse wegsehen?"

„Na ja immerhin versperrt mir meine Kaffeetasse nicht so die Sicht auf den Fernseher, wie die Auswüchse deines Bierhumpens . . ."

Sie kann es sich nicht verkneifen leise zu kichern.

„Sei gefälligst nicht so albern wenn ich versuche ein ernsthaftes Gespräch mit dir zu führen!"

„Sei gefälligst nicht so ernst wenn ich versuche einen Film im Fernsehen anzuschauen! Außerdem finde ich es weit alberner sich dermaßen über die Nachrichten aufzuregen. Möchtest du dein erstes Magengeschwür gern George Winnipu Busch nennen?"

„Wenigstens bringe ich Interesse für unsere politische Situation auf!"

„Dann besprich die Lage der Nation doch mit deinen Pokerfreunden!"

„Ich habe keine Pokerfreunde, ich hasse Kartenspiele!"

„Ach und ich dachte ihr Männer steht auf so was?"

„Ich bin eben nicht so klischeezerfressen wie du mich haben willst!"

Sie fangen fast gleichzeitig an zu lachen.

„Schatz, was tun wir hier eigentlich?"

Sie schüttelt grinsend den Kopf und schaltet den Fernseher aus, in dem gerade der Abspann ihres Films läuft.

„Ich weiß es nicht, ich wollte dir nur etwas erzählen."

„Dann tu es doch, mein Film ist jetzt eh aus. Und euch Männern gefällt es doch, wenn eine Frau euch ehrfurchtsvoll lauscht oder?"

„Na ja ehrlich gesagt . . . die Nachrichten sind jetzt auch aus und ich habe gar nicht mehr mitbekommen wie der Beitrag ausging . . ."

Sie lachen wieder.

„Dann komm doch einfach vorbei und wir schauen das Sportstudio zusammen. Heute läuft Eiskunstlaufen . . . und Fußball!

Fantasy

Die Geister der Verstorbenen
Manuela Sonntag

Sie hielt einen Moment inne, um die vermeintliche Schönheit des Abends in sich aufzunehmen. Hinter den weit entfernten Bergen begann eine rote Sonne langsam zu sinken, Vögel durchstreiften noch die milde Frühlingsluft und ihr transparenter Gesang mischte sich mit dem Rauschen der Bäume, kleines vibrierendes Leben regte sich überall, selbst der Wind schien zu flüstern und sie mit seinen weichen, warmen Händen zu umschmeicheln. Goldenes Licht fing sich in den kleinen Wellen des Teiches, kleine glitzernde Reflexe haschten einander über die schimmernde Oberfläche, die so unergründliche Tiefen verbarg. . .und für einen Augenblick konnte sie tatsächlich vergessen, was sie enthielten. . .

„Ehrenwerte Priesterin. . .seid ihr bereit?"

Sie nickte nur abwesend und schloss dann die Augen. Mit zitternden Fingern umschloss sie fester den langen Stab und fürchtete, sie würde vornüber in die sanften Fluten sinken, die unmerklich nach ihr zu rufen schienen, sobald sie ihren Griff lockerte. . .die Geister verlangten nach ihren Riten. . .oder einem Opfer.

Entschlossen nahm sie den Stab auf und wirbelte ihn mit beiden Händen ausgestreckt über ihrem Kopf. Ein Windstoß ließ das Gras um sie herum erzittern.

„Wir rufen die Geister der Verstorbenen! Frohlockt für sie, denn sie haben den Horizont erobert..."

Der uralte Gesang drang langsam aus ihrer Kehle hervor, aus einer Erinnerung, die ihr Bewusstsein nicht einmal berührte, eine Erinnerung an die Lektionen, die sie gelernt hatte, ohne je darüber nachzudenken, eine Erinnerung, die ohne jegliches Zutun ihren Körper in den uralten Tanz zwang, den die Priester der ersten Stufe sein Jahrhunderten für die Geister zelebrierten.

„Es ist nicht unsere Schuld, wenn andere Stämme mehr Kinder in die Welt setzen, als sie ernähren können!"

„Die Gesetze eures Volkes besagen, dass keiner verdienten Kriegerin das Recht auf Mutterschaft versagt werden darf. Es ist ein unumstößliches Recht, das du in Frage stellst!"

„Trotzdem hätten Kilikas Kriegerinnen klug genug sein können ihre Erzvorkommen besser abzuschätzen, dann müssten wir uns heute nicht gegen ihre Angriffe verteidigen!"

„Ihr schiebt einander die Schuld zu, wie alte Waschweiber! Dieser Kampf muss ein Ende haben!"

Helisana blickte herausfordernd in die Runde und begegnete dem Blick der Anführerin. Ihre Willen prallten aufeinander, die Luft in der kleinen Höhle schien wie elektrisiert. Anka, ehrewertes Stammesoberhaupt des nördlichen Clans, zuckte nur resigniert die Schultern. Ihr eiserner Brustpanzer klirrte leise.

„Sagt das nicht uns, sondern Kilika und ihrer Sippe. Sie sind doch diejenigen, die uns unser Territorium streitig machen!"

Das Hohe Medium sah noch einmal in die Runde und suchte den Blick ihrer Novizen, die sich beunruhigt zwischen den stachelbewehrten Kriegerinnen an eine Wand drängten.

„Ich hätte sie nicht mitnehmen dürfen.", dachte sie wohl zum hundertsten Mal, bevor sie sich wieder Anka zuwandte, „Du weißt sehr wohl, dass Kilikas Stamm auf die Quarz und Metallvorkommen in dieser Gegend angewiesen ist. Es ist nun einmal so, dass ihr Clan dem euren um das dreifache überlegen ist und in ihrem Territorium wurden die Vorkommen bereits vor Jahren aufgebraucht und auch ihre Vorräte gehen zur Neige. Dein Clan jedoch schwelgt dagegen in einem Überfluss, den er vor niemandem rechtfertigen kann!"

Sie sah, wie Anka scharf die Luft einsog und sich kleine Rauchsäulen aus ihren Nüstern kräuselten, doch sie ließ sich von derlei Drohgebärden nicht beeindrucken und legte nur noch mehr Gewicht in die Aura der Steinweisen, die sie umgab.

„Mein Clan hat ein Recht auf dieses Territorium, dass er vor nichts und niemandem rechtfertigen muss! Seit wann bestehlen die Steinweisen die Völker Elysions?"

„Die Steinweisen bestehlen niemanden, sie dienen dem Frieden und der Gerechtigkeit!" fuhr Helisana auf und ihr schwarzes Haar fiel über ihr Gesicht. Ein stechender Schmerz durchzuckte ihre Brust und zwang sie, sich wieder auf dem großen Steinsessel niederzulassen, der, ebenso wie der Tisch und die übrige Einrichtung des Zimmers, direkt aus dem

Felsen gehauen war. Die Falten um ihre Augen vertieften sich, als sie sich seufzend über die Stirn strich.

„Du musst doch einsehen Anka, dass du Angehörige deines eigenen Volkes zum Tode verurteilst, wenn du ihnen Dinge vorenthältst, die dein Clan leicht entbehren könnte."

Doch Helisana sah kein Verstehen, keine Einsicht in den Bernsteinaugen der Anführerin.

„Wir werden nicht auf Land verzichten, dass schon unseren Vorfahrinnen gehört hat. Und auch nicht auf die Rohstoffe, die sich dort befinden."

„Ihr bringt damit den Zorn der Steinweisen über euch, ist euch das klar?"

„Die Steinweisen wachen über den Frieden, wie du sagst. Sollen sie doch dafür sorgen, dass wir nicht angegriffen werden!"

„Warum sind Drachen nur so furchtbar stur?" fragte Unea ärgerlich, als sie sich schließlich von den Höhlen des nördlichen Clans entfernten, der leisen Hoffung entgegen, in Kilikas Lager auf weniger taube Ohren zu stoßen.

Helisana lächelte der jungen Floh'ora nachsichtig zu. Nach ihrer Entscheidung, sich selbst als Unterhändler ins Drachenreich zu begeben, hatte der Rat der obersten Weisen darauf bestanden, dass sie sich von zwei Priestern der ersten Stufe, die zu dieser Zeit auf ihre Unterweisung durch die Steinweisen gewartet hatten, begleiten ließ. Offiziell waren sie auf diese Reise geschickt worden, um weitere Erfahrungen zu sammeln und die Riten der Toten zu vollziehen, bevor sie als Anwärter auf die vollwertige Priesterschaft zu ihren heimatlichen Orden zurückkehrten, doch Helisana wusste sehr wohl, dass es vor allem um ihren Schutz und ihre Sicherheit ging. Sie sah aus den Augenwinkeln zu ihren Begleitern hinüber, die immer noch hitzig diskutierten.

„Eine Floh'ora Heilkundige und ein Elf, der es kaum erträgt sein Schwert an seinem Gürtel zu lassen und das obwohl er bereits Priester der ersten Stufe ist. . .für wie senil und schwach man mich inzwischen hält!", schnaubte sie im Stillen, laut sagte sie, „Das schlimme an diesem Kampf ist, dass es keine Seite gibt, die nicht einen triftigen Grund hat, ihn zu führen. Deswegen haben uns die Steinweisen hergeschickt."

„Aber die Kinder in Kilikas Sippe werden verhungern, wenn sie das Quarz und Erz nicht bekommen!" begehrte das Floh'ora Mädchen auf und die hellgrünen Flechten auf ihren Kopf zitterten empört.

„Dennoch kann Ankas Clan ihnen verbieten ihre Höhlen weiterhin in ihr Territorium hineinzutreiben. Sie beruft sich dabei auf Grenzen, die die Steinweisen vor Jahrhunderten selbst geschaffen haben."

„Aber man muss die heutige Situation trotzdem neu bewerten. Immerhin konnte niemand vorhersehen, dass sich einige Stämme zu solchen Völkerschaften entwickeln würden, auch die Steinweisen nicht. Es muss doch einen Kompromiss geben?" wandte Pahor ungewöhnlich ruhig ein und legte die Finger vor dem Mund zusammen.

Helisana seufzte.

„Wir können nur hoffen, dass Kilika das genauso sieht, ansonsten ist unsere Mission hier gescheitert und wir werden einen Krieg erleben gegen den die Steinweisen nichts ausrichten können, da beide Clans einen Teil Gerechtigkeit auf ihrer Seite haben. . ."

„Aber was sollen wir denn dann tun? Wir können doch nicht tatenlos zusehen!"

In den Augen des Mädchens standen Tränen und Helisana gab es einen Stich, dass sie keine andere Antwort wusste.

„Wenn das Schlimmste eintritt, dann werdet ihr weiterhin die Tänze der Toten vollziehen. . .das ist alles was uns zu tun bleibt."

Sie setzten ihren Weg schweigend fort, während hinter ihnen bereits die Schatten der Nacht über das Land krochen.

Die schweren Barrikaden aus Felsen und meterlangen Baumstämmen erzitterten unter Geschrei und Kampflärm, der außerhalb der halbfertigen Höhle tobte. Pahors Hand krampfte sich zitternd um seinen Schwertknauf, während er verbissen versuchte seine Panik niederzukämpfen. Hinter ihm drängten sich die Kinder und Alten aus Kilikas Sippe ängstlich an den Wänden der Höhle zusammen. Er hörte verzweifelte Stimmen, verzweifeltes Schluchzen um ihn herum, es schien kein Ende zu nehmen. Man hatte die Mütter in den Kampf schicken müssen, es gab keine andere Möglichkeit, auch wenn eine Drachenkriegerin Schwert und Speer ablegte, bevor sie sich dem Ritual der Mutterschaft unterzog. Aber Ankas Clan hatte Khor Söldner! Niemand wusste woher diese Kreaturen gekommen waren und was sie bewegt hatte für die Drachen zu kämpfen, aber vielleicht war es nur die schiere Gier nach dem Fleisch der Gefallenen. Pahor hörte ihre tierischen Schreie, die körperlos im Inneren der Höhle wiederhallten.

„Ich dachte immer die Khor kämen niemals aus ihren Bergen herunter.. .man hat noch nie einen von ihnen hier unten gesehen!" hauchte Unea neben ihm.

„Ich habe einen gesehen, als ich meine Prüfungen im Windkloster abgelegt habe.. .es sind Bestien, sie leben wie die wilden Tiere von rohem Fleisch und behängen sich mit Fellen und den Haaren ihrer Opfer." stieß er als Antwort zwischen den Zähnen hervor.

„Stimmt es, dass sie wie Wölfe mit Menschenköpfen aussehen?"

In Uneas Augen standen wiedereinmal Tränen. Pahor fragte sich, halb verächtlich, halb mitleidig, wie sie es wohl geschafft hatte ihre Pilgerschaft soweit zu überleben, dass die Steinweisen sie empfangen wollten.

„Eher wie eine Mischung aus einem Menschen, einer Raubkatze und einem Dämon. Aber was die Drachen ihnen versprochen haben, damit sie sich auf ihre Seite schlagen, dass wage ich mir nicht vorzustellen. Ich glaube selbst unser Hohes Medium hätte so etwas nicht voraussehen können.", gab er zurück und wies zu Helisana hinüber, die wie versteinert am Rande der Barrikade stand und dem Kampf zusah, der draußen schon seit Tagesanbruch wütete. Pahor wusste, dass sie sich schwere Vorwürfe machte. Helisana hatte eingesehen, dass dem Kampf nicht zu entkommen war und hatte in ihnen allen nur die Hoffnung erhalten können, dass er vielleicht schnell vorüber sein würde, denn immerhin rannten Ankas Kriegerinnen gegen eine immense Übermacht an. Die Khor hatten das Blatt gewendet, doch aus seiner Sicht hatten sie nichts tun können, um dieses Massaker zu verhindern. . .wie Helisana selbst gesagt hatte, wenn beide Seite beschlossen hatten zu kämpfen, gab es niemanden, nicht sie und auch nicht die Steinweisen, der daran noch etwas ändern konnte.

Plötzlich hing Helisanas Schrei zitternd in der mit Rauch und Blut geschwängerten Luft. Mit starren Augen wies sie auf etwas außerhalb der Barrikade. Pahor griff nach einem Ast und zog sich halb über den Rand des Schutzwalls. Er hörte Uneas flehende Stimme, doch ihre Worte erstarben im Lärm, der ihn plötzlich umgab. Und dann sah er den Karren. Ein riesiges Ungetüm von Fahrzeug, dass tödlich langsam, wie von Geisterhand auf die Barrikade zukroch. Ein Monster aus Holz, Eisen, Rauch und Flammen, dass ihn sein gähnendes Maul entgegenzustrecken schien, als wolle es die ganze Höhle verschlingen. Riesige Khor flankierten den Wagen und schmetterten Welle um Welle von Kilikas Kriegerinnen zurück, als seien es lästige Fliegen. Der Boden was aufgeweicht und schmierig von Blut und in Pahor rangen Wut und Übelkeit um die Herrschaft über seine zitternden Muskeln. Näher und näher rückte das blanke Entsetzen der mächtigen Belagerungsmaschine, doch mit einem Mal erkannte er, dass nicht etwa Geister, sondern reale Wesen, Ochsen aus Fleisch und Blut, es langsam, aber stetig in Richtung des Höhleneingangs schoben. In diesem Moment siegte sein Zorn und mit einer letzten Anstrengung zog er sich über die Barrikade. Es war ein einfacher, ein wahnwitziger Plan, der in seinem Kopf aufblitzte, etwas, dass so banal war, dass es vielleicht niemand versuchen würde, dass niemand so dumm wäre es zu versuchen. . .und gerade deswegen konnte es funktionieren! Er würde diesen fahrenden Tod aufhalten oder sterben bei dem Versuch, darauf kam es nun nicht mehr an. Wenn die Barrikade erst niedergebrannt war, würde sie alle als Futter für die Khor enden. . .sie alle! In diesem Gedanken steckte ein kleiner Dorn der ihn unwillkürlich zusammenfahren ließ. Ohne darüber nachzudenken drehte er sich noch einmal um und schrie der Wand aus Stein und Holz entgegen.

„Unea, geh nach hinten und versteck dich!"

Ein Pfeil schlug neben ihm ins Holz und er schaffte es gerade noch sich zur Seite zu werfen und zu verhindern, dass ein Speer sich in seinen Hals bohrte. Mit einem Röcheln zog er sein Schwert und warf sich seinem schemenhaften Angreifer entgegen. Nur der Wagen und die Ochsen schienen scharf umrissen, alles andere verschwamm in einem Meer von wirbelnden Leibern, Waffen, Flügeln und Zähnen. Er wich aus, griff an, stieß, schnitt, schlug sich einen Weg durch immer neues Fleisch, dass seinen Weg versperre. Seine Sicht verengte sich, als habe sich ein roter Vorhang über die ganze Welt gelegt, die Zeit schien sich zäh wie Honig zu bewegen und selbst die Schreie der Sterbenden drangen nur noch gedämpft an sein Ohr. Doch dann, endlich, stand er vor dem hinteren Teil des Wagens, seinem Ziel und die Welt holte ihn ein und machte einen jähen Sprung vorwärts, als der riesige, mit Haar und Metall überzogene Körper des Khor vor ihm aufragte.

Instinktiv duckte er sich unter dem mächtigen Keulenschwung hindurch und rammte seinen Schädel so fest er konnte in den ungeschützten Bereich unterhalb des Brustpanzers. In seinem Kopf explodierte eine Blase aus glühendem Schmerz, doch er biss triumphierend die Zähne zusammen, als er ein Knirschen vernahm und gleich darauf den schmerzvollen Schrei der Kreatur, die über ihm zusammenbrach. Die Drachen mochten ehrenhafte Kämpfer sein, doch diesmal hatten sie es mit Gegnern zu tun, die dieses Wort nicht einmal aussprechen konnten, also zahlte er es ihnen mit gleicher Münze heim. Bevor noch einer der anderen Wächter ihn erreichen konnte, hatte er bereits die Zügel des ersten Ochsen durchschnitten und dem zweiten sein Schwert mit voller Wucht in dem Hals gestoßen.

Verängstig und kopflos rannten die verwundeten Tiere davon und der Wagen kam zum stehen. Pahor duckte sich unter dem Wagen und unerträgliche Hitze schlug ihm aus der Feuerkammer entgegen. Verzweifelt hielt er die Luft an und stocherte mit der breiten Seite seines Schwertes zwischen den eisenbeschlagenen Planken herum, bis sich kleinste Funken auf das Fahrwerk ausbreiteten. Mit brennenden Lungen und dröhnendem Kopf kroch er auf der anderen Seite wieder unter dem Wagen hervor und lief so schnell ihn seine zitternden Knie trugen in Richtung des Schutzwalls.

Pfeile schwirrten in der Luft um ihn herum, doch wie durch ein Wunder erreichte er die Barrikade und drängte sich an dem verdutzten Wächter vorbei ins Innere. Draußen hörte er den Kampfschrei von Kilikas Kriegerinnen und er wusste, dass der große Wagen jetzt brannte, dass die Gefahr vorerst vorüber war. Zitternd vor Übelkeit sank er mit dem Rücken gegen die Höhlenwand, als seine Knie ihren Dienst versagten.

Er bemerkte dunkle Flecken auf seiner roten Priesterrobe, doch er konnte nicht sagen, ob es sein eigenes Blut war. Wie durch Nebel sah er Helisana auf ihn zustürzen, die schwarze Haar eine wirre Wolke, das Gesicht gefurcht von Sorge und Angst.

„Was hast du dir nur dabei gedacht? Du hättest getötet werden können!"

Ihre Stimme schwankte zwischen Vorwurf und Verzweiflung. Pahor schüttelte nur schwach den Kopf. Seine Stimme versagte, sein Hals fühlte sich an, wie ausgebrannt.

„Wenn nicht ich. . .tot. . .alle. . .“

Er wies mit einer schwachen Geste auf die überfüllte Höhle. In Helisanas Augen glitzerten Tränen, als sie ihm zunickte und sich dann abwandte und mit einem plötzlich seltsam unbeteiligten Blick auf die Barrikade sah. Dann fuhr sie sich mit der Hand über das Gesicht und schien plötzlich größer und erhabener zu werden. Ihr Haar wurde aufgeweht von einem unspürbaren Windstoß, als sich die Aura der Steinweisen auf sie herabsenkte und sie in eine Wolke von Glanz und Schönheit einzuhüllen schien. Pahor sah mit ungläubig aufgerissenen Augen, wie sie einem der Wächter ein Zeichen gab und auf den Schutzwall zu klettern begann.

„Das kann sie nicht tun!“ schrie sein Geist, doch sein Körper ließ sich nicht bewegen.

Unea war plötzlich an seiner Seite und flehte Helisana an, wieder herunterzusteigen, doch das Hohe Medium schien sie gar nicht mehr wahrzunehmen. Als Helisana sich auf der Barrikade aufrichtete und die Hände ausbreitete, herrschte mit einem Mal völlige Stille auf dem Platz. Pahor wusste nicht genau, ob die Drachen und Khor aus Ehrfurcht erstarrten – zumindest bei den letzteren bezweifelte er es – oder ob Helisanas telekinetische Kräfte wirklich so stark waren, dass sie ein ganzes Heer innehalten lassen konnte. Die Erhabenheit, die sie umflutete, ließ es vermuten. Mit Entsetzen nahm er noch wahr, dass Unea inzwischen neben Helisana stand, doch als das Hohe Medium zu sprechen begann, hörte alles Andere vorübergehend auf zu existieren. Mit einer Stimme, die so uralt zu sein schien wie das Firmament selbst, befahlen die Steinweisen den Drachen und Kreaturen ihre Waffen niederzulegen und den Kampf und das Leid zu beenden. Sie sprachen von Gerechtigkeit und dem Recht auf Leben für alle Völker Elysions und dem Frieden. . .und dann hielt die Zeit inne.

Sie hielt inne, als die Wolke um Helisana plötzlich zerstob, als das Hohe Medium taumelte und in Uneas ausgebreitete Arme sank. Sie hielt inne und eine eisige Stille senkte sich auf die Welt, als Unea mit zitternden Fingern den Pfeil betastete, der aus Helisanas magerer Brust ragte. Die Stille verdichtete sich, breitete sich aus. Sie richtete Unea auf, hob ihren Kopf, ließ ihre Augen sprühen von einem verheerenden Feuer und explodierte in einem Schrei, der die Zeit selbst zu erschüttern schien. Das Donnern von Vulkanen, das Krachen von Gletschern, die

Zerstörung von Erdbeben begegneten sich in diesem Schrei, der alle Lebewesen auf die Knie zwang, Waffen splittern und Rüstungen reißen ließ. Erst als das Geräusch abriss, konnte Pahor seinem Körper wieder befehlen aufzuspringen und die ohnmächtige Unea in seinen Armen aufzufangen.

Es war, als hätte sich selbst der Himmel vor Trauer verdunkelt und schwere Regentropfen vielen auf die aufgewühlte Erde und schwemmten das Blut fort. Unea und Pahor standen stumm Seite an Seite und sahen zu, wie die letzten Körper aufgebahrt wurden. Weit oben, über dem Berg aus verschwendeten Leben, thronte Helisanas Bahre, über und über mit Blumen beladen, trostlose Farbflecken in einem Meer aus Grau. Als schließlich alles um sie herum verstummte und nur noch das leise Trommeln des Regens auf ihrer Haut zurückblieb, sahen sie sich einen Moment an. Dann hoben sie gleichzeitig ihre Stäbe.

„Wir rufen die Geister der Toten...“

Durch einen Tränenschleier sah Unea wie sich die glänzenden Lichter aus den hingestreckten Körpern lösten und taumelnd und tanzend aufstiegen, sich gleichsam mit ihnen im Tanz zu wiegen schienen. Und fast kam es ihr vor, als sei Helisanas Licht ein wenig heller als die anderen, als blinzele sie ihnen ein letztes Mal zu, bevor sie sich auf die Reise zur großen Göttin machte.

Als sich die letzten Lichter, nach einer, wie ihr schien, unendlichen Zeit endlich verloren hatten, hielten sie keuchend und erschöpft inne und umarmten sich stumm. Unea fragte sich, ob Pahor weinte. Die Stimme der Steinweisen hatte ein hallendes Nichts in ihrem Kopf zurückgelassen, wie eine Blase aus Apathie, einen Ort in ihrem Inneren, der ihr nun verschlossen war, mit einem kleinen, blitzenden Etwas darin, einem Teil von etwas Anderem, Fremden... Sie selbst hatte keine Tränen mehr, sie mit dem gnädigen Regen zu vermischen.

Als sie sich abwandten, kam ihnen aus einer der großen Ratshöhlen eine hochgewachsene Gestalt entgegen. Selbst im grauen Licht des Regens, schien ihre Schuppenhaut in einem warmen rotbraun zu leuchten und ihr weißes Gewand wehte leicht im Wind hinter ihr her und umspielte die kräftigen Schwingen. An ihrem Gürtel hing das rituelle, goldene Messer und so sahen sie sich einen Moment erstaunt an. Die Augen der Drachin strahlten ihnen freundlich entgegen, als sie die Hände zum Gruß der Priester an Herz, Lippen und Stirn hob.

„Ich grüße euch, mein Name ist Solika und ich bin die Hohepriesterin des Windes und die Oberste Weise des Drachenrates. Ich wurde gerufen um den Streit zwischen den Sippen entgültig beizulegen und mich bei euch für euren Mut und eure Stärke zu bedanken, mit der ihr diesen Krieg beendet habt."

Die Hohe Weise verbeugte sich vor ihnen, doch Unea konnte nicht einmal lächeln, sie fühlte sich so gefühllos und abgestorben, wie die Leichen hinter ihr. Solika sah sie noch einmal mit einem warmen Lächeln an, dann umarmte sie jeden von ihnen herzlich.

„Ich kann euch wahrscheinlich nicht damit trösten, dass unsere liebe Freundin Helisana in ihrem Tod ein Zeichen für den Frieden innerhalb meines Volkes gesetzt hat, wie es wohl machtvolleres keines gibt, doch ich komme auch mit einer Botschaft von den Steinweisen zu euch, die es euch vielleicht einfacherer machen wird ihren Tod zu verwinden."

Sie sah, wie sich Pahor neben ihr interessiert aufrichtete, doch sie selbst konnte ihre Apathie nicht abschütteln.

„Die Steinweisen haben beschlossen, das du, meine liebe Unea, das neue Hohe Medium sein sollst. Sie selbst haben deine Stimme für sich erwählt."

Unea fuhr ungläubig zusammen und sah Solika beinahe entsetzt an.

„Aber warum ich? Es gibt doch genug Novizen im Tempel der Steinweisen? Ich bin eine Priesterin der Erde, ich soll meine Pilgerschaft beenden und zu meinem Tempel zurückkehren!"

Doch die Drachin lächelte nur nachsichtig.

„Eine Berufung sollte man nie in Frage stellen, sondern versuchen das Beste daraus zu machen. Dir bietet sich hier die Gelegenheit Helisanas Werk fortzuführen und dafür zu sorgen, dass sie nie vergessen wird. Auch wenn ich dir nicht verschweigen will, dass viele Novizen im Tempel beinahe ersticken an ihrem Neid, so hat doch niemand das Recht die Entscheidung der Steinweisen in Frage zu stellen. Auch nicht die Entscheidung, dass du zukünftig nicht allein mit deiner Aufgabe sein wirst."

Unea sah sie ungläubig an, doch Solika wandte sich nun an Pahor und nickte ihm ernst zu.

„Die Weisen halten es für das Beste, wenn das Hohe Medium einen starken Beschützer bekommt. Dies wird deine Aufgabe sein, Pahor. Du sollst die zukünftigen Wächter aus den besten Kriegern Elysions auswählen und ausbilden. Ich glaube sie haben einige Kampftechniken von dir zu lernen."

Um den Mund der Drachin zuckte ein schelmischen Lachen, doch Pahor nickte nur ernst und verbeugte sich leicht vor ihr und auch vor Unea, die immer noch vor sich hinstarrte als habe sie im wahrsten Sinne des Wortes Wurzeln geschlagen, wie es die Alten ihren Volkes manchmal taten wenn ihr Geist zu den Göttern des Waldes zurückkehrte. Fast schien es ihr eine verlockende Vorstellung. . .

„Nun, dann ist ja alles gesagt. Kehrt so schnell es geht in den Tempel zurück, eure Initiationsriten erwarten euch."

Damit wandte sich die Oberste Weise wieder dem Höhleneingang zu und verschwand in der unterirdischen Dunkelheit.

Unea sah zu Pahor herüber, auf dessen Gesicht sich nicht die leiseste Emotion zeigte. Der Regen trommelte inzwischen stärker auf sie herab und Wasser perlte wohltuend über ihre ausgetrocknete Haut und tropfte aus ihren Haaren und Kleidern. Sie starrte eine Weile stumm auf ihre Hände hinunter, die sehr hell, beinahe weiß wirkten, neben dem satten grün ihres Gewandes. Ihr ganzer Körper sehnte sich nach der Sonne, so wie ihr Geist sich nach dem Vergessen sehnte.

Sie sah nachdenklich zu Pahor hinüber, dessen eigentlich weißblondes Haar inzwischen dunkel und strähnig über seinen Rücken hing und zum ersten Mal, seit Unea ihn kannte, den Blick auf seine leicht spitzen Ohren freigab. Auch seine Augen hatten eine andere Farbe angenommen. Vor Helisanas Tod hatten sie Unea immer an die Eichen im Wald ihres Klosters denken lassen und an die prachtvollen Gewänder, die ihr Orden zu besonderen Festtagen trug. Doch genau, wie ihre haut jetzt blässlich, wie frischer Schimmel wirkte neben diesem strahlenden grün, so waren seine Augen dunkel und unergründlich, wie ein algengetränkter See.

„Und. . .? Was sagst du dazu?" fragte Unea ihn schließlich unsicher, als das Schweigen sie zu ersticken drohte. Pahor versuchte zu lächeln.

„Bisher verstehe ich nur die Hälfte von dem, was von uns erwartet wird, aber ich weiß, dass ich dich zu jeder Zeit mit meinem Leben schützen werde."

Nun konnte auch Unea ein kleines Lächeln zustande bringen. Sie drückte seine Hand und sie nickten einander noch einmal zu. Dann machten sie sich auf den Weg zu ihren Quartieren und zu ihrem neuen Leben.

Fantasy

Die Geschichte vom Anfang
Manuela Sonntag

Langsam und majestätisch schob sich das erste Sonnenlicht von Norden her über die riesigen Felsmassive der Burcha Berge und erwärmte binnen weniger Minuten die schneidend kalte Luft, die in den engen Straßen von Kanarkad waberte. Die ersten goldhellen Blitze spielten auf den Zinnen des Schlosses, in dessen Schatten sich das erste Leben des Tages regte. Aus der Richtung des Handwerkerviertels drangen die ersten Laute, das Schlagen der Hämmer in den Schmieden, das Rumoren der Händler, die mit ihren schweren Karren den Weg zum großen Marktplatz bewältigten, das Blöken von Vieh...

Kanarkad die glorreiche und mächtige Hauptstadt des Drachenreiches erwachte. Eingebettet in spitze Felszacken, umspült von dem großen Quellfluss erhob sie sich gebieterisch über einem Gebiet riesiger Wasserfälle und undurchdringlicher Wälder und sonnte sich genüsslich im Wissen ihrer Herrlichkeit. Keine andere Stadt, so wusste sie, war so prächtig, so riesig und so angefüllt mit allen Herrlichkeiten, die Elysion hervorgebracht hatte. Aus allen teilen des Reiches kamen Händler und Käufer, überwanden reißende Stromschnellen und eisige Bergpässe, um hierher zu gelangen, zu der uneinnehmbaren Krone der Berge. Kaum war die Sonne über den Berggipfeln erschienen wimmelten es in den Gassen von den verschiedensten Gestalten und Sprachen, so dass die ganze Stadt einem brummenden Bienenkorb gleich vibrierte. Viele Schicksale verbanden sich an diesem Ort, zu viele, als das irgendjemand sie alle wiedergeben könnte...

„Kaika kommst du jetzt, oder soll ich hier ewig auf dich warten? Wenn wir uns nicht beeilen, dann kommen wir schon wieder zu spät!"

Durch eine besonders dunkle Gasse huschte eine kleine Gestalt und bemühte sich mit ihren kurzen Flügeln einen aufwärtstreibenden Luftstrom zu ergreifen. Schließlich gab sie es auf und kam keuchend vor dem kleinen Elfenjungen zum stehen.

„Heute hätte ich es beinahe geschafft!" keuchte die Gestalt, trat hinaus in die Morgensonne und ließ sich am Ufer des kleinen Flusses nieder, der sich wie viele andere mitten durch die Stadt schlängelte, um sich weiter westlich mit dem großen Quellstrom zu verbinden.

„Kaika wie oft soll ich es dir noch erklären? Du kannst noch nicht fliegen! Nicht heute und bestimmt morgen auch nicht! Du hast doch gehört, was Norak gesagt hat. Deine Flügel sind noch viel zu klein, um mit ihnen zu fliegen."

Kaika klopfte sich ein wenig Staub von ihren dunkelgrauen Schuppen und sah ihren Freund dann hochmütig an.

„Vielleicht konnte Norak es nicht und sicherlich kannst du es nicht, aber ich werde fliegen! Ich will endlich wissen, ob ich den Mond erreichen kann und du wirst mich davon auch nicht abhalten!"

„Aber wenn wir heute schon wieder zu spät zum Unterricht kommen, dann wird dich Norak sicherlich davon abhalten können! Dann wirst du nämlich den Brunnen schrubben, bis du grün wirst!" eiferte sich Illias, doch Kaika lachte nur verächtlich.

„Daran sieht man einmal wieder, dass ihr Elfen einfach keine richtigen Krieger seid. Ich werde mit Norak schon fertig. Und wenn ich erst einmal bis zum Mond geflogen bin, dann brauche ich sowieso nicht mehr zu diesem blöden Unterricht, denn dann werde ich in den Palast eingeladen und die Königin wird mich zur Prinzessin machen!"

„Oho Prinzessin! Hört, hört das kleine Drachenküken hat aber große Pläne!" erklang plötzlich eine keuchende Stimme aus dem Fluss. Kaika und Illias fuhren erschreckt herum und blickten verwirrt auf zwei schwarze Knopfaugen, die auf der Wasseroberfläche schwammen.

„Wer bist du? Zeig dich du Feigling!" fragte Kaika das Wesen herausfordernd und stellte sich schützend vor ihren Freund.

„Ah ich sehe schon, aus dir wird sicherlich einmal eine große Kriegerin werden! Sag bist du nicht die Tochter von Solika, der hohen Weisen?"

Kaika streckte sich noch ein wenig mehr und sah verächtlich auf das blubbernde Vieh herab.

„Warum sollte ich dir das sagen? Du bist ein Feigling, sonst würdest du dich nicht im Wasser verstecken!"

Das Wesen gab ein kicherndes Blubbern von sich.

„Wahrlich mutig meine Kleine! Wohlan ich komme heraus! Und dann werde ich dir sagen, warum du mir besser antworten solltest."

Sprach's und tauchte auf.

Kaika staune nicht schlecht, als sich ihr Gegner als ein riesiger, blaurot schillernder Fisch erwies, dessen kurze Flossen gerade kräftig genug waren, ihn ein Stück weit auf das Ufer zu ziehen.

„Eine Neriade!" hauchte Illias hinter ihr beeindruckt.

Kaika wandte sich verwirrt nach ihm um.

„Eine Neriade? Was ist das? Kann man sie essen?"

Das Wesen blubberte amüsiert.

„Du hast wirklich noch viel zu lernen, kleines Küken! Aber es wundert mich, dass deine Mutter dir nie von mir erzählt hat, denn ich kannte sie schon, als sie noch Kriegerin war. Man nennt mich Zuliana."

Kaikas Gesicht glühte mit einem Mal.

„Du bist Zuliana? Du hast meiner Mutter das Leben gerettet Aber . . . sie hat nie gesagt, das du ein Fisch bist!"

„Sie ist kein Fisch, sie ist eine Neriade, also sei nicht so respektlos!" fuhr Illias sie ärgerlich an.

„Ach und was ist eine Neriade, möchtest du mir das nicht erklären?" fauchte Kaika zurück.

„Würdest du Norak ab und zu einmal zuhören, dann wüsstest du es vielleicht!"

„Ach du . . . du flügelloses Ding!"

Ärgerlich wandte sich Kaika ab. Zuliana kicherte wieder in sich hinein.

„Also was bist du nun?" fragte Kaika trotzig.

Zuliana wand sich ein wenig im weichen Uferschlamm hin und her, bis sie eine bequeme Kuhle gegraben hatte.

„Wie dein kleiner Freund schon richtig erkannt hat, bin ich eine Neriade. Mein Volk wohnt weit im Südwesten auf einer Landzunge, die von hohen Bergen abgeschirmt wird, aber eigentlich wandern wir die ganze Zeit umher und sammeln Geschichten."

Kaikas Bernsteinaugen wurden kugelrund.

„Ihr sammelt Geschichten? So wie Märchen?"

„Nun ja nicht nur Märchen. Auch Legenden, Sagen, oder wahre Geschichten, zum Beispiel über große Kriege oder Helden. Oder über die kleine Tochter der berühmten Solika, die sich in den Kopf gesetzt hat den Mond zu erreichen, noch bevor ihre Flügel ausgewachsen sind."

„Ach ihr seid doch alle gemein!"

Kaika stampfte mit dem Fuß auf und blies Rauch aus den Nüstern, doch Zuliana schüttelte nur leicht den schuppigen Kopf.

„Das sollte keine Kritik sein, es war nur ein Beispiel. Siehst du indem wir solchen Geschichten sammeln und weitererzählen, leben sie weiter.

Einige Völker bezeichnen uns als das lebendige Gedächtnis Elysions."
Sofort war Kaika wieder interessiert.
„Würdest du uns eine Geschichte erzählen?"
Zuliana lächelte.
„Was möchtet ihr denn hören?"
„Die Geschichte vom Anfang!" platze Illias plötzlich heraus und errötete
bis in die Spitzen seiner Ohren, ob seiner Dreistigkeit.
Zuliana schien beeindruckt.
„Das ist eine wirklich wichtige Geschichte, du bist ein kluger kleiner
Elf! Also gut, ich will versuchen euch die Geschichte vom Anfang zu
erzählen. Setzt euch hierher."
Kaika und Illias ließen sich auf dem schmalen Grasstreifen nieder und
legten erwartungsvoll die Köpfe auf ihre Knie. Zuliana schloss für einen
Moment die Augen und holte tief Luft.
„Am Anfang waren der Himmel und die Sterne und sie waren unendlich
und uralt. Niemand erinnert sich mehr daran, wie der Himmel
geschaffen wurde, er wachte über das Sein, seit unendlicher Zeit. Doch
eines Tages wurde Gaya geboren, Tochter des Himmels und der Sterne
und sie beschloss, das es ein Reich geben müsse, in dem Feuer und
Wasser, Wind und Erde existieren müssten, denn alles was ihr der
Himmel und die Sterne geben konnten, waren Dunkelheit und Licht.
So bat sie diese um ihre Hilfe und gemeinsam schufen sie unseren
Planeten nach dem Vorbild des Firmaments, als eine Kugel von
unglaublicher Größe. Die Sterne formten eine Sonne und gaben ihr die
Aufgabe die eine Seite des neuen Planeten zu erleuchten und zu
erwärmen. Der Himmel dagegen formte den Mond und bestimmte,
dass er den anderen Teil erleuchten sollte. Nun war aber das Element
des Himmels die Dunkelheit und so war der Mond zu schwach, um
Licht zu spenden. So entstand das Schattenreich, ein Land der ewigen
Dunkelheit. Nachdem sie die Form des Planeten aus festem Gestein
modelliert hatte, begann die Göttin Gaya damit ihren Traum zu
verwirklichen. Den Großteil der Oberfläche bedeckte sie mit klarem
Wasser, dann schuf sie zwei Landmassen, eine große und eine kleine
und verband sie mit einer Brücke aus Tausenden von kleinen Inseln.
Schließlich streute sie den Wind über Ebenen und Berge und legte das
Wesen des Feuers in den Kern der Felsen.
Eingehüllt von ihrer Liebe begann Elysion zu leben und zu atmen und

die große Göttin war so ergriffen von der Schönheit ihrer Welt, dass sie sich wünschte sich in ihr zu verlieren. Sie entschied, sich selbst in das aufzulösen, was sie geschaffen hatte und wurde zu dem Geist der Erde, des Wassers, des Feuers, des Windes und des ewigen Daseins. Diese Geister schufen alles Leben und immer wenn ein Leben erlischt, dann kehrt es zu diesen Geistern zurück."

Zuliana schwieg einen Moment und sah nachdenklich zu Boden.

„Ist das der Grund, warum die Priester die Geister der Elemente verehren? Weil sie ein Teil von Gaya sind?" wagte Illias zu fragen, auch wen seine Stimme vor Aufregung kiekste.

Zuliana nickte.

„Ja das ist der Grund. Und auch die Steinweisen haben dort ihren Ursprung. Sie sind das Medium, dass den Geist des ewigen Daseins aufnahm, denn sie sehen nicht nur alles, was in Elysion geschieht, sie sind auch unsterblich. Nichts könnte sie vernichten."

„Und Mama sagt, das ist auch gut so", warf Kaika nachdenklich ein, „So können sie ewig über den Frieden herrschen, sagt sie."

Zuliana seufzte schwer.

„Ja, Frieden. Frieden ist ein kostbares Gut. Das werdet ihr erkennen, wenn ihr weiter zuhört."

„Ist denn die Geschichte noch nicht Zuende?" fragte Kaika erstaunt und Zuliana schüttelte nur den Kopf, bevor sie fortfuhr.

„Die ersten Lebewesen im Lichtreich waren meine Vorfahren, dumme, Wasser atmende Fische, riesige Drachen, die noch auf vier Beinen liefen, menschenähnliche, behaarte Wesen, laufende Pflanzen und winzige libellenartige Feen, alle noch kaum mehr, als wilde Tiere, die kaum an etwas anderes denken konnte, als zu fressen und sich zu paaren. Mit der Zeit entwickelten sie sich jedoch weiter, lernten sprechen, schreiben und gründeten Städte und Zivilisationen.

Doch es entstanden auch Mischvölker, die das Leben auf Elysion bereicherten. Aus Menschen und Drachen wurden die Gargoyles, aus Menschen und Feen entwickelte sich das Volk der Elfen, aus den Vorfahren der Floh'oras und den Trollen die Gnome. Dabei bilden die Gnome allerdings eine Besonderheit, denn zu ihren Vorfahren gehören sowohl Licht, als auch Schattenvolk, weshalb sie auch auf der dunklen Seite überleben können, anders als wir. Doch während auf dem Elysion das wir heute kennen, die Steinweisen die drei großen Ströme kontrollierten und so für jedes Volk einen geeigneten Lebensraum schufen und klare Grenzen festlegten, reichte ihr Einfluss leider nicht, um die große Insel zu erreichen, die jenseits des Meeres lag.

Dort nahm die Entwicklung des Lebens eine völlig andere Richtung und brachte furchtbare Kreaturen hervor, die nur darauf aus waren sich gegenseitig zu vernichten. Die Völker dieses Eilands erinnerten sich kaum noch an die Verehrung der Geister, oder an ihre gemeinsamen Wurzeln, sie führten nur Krieg um Krieg gegeneinander, waren blutrünstig, grausam und machtgierig. So machtgierig, dass sie den Krieg auch über den Inselgürtel zu uns trugen. Plötzlich musste jedes Volk mehr besitzen als das Andere, jeder König rüstete zum Kampf und sogar die Priester mussten lernen zu kämpfen und ihre psychischen Kräfte zum töten missbrauchen, denn überall im Land gingen Tempel in Flammen auf und die Geister waren erzürnt.

Diese Zeit nennen wir heute nur noch den großen Krieg, denn die Flüsse waren über Jahrzehnte hinweg rot vom Blut der Gefallenen, überall loderten die Scheiterhaufen und die Erde quoll über von Leichen. Damals stand unsere Welt vor der Vernichtung, hätten die Steinweisen nicht nach unzähligen Jahren endlich einen Weg gefunden den Inselgürtel zu zerstören. Nachdem der Einfluss der Insel verschwunden war, besannen sich die Wesen von Elysion wieder auf den Frieden. Doch ein Baum braucht Hunderte von Jahren um zu wachsen, auch wenn man ihn in ein paar Stunden fällen kann und so ist es auch mit dem Frieden. Für die Torheit des großen Krieges büßten noch Generationen, bis die Welt wieder so aussah, wie wir sie heute kennen."

Zuliana schwieg bedrückt und auch Kaika wusste einmal nichts zu sagen. Doch zu ihrer Überraschung ergriff Illias das Wort.

„Ich hoffe diese Inselbewohner sind fürchterlich gestraft worden!" flüsterte er und Kaika sah zu ihrer Überraschung, dass er die Fäuste ballte und am ganzen Körper zitterte.

Zuliana lächelte plötzlich verschwörerisch.

„Oh ja das hätte ich beinahe vergessen! Das der Inselgürtel zerstört wurde, reichte den Steinweisen nicht, um den Frieden für Elysion zu sichern, also riefen sie die mächtigsten Priester aus den Tempeln zusammen um diese Gefahr für immer zu bannen. Dies dauerte beinahe drei Jahre, denn wie ihr wisst, sind die vier großen Tempel der

Elemente über das ganze Lichtreich verstreut.

Doch am Ende dieser drei Jahre hatten die Steinweisen beinahe 500 der mächtigsten Priester versammelt. Gemeinsam wollten sie Gaya selbst beschwören, etwas das noch niemandem gelungen war, um sie um ihren Schutz zu bitten. Und ihnen gelang das Unmögliche, denn die große Göttin erhörte sie und erschien in ihrer Mitte. Im nachhinein konnten sich die 500 Weisen nicht mehr einigen, wie die Göttin aussah, jedem erschien sie als Angehörigen seines Volkes, hatte mal ein Schwert, mal einen Pilgerstab, mal einen Kelch, oder auch eine Schale in Händen, aus der die Lebensquelle sprudelte, doch alle waren sich einig, dass sie wunderschön war. Sie hörte sich die Klagen ihrer Schöpfung an und entschied, was zu tun sei. Sie verurteilte das kriegerische Treiben der Inselbewohner und verfügte, dass nie mehr einer von ihnen diesen friedvollen Kontinent betreten sollte.

Zu diesem Zweck schuf sie Aric, den unsterblichen Greif, der immer noch in den Bergen lebt, in denen die Steinweisen ihre Stimmen erklingen lassen, und Urgart, die scheußliche Seeschlange, die für alle Zeiten den Ozean durchstreift. Diese beiden sollten für den Schutz des Kontinents Sorge tragen. Doch auch eine Strafe legte sie der Insel auf, denn sie verfügte, dass die Zeit dort stehen bleiben sollte, so dass die Bewohner auf ewig in den primitiven Kämpfen gefangen sein sollten, die sie sich selbst auferlegt hatten. Und das ist endgültig das Ende der Geschichte."

Kaika und Illias klatschten begeistert in die Hände und Zuliana deutete eine Verbeugung an. Doch dann besah sie sich den Stand der Sonne und erschrak.

„Ach du meine Güte, ich müsste schon lange im Schloss sein, die Königin und deine Mutter erwarten mich! Vielleicht komme ich euch heute Abend einmal besuchen. Bis dann kleines Küken und bleibe weithin so klug, kleiner Elf!"

Damit ließ sie sich ins Wasser gleiten und war verschwunden. Illias starrte ihr entgeistert nach.

„Aber wie will sie denn ins Schloss kommen? Dort fließt doch gar kein Fluss!"

Kaika zuckte nur die Schultern.

„Sie wird schon wissen, wie sie hinkommt."

Dann verzog sie plötzlich das Gesicht und stöhnte.

Illias drehte sich besorgt nach ihr um.

„He ist was? Hast du Schmerzen?"

„Nein, aber meinst du der Brunnen wird heute sehr schmutzig sein?"
Mit einem hektischen Blick stürmten sie los und waren im nu im
Gewirr der Gässchen verschwunden.

Goethe
Christine Schuhmann

Oh Knabenmorgenblütentraum,

so feucht in meinen Kissen!

Wie schön ist doch die Pubertät,

ich möcht sie nimmer missen!

Was ist Liebe?

In Gold gefasst

Christine Schuhmann

Sie seufzt und stemmt ihre Fäuste in die Hüften. Die Spitze ihres linken Prada-Schuhs klopft ungeduldig auf den akkurat gekürzten Rasen. Wo steckt dieser Idiot schon wieder? Ihretwegen kann er Golf spielen bis er schwarz wird, aber wenn sie etwas von ihm will, hat er gefälligst in der Nähe des Hauses zu sein! Warum hat sie ihn schließlich geheiratet? Doch wohl nicht, um ihm ständig hinterherlaufen zu können.

Sie seufzt noch einmal und lässt den Blick über die abendsonnebeschienenen Zedern, den Seerosenteich (eine Nachbildung des Sees in Claude Monets Garten) und den schneeweißen Rosenpavillon wandern. Diesen Pavillon hat er für sie bauen lassen. Die Rosen wurden nur für sie gezüchtet. Sie sind schneeweiß - ihre Lieblingsfarbe - und duften herrlich, wie dieses Massageöl, das sie zum letzten Hochzeitstag bekommen hat. Und sie tragen ihren Namen. Na, wenn das kein Liebesbeweis ist!

Ihre Mutter hatte eben doch Unrecht. Dieser ganze gefühlsduselige Quatsch hat nichts mit echter Liebe zu tun, das sind nur leere Worte. Liebe ist etwas Handfestes. Sie besteht aus teuren Geschenken.

Gutgelaunt will sie weitergehen, doch ein Geräusch aus dem Pavillon lässt sie innehalten. Es ist ein leises Kichern - eine Frau und ein Mann. Schon wieder diese verdammten Jugendlichen, die seit Wochen das Grundstück unsicher machen!

'Na wartet! Euch werde ich es zeigen, ihr Vandalen.', denkt sie entschlossen und presst ihre sorgfältig geschminkten Lippen zusammen. Endlich zahlt sich diese sündhaft teure Karatelehrerin aus, die er ihr zum letzten Geburtstag geschenkt hat! Und zum Glück gewährt ihr Hosenanzug von Gucci viel Bewegungsfreiheit. Sie marschiert an einer Reihe Marmorstatuetten vorbei zum Pavillon und streckt vorsichtig ihren Kopf über die Brüstung.

Als sie sieht, wer sich da herum beziehungsweise es miteinander treibt, kneift sie die Augen zusammen und zischt leise.

Es sind er und die sündhaft teure Karatelehrerin in sündhaft teurer

81

Spitzenwäsche! Dolce - seine Lieblingsmarke!

Knurrend dreht sie sich um und stampft zum Haus zurück. Er schenkt ihr Unterwäsche von Dolce! Und die sündhaft teuren Silikontitten dieser sündhaft teuren Karatetussi passen perfekt in das sündhaft teure C-Körbchen! – Vielleicht sollte sie ihre kindische Feigheit endlich überwinden und ihre Oberweite auch etwas aufpolstern lassen...

Hm, aber selbst wenn sie es nicht täte - die Höschen stehen ihr immer noch besser, als der Karatetussi. Einen schönen Po hat man eben oder man hat ihn nicht!

'Ja, so ist das, liebe Frau Lehrerin. Es gibt ein paar Dinge im Leben, die kann man für Geld nicht kaufen!' Milde lächelnd sinkt sie auf ihre weißlackierte Sonnenliege und streift achtlos ihre Schuhe von den wohlgeformten, frischpädikürten Füßen.

„Kirikó, sei so lieb und bring mir noch eine Pina Colada, meinen Sonnenhut und die neue Vogue. Ach, und ein paar Kaviarschnittchen – Beluga, bitte. Und sag Tate er soll nicht schon wieder Butter darunter schmieren. Ich habe keine Lust, wegen ihm fett zu werden."

Kiriko nickt dienstbeflissen.

„Sonst noch einen Wunsch, Madame?"

„Ja." sie rekelt sich. „Sieh nach, ob du Will auftreiben kannst. Ich habe Lust auf eine Massage."

Mit einem wissenden Grinsen umrundet Kirikó den Pool und verschwindet im weißgehaltenen Wohnzimmer.

Sie senkt ihren Blick für einen Moment auf den dicht mit Brillanten besetzten Ehering an ihrer rechten Hand - ein Eigenentwurf - hebt ihn jedoch sofort wieder zum strahlenden Schauspiel eines Sonnenunterganges über dem Meer empor. Salziger Wind streicht ihr um die Nase und lässt ihr Halstuch flattern. Sie ist versucht, noch einmal aus vollem Herzen zu seufzen.

Ach, es ist einfach wunderbar, einen Mann geheiratet zu haben, der reich genug ist, um sich eine Geliebte zu leisten, ohne dass sich die Ehefrau einschränken muss.

Und der Erfinder des Ehevertrages... nun, der verdient einen Orden.

Der Menschenzoo

Graugänse
Christine Schuhmann

'Hallo, mein Bienchen!
Das Wetter hier auf Kreta ist einfach phantastisch! Bei dir in Aachen regnet's mal wieder, hab ich recht? Hör zu, ich habe mir da was ausgedacht:
Erstens: du quittierst deinen dämlichen Tippsenjob bei Weinlaub und ersetzt meine maulfaule Sekretärin - das ist eine Stelle mit Aufstiegspotential, die du zehntausendmal besser ausfüllst als diese Schnepfe!
Zweitens: ich lad dich zu mir nach Kreta ein und wir zwei beiden Hübschen machen so richtig dick Urlaub. Vier ganze Wochen lang. Und wenn's uns auf Kreta nicht mehr gefällt, gehen wir einfach woanders hin. Ok?
Also, pass auf: wenn du kommen magst, fährst du einfach mit dem Zug/Taxi bis Düsseldorf Flughafen und von da ausfliegst du auf die Insel, dann lässt du dich von einer Taxe zum Campingplatz 'Alexandros' bringen, Parzelle 129. Und bring was Nettes zum Anziehen mit!
Ich freu mich auf dich,
          dein Hering
P.S. Liste mit Abfahrtszeiten liegt bei
P.P.S. Sag Oliver nicht Bescheid. Der alte Transack soll sich ruhig mal ein paar Sorgen um dich machen!'

Martina lächelt. Halb belustigt, halb traurig. Oliver würde wahrscheinlich erst merken, dass sie weg ist, wenn nichts mehr zu essen im Kühlschrank ist, und ihm die sauberen Hemden ausgehen.
Dann senken sich ihre Mundwinkel wieder und sie denkt nach.
Eigentlich hat Ellen recht. Sie hat einen Scheiß-Job, einen Scheiß-Mann und wohnt in einer Scheiß-Wohnung in einer Scheiß-Stadt. Besonders der Mann ist scheiße!
Oliver arbeitet nachts im Krankenhaus. Er ist müde, wenn er zur Arbeit geht und müde, wenn er wieder nach hause kommt. Er hasst seinen Job, beschwert sich aber nur in Form von mieser Laune und

83

unternimmt nichts, um eine bessere Stelle zu bekommen.

Martina hat dafür wenig Verständnis. Sie verbalisiert ihren Ärger wenigstens und hat ein Kündigungsschreiben in ihrem Schreibtisch. Das einzige, was ihr jetzt noch fehlt, ist der Mut, es abzuschicken...

Ellen Butter ist ihr genaues Gegenteil. Sie hat mit 25 ein mittelgroßes Flugunternehmen geerbt und innerhalb von 13 Jahren durch geschicktes Investieren, klug genutzte Beziehungen, ein Gespür für's Risiko und ein bisschen Glück aus ButterFly eines der größten Unternehmen seiner Art gemacht. Sie ist eine kühle und berechnende Frau, wenn es um ButterFly geht. Deshalb fühlt sich Martina durch ihr Stellenangebot auch sehr geschmeichelt.

Vielleicht sollte sie ernsthaft über Ellens Vorschlag nachdenken. Urlaub könnte sie auf jeden Fall gebrauchen.

Sie geht ins Badezimmer und stellt sich vor den Spiegel, um die Fältchen und dunklen Ringe unter ihren Augen betrachten.

„Diese Creme reduziert sieben Zeichen der Hautalterung und diese hier verleiht reifer Haut ein gesundes, frisches Aussehen – Ihr seid verdammte Lügner!" Mit Nachdruck schmeißt sie Tube und Töpfchen mitsamt sündteurem Inhalt in den Müll. Zufriedenheit braucht sie, keine Konservierungsmittel!

Dann geht sie ins Schlafzimmer und starrt auf die mit der Sauklaue ihres Vorgesetzten vollgekritzelten Blätter auf ihrem Schreibtisch. „Wenn Sie's hier nicht schaffen, machen Sie's eben zu hause fertig!", äfft sie mit eisiger Miene die unangenehme, kehlige Stimme von Karl Weinlaub nach. „Ach, leck mich doch am Arsch, du Giftzwerg!"

Sie geht weiter zum Bett. Da liegt Oliver. Schläft wie ein Stein. Wie immer über das gesamte Bett verteilt. Gerade sickert ein Speichelfaden in ihr Kopfkissen.

„Alte Pottsau!", grummelt sie. Dann steht sie lange da und schaut. Sie fragt sich, ob sie dieses grobe, meist ausdruckslose Gesicht jemals geliebt hat. Anscheinend schon, schließlich hat sie Oliver geheiratet. Wie lange ist das eigentlich her? Sieben Jahre? Acht? Ach, egal.

Im Moment liebt sie ihn nicht - er hat nicht ein einziges Mal an ihren Hochzeitstag gedacht.

Auch ihre Wohnung liebt sie nicht. Die ist farblos, klein, düster und stickig und liegt in einer Stadt, in der es ständig regnet.

Und ihren Job liebt sie erst recht nicht! Im Büro ist sie nämlich nicht bloß Sekretärin, oh nein, sie ist außerdem die Person, an der der Chef seinen Frust ablässt. Sie ist Pizza- und Bäckereidienst, Laufbursche, Fußabtreter, Putzfrau, Kaffeemaschine, an allem schuld – sozusagen das Schweizer Offiziersmesser der Weinlaub&Co.GmbH. Sie liebt nicht einen einzigen Fitzel ihres gesamten, verpfuschten Lebens!

Doch! Sie liebt Ellen und ihre Spontaneität. Sie liebt Kreta und sie liebt Camping.

„Geh wohin dein Herz dich trägt.", denkt sie. „Kitschig, aber eigentlich das Patentrezept für Lebensqualität." Aber um nach diesem Rezept handeln zu können, braucht man Mut, und Martina ist nicht mutig.

Langsam und ordentlich schreibt sie den Satz auf einen Zettel. Dann liest sie ihn laut vor: „Geh wohin dein Herz dich trägt, Ausrufezeichen." Das 'e' in 'Herz' sieht aus, als würde es lächeln. Dann macht es plötzlich 'klick' in ihrem Kopf, und Martina lächelt zurück. Warum hat sie je gezögert? Sie hat verdammt noch mal nichts, aber auch gar nichts zu verlieren!

Während sie ihren Koffer packt, summt sie leise vor sich hin. Wenn sie sich beeilt, erwischt sie vielleicht noch den 19Uhr15-Zug.

Haselmäuse

Christine Schuhmann

Vorsichtig riecht David an der dunkelroten Baccararose. Er schließt die Augen. Unwillkürlich ziehen Bilder durch seinen Kopf: Laura nimmt die Rose sanft in ihre wunderschönen schlanken Hände, senkt ihre hübsche sommersprossige Nase zur Blüte hinunter, schließt ihre unglaublichen grün-gold-gesprenkelten Augen und atmet den Duft tief ein.

David atmet aus, aber es klingt eher wie ein Seufzen.

Seit er Laura zum ersten Mal gesehen hat, kann er nur noch an sie denken. Ja, er liebt sie. Wirklich. Denn seine Gedanken kreisen ständig nur um sie, und wenn in der Mensa zufällig jemand auf sie zu sprechen kommt, bleibt er stehen und hört zu. Deshalb weiß er auch ein wenig über Laura - und dass sie ein paar Dinge gemeinsam haben. Sie wandern zum Beispiel beide gerne und fahren gern nach Frankreich. Das ist doch schon mal etwas. Sie könnten zusammen wegfahren, in den Semesterferien, mit seiner alten gelben Ente.

Er stellt sich vor, wie es wäre, mit Laura in einem winzigen Lokal schweren französischen Rotwein zu trinken und später mit ihr durch die laue aromatische Abendluft in ein gemütliches kleines Strandhotel zurückzukehren. Unterwegs würden sie lachen, Witze über den Kellner machen und dann würde er ihr durch die engen Gassen nachjagen. Kurz vor dem Hotel würde er sie schnappen und festhalten. Ihre ausgelassene Stimmung würde auf einen Schlag einem Zustand ruhiger Zärtlichkeit weichen. Und dann würden sie sich küssen. Erst besonnen und sanft, dann leidenschaftlicher; sie würden den grinsenden Portier nicht beachten und in ihrem Zimmer mit Blick aufs Meer verschwinden... Aber bevor er weiter solche Träume spinnt, muss er Laura erst mal seine Liebe gestehen – und das, obwohl sie eigentlich noch nie wirklich miteinander gesprochen haben.

Oh, er hat Angst! Er kommt sich so dämlich vor mit seinen ausgewaschenen Jeans und seinen ewig roten Ohren. Laura wird ihn auslachen und die Rose ohne mit der Wimper zu zucken, in Stücke reißen. Oder?

Nein. Nein, so gemein ist Laura nicht. Ganz bestimmt nicht. Vielleicht freut sie sich ja. Doch, sie freut sich bestimmt! Das Geräusch der zufallenden Tür reißt David aus seinen Gedanken. Er hört Schritte im Flur. Eine Frau sagt „Guten Tag, Frau Heinrichsen! Was macht die Uni?" Lauras Antwort ist zu leise, als dass er sie verstehen könnte.

Plötzlich gerät er in Panik. Warum ist er eigentlich hier? Warum hat er sie nicht in der Uni angesprochen? Weil er sich da erst recht nicht getraut hätte! Ha, als ob es einfacher wäre, in ihrem Hausflur ein Gespräch anzufangen!

'Hey, Laura, ähm... hast du die Heine-Biografie gelesen? Und? War sie so langweilig wie du dachtest?' Das wäre perfekt gewesen! Und hier? 'Hallo, Laura, ich wollte dir einfach mal so diese Rose vorbeibringen und dir sagen, dass ich vollkommen in dich verliebt bin.' Spitzenwitz!

Er ist versucht, sich ein Stockwerk höher zu verstecken. Aber hat er zwei Stunden nach einem Blumenladen mit wirklich schönen, wirklich roten Rosen gesucht, sich durch den Verkehr in der Innenstadt gekämpft und ganze zehn Minuten neben einer fetten echt ekligen Spinne unter der Kellertreppe gehockt, während der alte Drachen aus dem fünften Stock durch das ganze Haus jagte und etwas von 'verdammte Lausebengel, wenn ich euch erwische, ziehe ich euch die Hammelbeine lang!' zeterte, um jetzt einfach so zu kneifen?

Als sich der Hausdrachen verzogen hatte, war David zu Lauras Wohnung hinaufgestiegen und hatte gehorcht, ob jemand da war. Auf einmal fühlt er sich schäbig. Wie aufdringlich von ihm, Laura zu bespitzeln und ihr vor ihrer Haustür aufzulauern! Sie wird ihn unsympathisch finden. Hastig geht er die Treppe nach oben zur Hälfte hinauf. Dann überlegt er es sich wieder anders, geht zurück und versteckt dir Rose hinter seinem Rücken. Gerade, bevor er es sich noch ein zweites mal anders überlegen kann, taucht Laura auf dem letzten Treppenabsatz auf. Verdutzt und leicht außer Atem bleibt sie stehen. „David? Was machst du denn hier?"

„Ich – also, ich – ähm ich wollte...", stammelt er und wir immer leiser, wären Laura ihre Einkaufstaschen die letzte Treppe hinauf schleppt. Vor ihrer Tür bleibt sie stehen und kramt nach ihrem Schlüssel. Sie hat keine Ahnung, was sie sagen soll.

„Die hier ist für dich...", flüstert David mit letzter Kraft. Er hält Laura die

Rose unter die Nase und schaut zu Boden.

Laura blickt auf. Als sie dir Rose sieht, beginnen ihre Augen zu strahlen und ihre Wangen röten sich leicht.

Sie nimmt die Rose sacht in ihre wunderschönen schlanken Hände, senkt ihre hübsche sommersprossige Nase zur Blüte hinunter, schließt ihre unglaublichen grün-gold-gesprenkelten Augen und atmet den Duft tief ein. Eine Strähne ihres rehbraunen Haars fällt ihr ins Gesicht.

„Die ist schön.", flüstert, nein, haucht sie und streicht sich die Strähne hinters Ohr. Dann wendet sie sich um und schließt die Tür auf. Sie räuspert sich. „Kommst du mit rein? Ich könnte Kaffee kochen."

David nimmt die Einkaufstaschen und nickt.

Mit einem leisen Klicken fällt die Tür hinter den beiden ins Schloss.

Was ist Liebe?

Helena

Manuela Sonntag

Es regnete inzwischen immer stärker und so ging sie langsam auf der Straße auf und ab, aber sie entfernte sich nie allzuweit von der Tür, aus der er jeden Moment kommen konnte.

"Wenn er doch endlich käme! So verschmiert mir ja mein ganzes Make-up und meine Frisur ist auch hinüber!"

Doch endlich bewegte sich die Haustür und er blieb einen Moment stehen und schlug seinen Jacketkragen hoch. Sie beschleunigte ihre Schritte, um ihn auf sich aufmerksam zu machen. Und wirklich sah er sich um und sie fühlte ihre Knie weich werden, als seine Augen sich auf ihr Gesicht hefteten. Er stieß einen tiefen Seufzer aus uns ließ den Kopf sinken.

"Hallo ist das nicht ein lustiger Zufall? Ich wollte gerade eine Freundin besuchen und da treffen wir uns hier! Na sowas aber auch!" plappert sie nervös, kaum das sie in Hörweite angekommen war. Er gebot ihr mit einer schroffen Handbewegung zu schweigen.

"Du hast hier auf mich gewartet, oder nicht?"

Beschämt nickte sie. Warum war er nur immer so abweisend gegen sie? Gab es denn kein Mittel, seine Liebe zu gewinnen?

"Warum tust du das? Warum stehst du hier draußen herum und holst dir den Tod? Warum läufst du mir überall hinterher? Was versprichst du dir davon?", fragte er hastig, ohne sie anzusehen, "Na komm wenigstens ein wenig herein!", fügte er hinzu und zog sie in den Hauseingang.

Die Berührung seiner Hand brannte wie Feuer auf ihrem Arm und sie war so verunsichert, daß sie puterrot wurde und nichts antworten konnte, obwohl sie es wollte.

"Ich . . . ich wollte nur . . . ich meine . . ." mehr brachte sie nicht heraus.

"Laß mich raten: Du läufst mir nach, spionierst mir hinterher aus der wahnwitzigen Hoffnung heraus, daß ich mich irgendwann in dich verlieben werde? Findest du das nicht albern?"

Sie schüttelte stumm den Kopf, unsicher, was sie damit verneinen wollte und Tränen stiegen ihr in die Augen. Er hielt sie für albern?

Oh Schmach! Oh Hölle!

"Laß mich dir nur soviel sein, wie dein Hündchen! Mißachte mich, schlage mich, aber erlaube mir, auch wenn ich es nicht wert bin, dir zu folgen! Und bliebe mir nichts anderes zu wünschen, so wünschte ich den Tod von deiner geliebten Hand!" rezitierte sie unter Tränen und starrte auf ihre Fußspitzen.

"Ach du gute Güte! Shakespeare! Ausgerechnet! Hältst du seine Lebenseinstellung nicht für etwas überholt? Komm komm, hör auf zu weinen! Ich kann es dir ja nicht verbieten, wenn du mir überall hin nachlaufen willst, aber ich finde es sehr schade."

Sie hob den Kopf und sah ihn verwundert an.

"Na hör mal, du bist doch kein häßliches Mädchen, das so etwas nötig hat! Gibt es niemanden, der dich mag?"

Sie zuckte trotzig die Schultern.

"Die interessieren mich nicht!"

"Das sollten sie aber. Sag mir ehrlich: Ich habe mich nie um dich bemüht, dich sogar fast nie bemerkt, dich sozusagen ignoriert. Hat dir das nicht wehgetan?"

Neue Tränen stiegen ihr in die Augen und sie nickte.

"Dasselbe tust du den Leuten an, die dich mögen. Du verachtest sie, weil du so verblendet bist. Denk mal darüber nach!"

Damit war er verschwunden und ließ sie schamesrot auf offener Straße stehen. Nachdenklich trat sie aus dem Hauseingang hinaus und reckte ihr heißes Gesicht dem kühlen Regen entgegen. Hatte er nicht gesagt, daß er sie hübsch findet? Ja, das hatte er gesagt, nicht direkt, aber doch!

Sie lächelte und machte sich auf Heimweg.

The great Herzschmerz

Christine Schuhmann

Ach! wie tut mein Herz so weh,
Bin Ach! gelämt von Kopf bis Zeh,
Kann Ach! nicht Schlaf, nicht Ruhe finden,
Ach! musstest du mein Leid begründen?!
Bist Ach! weit fort, so fort von mir!
Lässt Ach! mich ganz alleine hier!
Wie kannst du nur Ach! ohne Scham
Ach! dich stehl'n aus meinem Arm!
Ach! wie nur geh'n zu einem andern!
Mich lassen Ach! alleine wandern!
So schleich ich Ach! durch die Natur,
Die fröhlich Ach! singt Lieder nur.
Mit Säure Ach! ess ich mein Brot.
Noch dreimal Ach!, dann bin ich tot.
Ach!...
Ach!...
Ach!...

Just married

Manuela Sonntag

Das Hämmern und Bohren hielt nun schon den ganzen Tag an und langsam begann sie sich zu fragen, ob es wirklich eine gute Idee gewesen war vor dem Priester mit ‚Ja' zu antworten.

"Liebling, gibst du mir mal den achtzehner Schraubenschlüssel?"

Ergeben erhob sie sich von dem improvisierten Stuhl in ihrer improvisierten Küche und brachte ihrem wohl auch etwas improvisierten Heimwerkerkönig das verlangte Werkzeug - oder doch das, was sie dafür hielt.

"Nein, das ist der Sechzehner! Der Achtzehner muss irgendwo im Waschbecken liegen oder vielleicht auch bei dem großen Blumentopf."

Sie fand den gesuchten Gegenstand schließlich im großen Blumentopf unter einer Schicht Substral-Blumenerde. So hatte sie sich ihren Honeymoon nun wirklich nicht vorgestellt! Schließlich ging von diesem Wort eine ungeheure Romantik aus. Der erste Monat einer Ehe . . . voller Liebe, Leidenschaft und glühenden Liebesschwüren! Ja denkste! Statt dessen gab es Baustellenidylle in den eigenen vier Wänden, ohne Kontakt zur Außenwelt und das Einzige was überhaupt glühte war der Aufsatz des Akkubohrers.

Als sie mit ihrem Verlobten beschlossen hatte, die Flitterwochen Zuhause zu verbringen, um ihre neue Wohnung einzurichten, da hatte das alles noch ganz anders ausgesehen. Sie erinnerte sich noch gut wie aufgeregt sie gewesen war, wenn sie sich Stoffmuster ansah, oder Möbel aussuchte. Nun immerhin hatte sie keinen Mann geheiratet, der jeden Pfennig dreimal umdrehte. Das Beste sollte gerade gut genug sein - nun ja zumindest so gut wie eine bürgerliche Mittelklasse-Eigentumswohnung nun einmal sein konnte. Aber sie hatte schon damit gerechnet, dass er zumindest in den ersten Tagen nur Augen für sie haben würde. Sie wollte bewundert werden, wollte spüren, dass sie nicht ganz umsonst geheiratet hatte und das sich im Vergleich zu ihrem bisherigen Leben etwas grundlegendes geändert hatte. Aber OBI und IKEA machten ihr einen Strich durch die Rechnung. Ihr lieber Ehegatte war viel zu arbeitseifrig und zu ungeduldig, um sich mit so etwas nebensächlichem wie Liebe abzugeben, wenn im Nebenzimmer seine Heimwerkerausrüstung darauf wartete aus der Plastikfolie ausgewickelt zu werden.

"Geh doch ein wenig zu den Nachbarn! Mach dich mit ihnen bekannt!" hatte er ihr vorgeschlagen, als sie sich über seine ständige Arbeit und Lärmbelästigung beschwert hatte. Ausgerechnet! Dabei hatte sie darauf gehofft den Nachbarn in den ersten Wochen ihrer Ehe überhaupt nicht zu begegnen, weil seine feurige Leidenschaft sie gar nicht dazu kommen lassen würde, die Wohnung zu verlassen. Und wenn sie überhaupt etwas mit den Nachbarinnen zu tun haben wollte, dann sollten es gefälligst neidische Blicke sein, wenn sie nach einer Nacht voller lautstarkem, ungezügeltem Sex mit bescheuertem Grinsen an ihnen vorbeihumpelte, um neue Kondome einzukaufen, oder so etwas.

"Aber erstens kommt es anders und zweitens als man denkt!" dachte sie ergeben und plante im Stillen eine riesige Schokoladenorgie.

"Liebling komm schnell, ich muss dir unbedingt etwas zeigen!" rief sie ihr Göttergatte und stürzte wie ein aufgeregtes Kind auch schon persönlich ins Zimmer.

"Was'n los?" murmelte sie gelangweilt, ließ sich aber doch mitziehen.

"Hier sie nur!" rief er begeistert und zeigte auf die fertig gestrichenen weißen Wände des Schlafzimmers, die jetzt von unzähligen winzigen Deckenlämpchen angestrahlt wurden.

"Ich habe mir gerade gedacht, dass ich ein riesiges Porträt von dir malen lasse und das hängen wir dann genau über das Bett! Wenn dann nämlich hier der große Spiegelschrank steht, kann ich dich immer ansehen!"

Es war doch kein Fehler gewesen Ja zu sagen.

Liebe deine Kleinigkeiten

Manuela Sonntag

"Und wie war euer Urlaub in der Karibik? Sonne, Strand und Leidenschaft?"

"Ach sei doch still!"

"Nein jetzt mal ehrlich, wie war's?"

"Uff, weißt du, ich bin froh, dass wir wieder Zuhause sind."

"Was? Du fährst an einen der schönsten Orte der Erde und dann bist du froh das du wieder Zuhause bist?"

"Ja."

"Das nächste Mal, wenn du Urlaub machst, bleib Zuhause und lass mich fahren?"

"Gut mach ich. Aber ich muss jetzt auspacken. Wie sehen uns dann am Samstag?"

"Gut. Ciao ciao!"

Erschöpft ließ sie den Hörer sinken und setze sich erst einmal auf eine der großen Reisetaschen, die noch überall im Flur herumstanden. Puh, sie hatte ja so keinen Bock das alles auszupacken! Sicher der Urlaub war sehr schön gewesen, doch sie hatte das Gefühl, hätten sie sich nicht dem Herdentrieb der Urlaubszeit gebeugt, dann wären es noch schönere Wochen geworden. Jetzt mussten alle diese Sachen ausgepackt, der Kampf mit dem Alltag wieder aufgenommen werden . . . dabei war ihr Alltag normalerweise gar kein Kampf. Es kam ihr wahrscheinlich nur so vor, weil sie so weit weg gewesen war.

"Hey was ist denn mit dir los? Warum sitzt du so traurig hier herum?"

"Ach ich weiß nicht. Ich bin so müde und habe überhaupt keine Lust jetzt Koffer auszupacken!"

"Dann lass sie doch bis morgen stehen!" schlug er vor und lächelte schelmisch.

Sie zuckte nur mit den Schultern.

"Dann muss ich sie ja morgen auspacken, damit ist mir auch nicht geholfen."

Er lachte und schüttelte den Kopf. Dann legte er ihr zärtlich den Arm um die Schultern.

"Du glaubst, wir hätten nicht fahren sollen, oder?"
Sie legte den Kopf an seine Schulter und nickte leicht.
"Ich habe unser gemütliches Zuhause so vermisst. Obwohl es natürlich auch schön war, mal was anderes zu sehen, aber . . . ich habe einfach Angst, das es nie wieder so wird, wie vor unserer Abreise . . . ach das ist dumm, ich weiß."
Er machte sich vorsichtig von ihr los und sah ihr fest in die Augen.
"Hör mal, dass wir in der Karibik waren, ist wunderschön, aber es hat nichts geändert, o.k.? Ich liebe dich immer noch so wie vorher. Wir werden weiter gemütlich mit unserem Lambrusco fernsehen und wir werden weiter mit dem Hund spazieren gehen und den Hamster deiner Schwester füttern - kurz wir werden es genauso schön haben, wie vorher!"
Sie sah in sein erstes Gesicht und musste plötzlich furchtbar lachen.
"Das hast du so schön gesagt, dafür solltest du einen Preis bekommen!"
Dann fiel sie ihm übermütig um den Hals und drückt ihm einen Kuss neben das Ohr.
"Ich liebe unsere kleine, heile Welt einfach so und ich hatte Angst, wir hätten sie kaputt gemacht, verstehst du?" flüsterte sie.
"Ha!", rief er triumphierend und warf sich in die Brust, "Keine Sorge, die ist unkaputtbar, genau wie ich!" Damit schlug er sich gegen die Brust und musste furchtbar husten, bevor er sich lachend und keuchend am Türrahmen festhielt.
"Na ja fast jedenfalls.", berichtigte sie ihn ebenfalls lachend, "Und weißt du was? Ich gehe jetzt die Koffer auspacken und du schnappst dir den Rest von unserer Urlaubskasse und besorgst uns irgendwo eine Pizza mit allem! Was hältst du davon?

Kurz aber schmerzhaft

Manuela Sonntag

Leise schleicht sie sich an seinen nackten Rücken an, der so verführerisch die Tür zum Badezimmer ausfüllt. Sie muss sich auf die Zehenspitzen stellen um ihm einen Kuss auf den Nacken zu hauchen.
„Guten Morgen Supermann! Na alles senkrecht?" witzelt sie und verschränkt grinsend die Arme.
Doch statt sich umzudrehen und sie zur 'Strafe' ein wenig zu kitzeln, blickt er nur mit kalten Augen aus dem Spiegel zu ihr herunter.
„Ich wäre dir sehr dankbar dafür, wenn du nicht auch noch am frühen Morgen darauf herumreiten würdest, dass ich gestern nicht mit dir schlafen wollte."
Ihre Mundwinkel sacken herunter und äußerst verletzt zieht sie sich ein paar Schritte zurück.
„Darauf wollte ich gar nicht hinaus! Es macht doch nichts wenn du mal keine Lust hast."
'Auch nicht wenn es schon seit fast einem Monat so geht?' wispert eine kleine Stimme ihr ins Ohr.
'Sei still du dumme Vernunft, das hier ist nicht dein Territorium!'
„Nein wohl nicht." entgegnet er leicht ironisch und wendet sich wieder seinem Rasierapparat zu.
Sie verdreht genervt die Augen. Einer von diesen Morgen also.
„Ich geh mal Kaffee machen." ruft sie resigniert durch die Tür und verschwindet in der Küche.
Vielleicht hilft Koffein gegen seine miese Laune.
'Er hat schon so lange miese Laune, glaubst du immer noch, das Kaffee hilft?'
'Sei still, habe ich gesagt! Er liebt mich, klar? Er ist nur gestresst!'
„Hast du eigentlich schon was von Heiko und Sandra gehört? Wir wollten doch noch mal zusammen weggehen diese Woche? Wolltest du da nicht mit Heiko was ausmachen?"
Die Kaffeemaschine summt leise und beginnt dann eifrig zu blubbern.
Als sie sich umdreht, steht er plötzlich in der Küchentür.
„Ach hast du mich erschreckt!"

„Das tut mir leid.", sagt er unbeteiligt und lässt sich, immer noch unbekleidet, auf einen der Stühle fallen, „Setz dich bitte einen Moment, wir müssen reden."

'Jetzt wirst du sehen das ich recht hatte!'

Langsam sinkt sie ihm gegenüber auf einen Stuhl und knetet ihre plötzlich eiskalten Hände. Er holt tief Luft, dann sieht er sie aus seinen Kristallaugen an und schon sein kalter Blick schneidet wie Eisen in ihr Herz und nimmt ihr für einen angstvollen Augenblick den Atem.

„Ich kann so nicht mehr weitermachen. Ich will das wir Schluss machen. Ich liebe dich nicht mehr und kann auch nicht länger so tun als ob, auch wenn ich dir nicht wehtun will."

Wie von einer Faust getroffen zuckt sie zurück und Tränen schießen ihr in die Augen.

'Er meint das nicht so, er ist nur gestresst!'

'Klammere dich nur weiter daran, wenn du möchtest, dass er dir noch mehr wehtut!'

„Aber . . . warum?" bringt sie schließlich heraus und die unterdrückten Schluchzer schmerzen in ihrer Kehle.

Er zuckt nur resigniert die Schultern.

„Weil du mich einschnürst mit deiner übertriebenen Liebe. Alles was du sagst und tust fesselt mich an dich! Wenn wir miteinander schlafen ist das einzige was deine Augen sagen 'mehr,mehr,mehr', selbst wenn du mir 100 mal am Tag sagst du liebst mich. Du hast nicht mal mehr ein eigenes Leben! Wenn wir uns zwei Tage nicht sehen, dann jammerst du schon wie ein Baby und wenn ich mal ohne dich etwas unternehmen will, dann bist du beleidigt! Du hast mit deiner Klammerei meine Liebe zu dir gründlich abgetötet und es ist einfach nichts mehr übrig."

Er seufzt und wendet den Blick ab, seine Schultern sacken herab und für einen Augenblick scheint es, dass er sich vorbeugen und ihre Hände in seine nehmen wird, doch dann wird seine Haltung wieder steif und förmlich.

„Das solltest du endlich wissen."

Seine Worte dringen nur noch wie durch eine dicke Wattewand zu ihr.

'Er liebt mich nicht mehr? Aber es muss doch noch Liebe in ihm sein oder? Oder?'

'Komm jetzt nicht zu mir, das ist nicht mein Territorium!'

„Und was soll ich jetzt tun?" fragt sie schwach, während die ersten

Tränen auf ihre Bluse fallen.

„Erst einmal, würde ich sagen, solltest du dein Zeug wieder in deine Bude schaffen. Ich dachte da du ja heute frei hast..."

Er geht. Hinter ihr gluckert die Kaffeemaschine leise bis auch dieses Geräusch schließlich erstirbt.

Was ist Liebe?

Das leidige Thema...

Christine Schuhmann

Schon wieder ihre Hand an seinem Oberschenkel. Er ignoriert sie. Jetzt wandert die Hand höher und er spürt ihren Atem an seinem Ohr.
Sie beißt ihn.
Er schiebt sie sanft bei Seite.
"Schatz, bitte, ich würde das da gern noch zuende sehen. Geh doch schon ins Bett, wenn es dich langweilt."
"Ich mag aber nicht alleine sein. Komm mit." schnurrt sie.
"Ich komm doch nach, wenn der Bericht zuende ist."
Sie verdreht die Augen. "Wie lang geht der denn noch?"
"Ich weiß es nicht. Bis zwölf glaub ich. Guck doch in die Fernsehzeitung."
Missmutig klaubt sie die zerfledderte Zeitung vom Boden.
"Bis halb eins geht der. Willst du den wirklich bis zuende gucken?"
"Ja!"
"Aber du musst doch morgen früh raus."
"Ich weiß es. Deshalb werde ich mich auch sofort danach ins Bett legen und schlafen, wenn du nichts dagegen hast."
Sie schmollt. "Ich würd gern noch ein bisschen mit dir schmusen und so..."
"Nicht schon wieder!"
"Was?!"
"Schatz, ich liebe dich, aber es ist einfach sauanstrengend, jede Nacht mit dir zu schlafen."
"Wir schlafen ja gar nicht jede Nacht miteinander!"
"Es ist auch jede zweite Nacht verdammt anstrengend! Außerdem will ich auch einfach mal meine Ruhe haben. Verstehst du das nicht? Lies doch was oder schlaf einfach!"
"Du liebst mich nicht mehr."
"Was hat das denn damit zu tun?"
"Du willst nicht mehr mit mir schlafen."
"Ich will nicht nicht mehr mit dir schlafen, ich will nur nicht so oft mit dir schlafen."

"Sag ich ja! Du liebst mich nicht mehr! Soll ich mir jetzt woanders holen, was ich brauche?"

"Du spinnst doch!" fährt er sie an.

"Ach, mit mir schlafen ist dir zu anstrengend, aber für Eifersucht reicht es noch, ja? Brav untergeben soll ich für jede Gabe dankbar sein und..."

"Jetzt drehst du aber total durch!"

"Ja was soll ich denn sonst denken?! Soll ich einfach hinnehmen, dass es dir egal ist, wenn ich hier sexuell furstriere?"

"Du übertreibst mal wieder."

"Und du liebst mich überhaupt nicht!" ihr steigen die Tränen in die Augen.

"Wie oft ich mit dir schlafe oder nicht mit dir schlafe hat doch überhaupt nichts damit zu tun, ob und wie sehr ich dich liebe."

Ihre Unterippe zittert. "Ach, du hast also auch Sex mit mir ohne mich zu lieben?"

"Was soll denn der Blödsinn jetzt? Willst du dich streiten?"

"Nein, ich will, dass du mich liebst und es mir zeigst!"

Er seufzt. "Schatz, ich liebe dich."

"Nicht so! Reden kannst du viel, aber Sex..."

"Eben hast du mir noch vorgeworfen mit dir zu schlafen ohne dich zu lieben."

"Da hast du aber gesagt, dass das nicht stimmt, und weil ich dich liebe glaube ich dir."

"Na, fantastisch! Dann kannst du mir ja auch glauben, dass ich dich liebe, auch wenn ich

nicht meine gesamte Energie in Form von Sex verpulvere!"

"Was heißt denn hier 'verpulvern'! Das ist eine Investition! Das ist ein tiefes Geständnis der Liebe!"

"Gut, meinetwegen, dann will ich eben nicht so viel Energie in dieses tiefe Geständnis der Liebe investieren!"

"Du liebst mich nicht!"

Mit einer entschlossenen Bewegung schaltet er den Fernseher aus und dreht sich zu ihr.

"Ich liebe dich, Schatz, und das weißt du!"

"Woher soll ich es denn wissen, wenn du dich weigerst, mit mir zu schlafen?!"

"Ich weigere mich doch nur, so oft mit dir zu schlafen!"

"Sag ich ja! Du findest mich nicht mehr erotisch. Du bist mir gegenüber abgestumpft!"

"Schatz, zum letzten Mal, Sex ist kein Indikator für Liebe!"

"Also kann ich nicht mal sicher sein, dass du mich liebst, wenn du mit mir schläfst?!"

"Nicht schon wieder dieses Geseiere, bitte!"

"Ach, jetzt seiere ich also auch noch?"

"Ja! Warum zu Hölle machst du unsere gesamte Beziehung am Sex fest? Das zeigt nur, dass dir an anderen Dingen nichts liegt! Wie oft hast du diesen Streit schon vom Zaun gebrochen? Langsam reicht es mir! Es reicht mir wirklich! Diese ewigen, zu nichts führenden Diskussionen über das

ätzendste Thema, über das man sich überhaupt in einer Beziehung streiten kann! Sex!"

Jetzt bricht sie in Tränen aus. "Du liebst mich also wirklich nicht mehr?"

"Ich weiß es nicht! Ich weiß nicht, ob ich mit jemandem zusammensein will, dem es nur um Sex geht."

"Aber es geht mir doch gar nicht nur um Sex!"

"Warum streiten wir dann?!"

"Weil ich mir Sorgen mache, ob du mich noch liebst."

"Und was gibt dir Anlass zu dieser Sorge?"

"... Sex..." Er nickt.

"Geh doch einfach ins Bett und machs dir selber."

"Du geschmackloser..."

Wortlos dreht er den Fernseh lauter.

$\mathcal{L}$eon und $\mathcal{L}$eonie - $\mathcal{E}$wiger $\mathcal{F}$rühling

$\mathcal{C}$hristine $\mathcal{S}$chuhmann

Kühles, saftiggrünes Gras breitet sich sonnenfleckig unter dem Blattwerk der jungen Birken. Ihre weißen Stämme reflektieren das Licht und blenden sie, während sie fröhlich summend auf seiner Spur entlang schlendert. Überdeutlich hebt sich diese Spur vor ihren Augen von den Millionen und Abermillionen geduckter Graspflänzchen ab. Hin und wieder ist sie auch auf den Stämmen zu sehen, wenn er sich abgestützt hat, um Atem zu holen.

"Warte nur, Leon, ich kriege dich schon!", ruft sie leise und bringt mit ihrem glockenhellen Lachen die Luft zum tanzen. Ja, er ist Leon und sie ist Leonie.

Sie wirft ihre blonden Kinderlocken zurück und lacht noch einmal bei dem Gedanken daran, welchen Spaß sie haben werden, wenn sie endlich bei ihm ist.

Leon, Leon, der ihr so ähnlich sieht. Leon, den sie so liebt.

Die Grashalme kitzeln unter ihren nackten Fußsohlen und die Sonne streichelt ihre Haut wie eine Mutter. Leonie seufzt, überglücklich dass sie ihren Bruder hat, und läuft dann weiter auf seiner Spur entlang.

Es war lustig, wie sie getanzt haben, vorhin, nachdem sie ihm schon einmal so lange nachgelaufen war. Sie kann sich nicht erklären, wie er ihr wieder hatte entwischen können. Doch dieses Nachlaufen ist beinah ebenso lustig wie ihr Reigen.

"Leon, gleich hab ich dich und dann tanzen wir wieder!" Ihre Stimme überschlägt sich beinahe vor lauter Vorfreude. "Ich werde dir die Haare zerzausen beim Tanz, Leon! Und wir werden singen! So laut und so schön wie noch nie zuvor!"

Ihre roten Kinderlippen teilen sich zu einem Lächeln und geben den Blick auf kleine, strahlend weiße Milchzähne frei, als sie Leon endlich in der Ferne vor sich sieht. Er läuft nur noch langsam. Vielleicht hat er die Freude am Nachlaufen verloren.

"Leon, da bist du ja!", Leonie lacht, "Oh, ich habe dich erwischt! Komm, jetzt lass uns tanzen!"

Der goldlockige Junge bleibt schwer atmend stehen, dann dreht er sich um und starrt mit seinen unglaublichen blauen Augen auf das blutbefleckte, sonnefarbene Kleid des Mädchens, das jetzt mit einem aufmunternden Lächeln dieses unmenschlich große Messer gegen ihn erhebt. Kleine Grashalme bleiben in dem Blut an ihren Fußsohlen kleben, als sie einen Schritt auf ihn zu macht.

"Warum bist du denn schon wieder weggelaufen?", fragt sie ein wenig vorwurfsvoll, "Wir wollten doch Tanzen! Komm! - Gib mir deine Hand, mein Bruder!"

Er stöhnt auf, als das Messer seine abwehrend erhobenen Händen zerschneidet.

"Tanz mit mir, Leon, tanz mit deiner Leonie!", singt das Mädchen mit dieser glockenhellen Stimme und lacht, während sie leicht wie ein Blütenblatt im Wind um den Jungen herumhüpft und mit dem Messer auf ihn einsticht. "Oh, Leon, mein Leon, sing doch mit! Tanz mit mir, Leon!"

Der Junge schreit unter ihren Stichen und ein zufriedenes Lächeln erhellt ihre bildhübschen Züge unter dem Netz aus Blutsprenkeln.

"Leon, mein Leon! Leon und Leonie...", summt sie zufrieden, als er schließlich liegen bleibt und sie seine Bauchdecke aufschlitzt. Summend formt sie eine Blüte aus Darm neben der verdrehten Leiche des Jungen, summend löst sie Streifen von Fleisch aus seinem Gesicht, um daraus einen dünnen, geschwungenen Stil zu formen. Ihr Gesicht und ihr blonder Pony werden rot von Blut, als sich das Haar zurückstreicht. Summend legt sie die Speiseröhre frei, überlegt es sich dann anders und ordnet Leber, Herz und Nieren über seinem Scheitel zu einem vierblättrigen Kleeblatt. Die Schlüsselbeine auszulösen und die Arme abzutrennen, ist eine schwere Arbeit und sie gerät ein wenig außer Atem, doch dann hat sie es geschafft und formt stolz ein Herz zu seinen Füßen.

Die ewige Sonne bescheint ihre elfenhafte Gestalt mit dem ewigen Licht eines ewigen Frühlings, als sie ein Gänseblümchen aus der Tasche ihres Kleides zieht und es mitten in das Herz legt.

"Ach, Leon.", jubelt sie dann und küsst seine gebleckten Zähne, "Ich freue mich schon so darauf dich wiederzusehen! An der Quelle hole ich dich ab, mein Bruder, so wie immer und immer und immer! Dann Tanzen wir wieder! Aber diesmal läufst du nicht weg, versprichst du's?"

Sie lacht noch einmal glockenhell und hüpft singend den Weg zurück, den sie gekommen ist, während ihr Mutter Sonne das Blut aus dem Haar leckt.

Was ist Liebe?

Liebe auf Zeit

Manuela Sonntag

Mit einem Seufzen ließ sie sich in die weichen, weißen Schaumwölkchen zurückfallen und beobachtete interessiert, wie kleine Wassertröpfchen zwischen ihren Brüsten hinabperlten. Mit einer schnellen Bewegung prüfte sie den Sitz ihres Handtuchturbans, bevor sie sich noch weiter in das duftende Badewasser gleiten ließ. Ein weiterer wohliger Laut entzog sich ihrer Kontrolle und bestand darauf, geäußert zu werden. Sie kicherte leise. Wenn sie so weitermachte, würden ihre Nachbarn noch misstrauisch werden. Das nächste Mal sollte sie das Fenster zumachen, bevor sie sich ihren Badeorgien hingab …

Noch 23 Stunden, stellte sie mit einem Blick auf ihre Digitaluhr fest. Seit er die Woche über nicht mehr nach Hause kam, hatte sie es sich zur Gewohnheit gemacht, immer eine Uhr in Sichtweite zu haben … noch 23 Stunden, dann wäre es wieder einmal Wochenende … sie schloss die Augen und gönnte sich schon einen kleinen Vorgeschmack.

In 23 Stunden würde sie die Tür öffnen und ihre Arme endlich wieder um seinen Hals legen können. Natürlich würde sie früh aufstehen und sich hübsch machen, denn dann würde er sie wie immer ganz fest in die Arme nehmen und ihr ins Ohr flüstern.

„Du siehst toll aus!"

Sicher, es mochte originellere Komplimente geben, aber manchmal war das Einfachste auch das Schönste … Und dann würden sie sich küssen und die gesamte Woche der Trennung würde in diesem Kuss versinken, sich einfach auflösen, belanglos werden. Sie wusste, wenn ihnen das einmal nicht mehr gelingen würde, wenn sie es irgendwann nicht mehr schaffen würden, darüber hinwegzusehen, dass sie einander kaum noch sahen, dann … aber darüber wollte sie nun nicht nachdenken, und so fand sie wieder in das kribbelnde Gefühl zurück, das die Vorfreude auf seinen Kuss in ihrem Bauch zurückließ. Es würde eine Weile dauern bis einer von ihnen wieder sprach, eine Weile lang würden sie einander einfach nur ansehen, das Bild des Anderen in sich aufsaugen und einander einfach nur festhalten. Doch egal wer von ihnen zuerst sprach, es waren stets dieselben Worte.

„Ich liebe dich!"

„Und ich liebe dich. . ."

Schließlich würden sie sich überwinden und von der Tür lösen. Die Vorstellung für die Nachbarn wäre damit wieder vorbei und sie hätte einmal mehr ein paar Tage Ruhe vor den Trennungsgerüchten, die nun seit einem halben Jahr jede verdammte Woche aufkamen . . . irgendwann sollten sie umziehen! Mit seinem neuen Gehalt dürfte das doch bald kein Problem mehr sein . . . Sie ließ ein wenig warmes Wasser nachlaufen und genoss die Gänsehaut, die ihren Rücken hinablief.

Was wollte sie eigentlich morgen kochen? Oder sollten sie einfach essen gehen? Ganz chic mit Kerzenschein und Hummer? Sie mochte eigentlich gar keinen Hummer, aber es klang doch sehr mondän, Hummer zu essen . . . aber mit ihm in ein Restaurant zu gehen, hieße weniger Zeit allein zu haben . . . es hieße, dass sie umgeben wären von anderen Menschen . . . es hieße, dass er beim Essen nicht ihren Hände liebkosen würde, sie würden sich nicht zwischen jedem Schluck Rotwein küssen und er würde auch nicht mit dieser leisen, sanften Stimme mit ihr sprechen . . . nein, sie wollte jeden Augenblick auskosten und darum würden sie Zuhause bleiben. Sie könnte ja auch versuchen den Hummer selbst zu kochen? Oder doch lieber Spaghetti? Dann wäre sie nicht so lange mit kochen beschäftigt und sie hätten noch mehr Zeit für sich . . . sie könnten den Einbaukamin anschmeißen und mit einem Glas Rotwein auf dem Wohnzimmerteppich schmusen . . . oder sie könnten sich einen hübschen Film ansehen und sich auf der Couch zusammenkuscheln . . . oder sie könnte überall Kerzen aufstellen und sie könnten einfach nur reden . . .

Seufzend setzte sie sich in der Wanne auf und blickte wieder auf die Uhr. Noch 22 Stunden . . . irgendwann morgen Abend würde sie sich ins Bett tragen lassen und dann würden sie nachholen was sie die ganze Woche versäumt hatten . . . und am nächsten Morgen würden sie gemeinsam baden und noch im Bett frühstücken . . .

Und irgendwann würde er wieder weg sein . . für weitere sechs Tage und sie würde auf die Uhr in der Küche starren und denken: Noch 144 Stunden . . . dann wäre er wieder bei ihr . . .

Was ist Liebe?

Liebe ist gut - Freundschaft ist besser?

Manuela Sonntag

„Ja und weißt du noch als wir damals immer diesen Eisverkäufer zum Wahnsinn getrieben haben?"
Sie biegt sich fast vor lachen.
„Hast du Lust auf Pizza? Irgendwie hab ich noch Hunger?"
Sie überlegt einen Moment, dann zuckt sie mit den Schultern.
„Ja warum nicht."
Während er dazu anhebt laut und vernehmlich die verschiedenen Vor- und Nachteile der diversen Pizzabuden zu erwägen, die auf ihrem Weg liegen, hakt sie sich wie selbstverständlich bei ihm ein. Sie gehen weiter durch die dunklen Straßen und sie wundert sich darüber das alles so perfekt ist. Der Film war schön, der Cocktail gut, der Abend einfach klassisch und nun gehen sie diese Straße entlang und sie fragt sich, ob die Menschen die ihnen entgegen kommen, sie wohl für ein Pärchen halten.
„Also Thunfisch oder Annanas, was meinst du?" unterbricht er ihre Gedanken und lächelt sie an.
„Ähmmmm beides?"
„Du bist ein Genie!"
„Ich weiß, ich weiß!"
Sie grinsen und gehen weiter. Nein, sie sind kein Paar, werden auch nie eines sein und das ist gut so. Es hat lange gedauert bis sie Beide zu dieser Einsicht gefunden haben und sie weiß auch, dass alle ihre Freunde es nicht verstehen. Ihre Reaktionen gehen von 'Ach wie schade das es mit euch nicht geklappt hat', über 'Das könnt ihr einem Anderen erzählen das ihr nichts miteinander habt', bis hin zu 'Ihr werdet euch schon noch finden'. Sie findet das schade. Warum glauben anscheinend alle Menschen außer ihnen beiden, dass ein Mann und eine Frau nicht befreundet sein können, ohne irgendwann miteinander ins Bett zu gehen ...
'Du hast es auch nicht geglaubt, gib es doch zu!' meldet sich die kleine, lästige Stimme in ihrem Hinterkopf.
Sie seufzt. Nein, es gab eine Zeit da hat sie es auch nicht geglaubt,

besser gesagt, sie hat es gehofft. . . irgendwann einmal hat sie ihn geliebt, oder zumindest hat sie sich vorgestellt wie es wäre, wenn sie ein Paar wären . . . einfach so von heute auf morgen. Und sie muss zugeben, diese Vorstellung übt auf sie immer noch einen gewissen Reiz aus. Aber das sie diesem Reiz nicht nachgibt, gehört auch zu der besonderen Freundschaft die sie verbindet.

Es ist schön sich vorzustellen einen Menschen zu lieben, den man schon fast sein ganzes Leben lang kennt . . . keine unangenehmen Überraschungen, kein mühseliges aneinander gewöhnen, keine unvorhergesehenen Streitereien . . . eine Beziehung mit ihrem besten Freund . . . eigentlich eine Beziehung nur um die Dimension des körperlichen Kontakts erweitert . . . und es würde nie funktionieren!

Sie schüttelt lächelnd den Kopf und lehnt sich etwas enger an ihn. Sie sollte endlich aufhören sich solchen Illusionen hinzugeben. Sie wussten Beide, dass sie nicht einfach dazu übergehen konnten miteinander zu schlafen und ansonsten alles beim Alten lassen. Nach dem Sex veränderte sich alles, auch, oder gerade wenn man sich so gut kannte wie sie einander kannten. Und um nichts in der Welt wollte sie diese Freundschaft riskieren! So etwas fand man nur einmal im Leben . . .

„Sag mal wie ist eigentlich dein Date mit dieser Kellnerin gelaufen?" fragt sie um sich abzulenken.

Er streicht sich etwas verlegen mit der Hand durch die Haare.

„Ach weißt du eigentlich ganz nett . . . ach was soll's, der Abend war grässlich! Ihre einzigen Gesprächsthemen waren ihre Arbeit und ihre Katze!"

Sie muss gegen ihren Willen grinsen.

„Ich habe dir doch gleich gesagt du brauchst eine intelligente Frau, aber du wolltest ja nicht auf mich hören!"

„Also eine Frau so wie dich?"

„Oh danke für das Kompliment!"

Sie lächeln einander an. Jeder von ihnen weiß wie er den Anderen zu nehmen hat, alles ist fantastisch so wie es ist.

„Das nächste Mal suche ich ein Date für ich aus, ok?"

Lied des Raben

Manuela Sonntag

Bereits veröffentlicht im Jahr 2004 in der Anthologie der Bibliothek deutschsprachiger Gedichte, ‚Ausgewählte Werke VII'

Eine Tochter der Sonne bin ich
die triumphierend thront
von Welt zu Welt
strahlend in meinen Augen

Eine Tochter des Himmels bin ich
der leuchtend sich erstreckt
von Horizont zu Horizont
erobert von meinen Schwingen

Eine Tochter der Erde bin ich
die blühend sich erstreckt
von Ozean zu Ozean
gestreift von meinen Blicken

Eine Tochter des Wassers bin ich
das begierig sich erneuert
von Leben zu Leben
fließend in meinen Adern

Eine Tochter des Windes bin ich
der lebt und tobt
von Ewigkeit zu Ewigkeit
geteilt durch meinen Körper

Eine Tochter des Feuers bin ich
das brennt in jedem Wesen
von Generation zu Generation
geboren in meine Seele

Ich bin die Tochter des Mondes
glänzende Königin der Nacht
meine Zuflucht, meine Heimat
die mir die Gewissheit der Schönheit schenkt

Unvollendet...

Das sinnlose Leben der Marietta Brown

Christine Schuhmann

Montagmorgen um kurz nach acht schaltete Marietta Brown ihren Computer ein und begann die Arbeit an einer Bildschirmpräsentation zur Vorstellung einer unglaublich neuen, unglaublich tollen Zahnpasta. Ungefähr eine halbe Stunde später - Marietta änderte gerade die Farbe des Slogans von Violett zu Rot - sauste plötzlich aus der linken unteren Bildschirmecke ein rosafarbener Satz mitten auf die gelbgezeichnete Zahnpastatube.

'Dein Leben ist sinnlos, Marietta Brown.' stand da.

"Behauptet wer?" fragte Marietta automatisch, noch bevor sie die volle Bedeutung des eben Geschehenen erfasst hatte.

'Das würdest du ohnehin nicht verstehen.' segelte es von oben herab. Diesmal in einem hellen Rot.

"Ach ja?"

'Ja!' poppte es riesengroß und giftgrün auf der gelben Zahnpastatube auf.

"Schwächling." sagte Marietta, weil sie nicht klein beigeben wollte, ihr aber auch keine wirklich schlagfertige Antwort einfiel.

'Ich habe dich erschaffen.' flackerte es, braun-gelb changierend von rechts herein. Die Buchstaben wirkten stolz und unnahbar.

"Du bist also Gott." sagte Marietta mit einem leicht herablassenden Ausdruck.

'Ich sagte ja, dass du es nicht verstehen wirst.'

"So? Ach ja? Wer bist du dann? Erklärs mir doch!"

'Nein.'

"Aber... du kannst nicht einfach hier ankommen und behaupten, mein Leben wäre sinnlos, ohne mir zu sagen, wer diese unhaltbare Behauptung aufstellt!" beschwerte sich Marietta und stützte die Fäuste auf ihre spitzen Hüftknochen.

'Und ob ich das kann!' blinkte es hämisch.

Doch Marietta beachtete es gar nicht. Ihr war nämlich plötzlich bewusst geworden, wie blöd es ist, sich mit einem Bildschirm zu unterhalten, der behauptet, ihr Leben wäre nutzlos, und sich für denjenigen ausgibt, der sie geschaffen hat, ohne zu beanspruchen, ein Gott zu sein.

Marietta schaute sich suchend um. Durch die geöffnete Bürotür fiel ihr Blick auf ihren Kollegen Wilbur, der ihr gegenüber - zum Glück als einziger im Betrieb - oftmals ein Verhalten an den Tag legte, das man mit etwas gutem Willen gerade noch als Mobbing bezeichnen konnte.

"Wilbur, was machst du da?" fragte Marietta forsch.

"Marietta, ich arbeite. Probier's doch auch mal. Das ist gut für den Betrieb,"

"Wilbur, mein Computer behauptet, mein Leben wäre sinnlos. Da steckst doch wieder du dahinter!"

"Marietta, um zu erkennen, dass dein Leben sinnlos ist, braucht man nicht einmal eine künstliche Intelligenz."

Missmutig wand Marietta ihren Blick wieder ihrem Computerbildschirm zu, über den jetzt eine endlose Reihe von Doppelpunkten, gefolgt von zwei schließenden Klammern zog. Tausend chiffrierte Gesichter, die sie auslachten.

Ein klein wenig wütend rief Marietta ihren ICQ auf und tippte eine Nachricht an ihre beste Freundin: 'Ella, mein Computer sagt mir, dass mein Leben sinnlos ist!'

'Das Gefühl kenn ich.' kam die prompte Antwort zurück.

'Nein, Ella, mein Computer spricht mit mir! Er beleidigt meine Intelligenz!'

'Das Gefühl kenn ich auch.'

Entmutigt ließ Marietta den Kopf auf die Arme sinken, als vor ihr ein zweites Messenger-Fenster aufpoppte.

'Niemand wird dich verstehen.' stand da.

"Und warum nicht?" fragte Marietta erbost.

'Das ist halt so.'

Marietta schaltete den Bildschirm aus und hob den Telefonhörer ab. Sie wählte die Nummer ihres Freundes.

"Ja?" fragte er verschlafen.

"Mein Computer sagt mir, dass mein Leben sinnlos ist!"

"Das Gefühl kenn ich."

"Nein, nein, ich hab an einer Bildschirmpräsentation gearbeitet und plötzlich kamen von überallher Sätze in ekligen Farben, die mir sagten, mein Leben wäre sinnlos, und der, der da spricht, sei mein Schöpfer aber nicht Gott."

"Marietta, du bist überarbeitet. Meld dich akut krank, komm zu mir und schlaf dich aus."

Marietta befand den Vorschlag ihres Freundes ohne nachzudenken für schlecht und sagte ihm das auch.

"Ich bin nicht überarbeitet. Ich bin doch erst vorgestern aus dem Urlaub zurückgekommen."

Sie legte den Hörer wieder auf die Gabel und atmete tief durch, bevor sie den Bildschirm wieder einschaltete.

'Das Leben ist ungerecht.' stand jetzt zentral im Bild.

Marietta ging nicht darauf ein und versuchte, den Text zu löschen, doch er blieb beharrlich stehen, wo er stand.

"Du behinderst mich bei der Arbeit! Ich muss diese Präsentation in einer Woche abgeben. Sie wird zweihundert Seiten umfassen und ich bin gerade erst mit der zweiten beschäftigt!"

Der Satz begann zu blinken.

"Ach sei doch still!" schimpfte da Marietta aufgebracht, schaltete den Bildschirm wieder aus und nahm ihre Mittagspause.

Mit weit ausholenden Schritten marschierte sie in den nahe gelegenen Stadtpark, die Dose mit ihrem liebevoll belegten Butterbrot unter den rechten Arm geklemmt.

Sie ärgerte sich, wenn sie daran dachte, denn sie war noch satt vom Frühstück und würde das krümelige Brot außerhalb der Pause über ihrem Schreibtisch essen müssen.

Sie gab sich alle Mühe, so richtig wütend deswegen zu werden, doch es gelang ihr nicht. Die deprimierend ekligfarbenen Sätze drängten sich wieder und immer wieder in ihr Bewusstsein.

Schließlich setzte sich Marietta auf eine der grünen Parkbänke.

Stumpfsinnig starrte sie vor sich hin.

"Mein Computer sagt mir, dass mein Leben sinnlos ist." murmelte sie schließlich vor sich hin.

"Das Gefühl kenn ich!" sagte eine junge Frau, setzte sich neben Marietta auf die Bank und schaute ihr beleidigt nach, als sie einen Wutschrei ausstieß und davonlief.

Ruhelos stapfte Marietta durch die Straßen. Ihr Gesicht wirkte immer angespannter und verzweifelter, denn wohin sie ihre Schritte auch lenkte, immer wieder hörte sie Menschen, die sagten 'Das ist halt so' und 'Das würdest du ohnehin nicht verstehen'.

Schließlich kam Marietta an einer Kirche an. In einem Anfall von Aberglauben ging sie hinein und kniete sich vor das Bildnis des zu Tode gequälten Mannes.

"Oh bitte, lieber Gott, mach, dass das aufhört!"

In diesem Moment kam der Pastor mit einem Messdiener aus der Sakristei.

"Das würdest du ohnehin nicht verstehen." antwortete er leise auf irgend eine Frage.

"Nicht Sie auch noch!" kreischte Marietta und verließ die Kirche fluchtartig. Die Blicke des Pastors und des Messdieners folgten ihr mit großer Verwunderung.

Mit einem unendlich elenden Gefühl im Bauch erreichte Marietta schließlich die Wohnung ihres Freundes. Dort wollte sie sich verkriechen und nichts mehr davon hören, dass ihr Leben sinnlos sei und dass etwas, das sie ohnehin nicht verstand, halt so war.

Im Wohnzimmer dröhnte der Fernseher.

"Das würdest du ohnehin nicht verstehen!" schluchzte ein halbverhungertes Mädchen und verließ die stylish eingerichtete Talkrunde, einen ziegenbärtigen jungen Idioten und eine aufgequollene Frau zurücklassend.

"Nein! Nein! Nein!" schrie Marietta aus Leibeskräften und sank auf die Knie.

"Was regst du dich denn jetzt so künstlich auf? Lass mich. Ich guck beim Aufstehen immer Talkshows. Das belastet mein Hirn nicht."

"Da geht nicht mit rechten Dingen zu!" schluchzte Marietta "Alles andere hätte Zufall sein können, aber niemand, der in eine Talkshow geht, kennt das Wort 'ohnehin'!"

Ihr Freund schaute sie verständnislos an.

"Was sagst du?"

"Ach, das würdest du ohnehin nicht verstehen!" jammerte Marietta.

Mit einem hilflosen Gesichtsausdruck hockte er sich neben sie.

"Ich sagte doch, dass du..."

"... es nicht verstehen würdest?" unterbrach Marietta ihn.

"Nein. Dass du überarbeitet bist."

"Ich hatte gerade erst Urlaub!"

"Und was hast du da gemacht?"

"Am Strand gelegen."

"Und hast auf deinem Laptop Werbeslogans entworfen."

Das Klingeln des Telefons zerriss die kurz eingetretene schuldbewusste Stille.

"Ist für dich." meinte ihr Freund und hielt Marietta den Hörer hin.

Zögernd nahm sie ihn entgegen.

"Dein Leben ist sinnlos, Marietta Brown."

"Wer bist du?!" schrie sie in den Hörer.

Als Antwort kam nur ein leises Lachen.

"Mein Leben ist nicht sinnlos!" schrie sie deshalb um so lauter "Ich habe Liebe, ich habe Freunde, ich habe ein schönes Zuhause, ich habe ein Hobby und ich habe einen Job, der mir Spaß macht!"

"Es ist sinnlos." Auf diesen vollkommen emotionslos gesprochenen Satz folgte das 'Klack', mit dem der Hörer am anderen Ende auf die Gabel geworfen wurde.

"Aber wie kannst du denn das behaupten?" winselte Marietta verzweifelt.

"Es ist so..." antwortete ein Talkshowgast. Die Fortsetzung "... ich habe mit deiner Schwester geschlafen, Schatz." hörte Marietta nicht mehr; sie war schon aus dem Zimmer gelaufen und stolperte die Treppenstufen hinunter auf die Straße.

Da stand sie dann, mit der Hand an einem spinatfarbenen Bully abgestützt, keuchend und bis in die Grundfesten erschüttert.

Die Selbstsicherheit und Überzeugung, mit der diese Worte immer und immer wieder auf sie eindroschen, ließ nicht zu, dass Marietta sie als sonderbaren Teil ihres Lebens betrachtete, ohne ihnen dabei Glauben zu schenken.

"Mein Leben ist nicht sinnlos!" sagte sie laut vor sich hin. "Ich lebe für meinen Freund, für Ella, für meine schöne Wohnung, für das Joggen und für die Werbung."

Und noch während sie das sagte, ging ihr auf, dass es nicht stimmte.

"Ich lebe für den Spaß und das Glück, das ich aus meinen Beziehungen, dem Sport und der Arbeit schöpfe!"

Auf den Platten des Bürgersteiges stand es, mit Straßenkreide in ungelenker Kinderschrift: 'Stimmt ja gar nicht!'

Marietta Brown stöhnte. Dann stöhnte sie noch einmal.

"Ich lebe für den Sex!" schrie sie dann.

"Neinneinneinneinneinneinneinnein!" brabbelte das Kleinkind, das von seiner entrüstet den Kopf schüttelnden Mutter an dem Naturereignis der ersten wirklich peinlichen Marietta Brown'schen Handlung der letzten 20 Jahre vorbeigeschoben wurde.

"Dein Freund geht dir doch in Wirklichkeit zu sehr auf die Nerven, als dass du mit ihm wirklich glücklich sein könntest. Im Bett ist er eine wahre Null, deine einzige Freundin ruft dich nie an und hasst deine Lieblingsserie, dein Wasserhahn tropft, das Joggen führt dich immer und immer wieder im Kreis herum und dein Job ist eine Beleidigung deiner Intelligenz." analysierte eine fremde Stimme in ihrem Kopf.

"Sei still!" schrie Marietta.

Ein Hund kläffte sie an, und seine Tonfall schienen ihr zu sagen, dass sie seit Jahren weder wirklich gut gegessen noch ein einziges, wirklich gutes Buch gelesen hatte.

"In deinem Leben gibt es nur noch den Superlativ der absoluten Superlativlosigkeit, Marietta Brown."

Nichts war wirklich gut oder wirklich schlecht.

Alles glich sich dahingehend aus, jede Euphorie und jede echte Verzweiflung zu verhindern.

"Das ist doch das perfekte Mittelmaß!" schluchzte Marietta "Keine Freude, kein Leid!"

'Nur light!' stand auf dem Werbebanner, das von einem kleinen Segelflugzeug über den blauen Himmel gezogen wurde. Marietta las 'Nur Leid!' darin.

"Wärst du nicht gekommen, wär's mir gar nicht aufgefallen!" zeterte sie.

Eine Gruppe alter Menschen zog langsam an ihr vorbei und wurde zum Wortgeber.

"Ich will doch nur dein Bestes!"

"Ach ja?!"

"Nein, nicht wirklich..."

"Und was willst du dann?"

"Ach, Kindchen, was wohl?... Spaß... Ich bin zwar alt, aber ich brauche auch einen Sinn im Leben!"

"Du scheuchst mich hier durch die Gegend, quälst mich und treibst mich fast in den Wahnsinn, nur damit du deinen Spaß hast?!"

Eine gebeugte Frau mit Schelm in den Augen zuckte die Schultern.

"So ist es halt..."
"Aber... Aber... Aber..."
"Pass auf, du sabberst, Schatz!" lachte ein dickes Hutzelmännlein seine
Frau aus.

In diesem Moment beschloss Marietta Brown auszubrechen und ihr
eigenes Leben und erst recht das Leben anderer Leute von Grund auf
ganz gehörig auf den Kopf zu stellen.
Sie zog bei ihrem Freund aus, brachte sich eine manirierte
Sprechweise bei und heuerte als Putzkraft auf einem Containerschiff
zur Elfenbeinküste an. Von dort fuhr sie weiter nach Madagaskar,
Indien, Indonesien, Australien, Neuseeland, Peru...
Neun Jahre später verliert sich ihre Spur auf Jamaika.

Was ist Liebe?

Die metaphysische Würde

Manuela Sonntag

Die Türen des Busses schlossen sich nun endgültig und sie warf ihrer Freundin noch eine letzte Kusshand zu. Dann balancierte sie vorsichtig gegen die Anfahrtsgeschwindigkeit des Busses zu einem leeren Sitzplatz hinüber und ließ sich schwer und erschöpft darauf fallen.

"Warum rührt man sich eigentlich nicht von der Stelle, wenn man in einem Bus hochspringt? Und wenn man auf ihm hochspringt, warum fährt er dann unter einem weiter?"

Doch diese müßigen Gedanken verflogen schlagartig, als sie sich noch einmal umdrehte, um ihrer Freundin noch einmal zuzuwinken. Da war er ja schon wieder! Und sie stritten schon wieder! Um was es wohl diesmal gehen würde? Hatte sie seine Wohnung nicht genügend geputzt, oder ihm seinen Arsch nicht schnell genug hinterher getragen? Ihre Stirn furchte sich missmutig, und sie wurde noch missmutiger, als sie sah, wie er nichtssagend mit den Schulter zuckte, irgend etwas sagte und dann mit ihr knutschend um die Ecke verschwand.

"Was hat er ihr jetzt wieder vorgelogen? Wieder das übliche 'Ich liebe doch nur dich!'- Gesülze, oder endlich mal was Originelles? Oder wie wär's mal mit der Wahrheit? 'Ich mag dich und finde dich sehr praktisch, weil du alles für mich tust, aber fürs Bett bist du mir nicht hübsch genug!'"

Eine steile Falte bildete sich zwischen ihren Brauen, als sie an das heutige Gespräch mit ihrer Freundin dachte. Eigentlich war es dasselbe Gespräch, das sie jedes Mal führten, wenn er sie nicht mir seiner Anwesenheit beehrte.

"Wann wirst du diesen Aushilfsmacho eigentlich endlich wieder los?"

Ihre Freundin hatte sie zornig, aber auch hilflos angesehen und wie immer geantwortet:

"Er ist kein Macho! Er ist nur sehr beschäftigt und deshalb braucht er mich!"

"Oh ja, ich vergaß! Er ist ja jetzt Chefmechaniker bei seiner Bankrottfirma! Mensch, sieh es doch ein, er missbraucht dich als Putzfrau, damit er mehr Zeit für seine Betthäschen hat!"

Darüber konnte ihre Freundin wirklich böse werden, denn es kam der Wahrheit gefährlich nahe und jeder wusste das.

"Du bist doch nur neidisch, das ich einen so wundervollen Mann abbekommen habe und du nicht!"

Abbekommen? Nein danke, hatte sie, wie immer gedacht, doch es führte kein Weg an der Erinnerung vorbei, dass sie ihre Freundin in der ersten Zeit wirklich um ihren so verdammt gutaussehenden Freund beneidet hatte - freilich nur bis sie ihn näher kennen gelernt hatte und er ihr doch tatsächlich angeboten hatte, sie mal ‚zu besuchen'! Natürlich hatte sie abgelehnt, doch sie wusste nun, zu welcher Sorte Mann er gehörte und wunderte sich kein bisschen darüber, das ihre - zugegebenermaßen - nur mäßig attraktive Freundin dieses ‚Prachtexemplar' hatte für sich gewinnen können. Alles was er brauchte, war eine Haushaltshilfe an der er seinen Frust und seine perversen Sexpraktiken ausleben konnte, ohne Gefahr zu laufen, das sie ihn wegen eines Anderen verließ. Das hätte sein empfindliches Ego nicht verkraftet!

"Ich beneide dich nicht, ich will dir helfen! Siehst du nicht, wie er dich ausnutzt? Erst letzte Woche habe ich ihn mit dieser Playmate-Schlampe gesehen!"

"Halt die Klappe! Halt die Klappe! Er hat mir gesagt, das sie nur eine Arbeitskollegin ist und das du nur alles kaputt machen willst, was wir haben!" hatte ihre Freundin geschrieen und dann angefangen zu schluchzen, wie immer wenn ihr Gespräch an diesem Punkt angelangt war.

Natürlich wusste er inzwischen, dass sie für ihn gefährlich war und so versuchte er, sie auseinander zu bringen, aber das würde ihm nicht gelingen! Sie waren nicht umsonst seit der Grundschule befreundet!

"Das glaubst du doch selbst nicht, oder?" hatte sie leise gefragt und ihre Freundin sanft in den Arm genommen.

"Du verstehst das nicht! Ich . . . ich liebe ihn doch so!"

Damit war, wie immer das Gespräch beendet und nichts geklärt worden.

"Ich muss doch noch einmal mit ihr darüber reden! So kann es doch nicht weitergehen!" dachte sie betrübt, als der Bus anhielt und sie in den wärmenden Sonnenschein hinaustrat.

So etwas wie Mitleid

Christine Schuhmann

Er: Hallo?
Sie: Hallo.
Er: Oh, du bist es. Was ist los?
Sie: Nichts. Ich wollte nur mal fragen, wie es dir so geht.
Er: Mir geht es immer noch gut, danke.
Sie: Schön. Ich vermisse dich!
Er: Und ich vermisse dich. Aber ich kann nicht immer meine Konferenzen für dich absagen.
Sie: Ja, ich weiß. Was machst du gerade?
Er: Ich lese.
Sie: Mhm. Und dein Zimmer ist schön?
Er: Es ist ein fünf Sterne-Hotel, da sollten man doch annehmen, dass die Zimmer schön sind.
Sie: Ach ja. Und die Küche hat auch fünf Sterne?
Er: Ja.
Sie: Der Koch ist besser als ich, oder?
Er: Nur sehr geringfügig.
Sie: Das ist lieb von dir. Ist das Wetter schön?
Er: Ja. Gestern waren es 31°C im Schatten.
Sie: Wie schön! Hier ist es kalt. Es regnet die ganz Zeit.
Er: Wenn ich noch einmal Urlaub bekomme, fahren wir auf die Seychellen, nur du und ich, wie wär's?
Sie: Wirklich?
Er: Natürlich. In ein schönes Strandhaus mit einer Terrasse.
Sie: Oh, wie wundervoll! Mit weißem Strand und Sonnenuntergang...
Er: Ja. Und du bekommst ein schönes neues Kleid und wir gehen jeden Abend tanzen.
Sie: Oh ja! Wie lange wird es dauern bis du Urlaub bekommst?
Er: Das kann ich dir nicht sagen. Vielleicht bis August.
Sie: Das ist lange. Wann kommst du wieder?
Er: In fünf Tagen.
Sie: Ach ja, richtig. Ich vermisse dich!

Er: Und ich vermisse dich.

Sie: Das Kind von nebenan hat das Flurfenster kaputtgemacht.

Er: Sind die Leute versichert?

Sie: Ich weiß nicht. Aber ich habe den Anwalt angerufen.

Er: Warum denn das?

Sie: Ich dachte es wäre richtig...

Er: Also, unseren Anwalt zu beauftragen, ist doch bei so einer Lappalie völlig überflüssig.

Sie: Das hat der Anwalt auch gesagt.

Er: Sehr gut.

Sie: Louis hat nach dir gefragt.

Er: Ach, mein Spatz! Wie geht es ihm? Hat er immer noch so hohes Fieber?

Sie: Nein. Ich habe ihm Wadenwickeln gemacht. Er schläft gerade.

Er: Sehr gut. Du solltest ihm auch viel zu trinken geben.

Sie: Das hat der Kinderarzt auch gesagt. Und meine Mutter auch.

Er: Na, dann kann ja nichts schief gehen.

Sie: Ja. Ich vermisse dich!

Er: Und ich vermisse dich.

Sie: Wann kommst du wieder?

Er: In fünf Tagen.

Sie: Hmm. Worum geht es bei der Konferenz eigentlich?

Er: Wir überlegen mit einer anderen Firma zu fusionieren. Das würde uns in der Branche zum weltweit drittgrößten Unternehmen machen und auf lange Sicht eine enorme Umsatzsteigerung bringen.

Sie: Wirst du befördert, wenn ihr fusioniert?

Er: Ja.

Sie: Dann wirst du noch öfter weg sein, oder?

Warum bringt er es einfach nicht übers Herz, sie zu verlassen?

Mut und Einsamkeit

Manuela Sonntag

Manchmal ist eine kleine Blume
die mitten in der Einsamkeit blüht
schöner als ein ganzes Feld

Manchmal ist eine einzelne Kerze
die tapfer in der Dunkelheit brennt
heller als der Sonnenschein

Manchmal ist ein unscheinbarer Vogel
der allein in den Wipfeln singt
lieblicher als ein Schwarm Nachtigallen

Manchmal ist ein schmales Rinnsal
das beständig durch die Einöde fließt
wertvoller als ein mächtiger Strom

Und manchmal
wenn uns Einsamkeit umfängt
bräuchten wir
vielleicht nur den Mut
den Menschen zu suchen der uns braucht

Nachtgebet

Manuela Sonntag

Nimm fort die fahlen Abendstunden
wenn sich Licht zum Dunkel neigt
und Nichts
kein Bild, kein Wort, kein Ton mehr bleibt
den Blick zu wenden
von der inneren Wunde, Herz

Nimm fort dieses Herz
und schenk ein neues her
dass weder Hoffnung kennt noch Schmerz
doch den Weg aus diesem Nebelmeer
dem Grauen, eingehüllt, so kalt und dumpf
dass selbst Gefühl darin erfriert

Nimm fort die Zeit
wenn schönste Hoffnung
sich in langem Todeskampfe quält
bis sanftes Requiem ihr Strahlen mit sich nimmt
und doch den Tränenschleier rafft,
den Blick, den letzten Schimmer, Erinnerung, erhellt

Nein, gar nicht!

Christine Schuhmann

- Wie ist das jetzt eigentlich mit dir und Frederik?
- Was soll mit uns sein?
- Na ja, du weißt schon...
- Was?
- Willst du etwa behaupten, du wärst nicht scharf auf ihn?
- Scharf auf ihn?
- Ja. Ich sehe doch, wie du ihn immer anstarrst!
- Auf seinem T-Shirt sind zwei Aliens beim Analverkehr dargestellt!
- Du stehst also auf schwule Aliens?
- Wer sagt, dass das eine kein Weibchen ist?
- Lenk nicht vom Thema ab!
- Ich bin jedenfalls nicht schwul.
- Du bist ja auch eine Frau!
- Es gibt auch schwule Frauen.
- Ja, aber die stehen nicht auf Männer. Also, was ist jetzt mit Frederik?
- Nichts ist mit Frederik. Ich habe doch gesagt, dass ich sein T-Shirt komisch finde.
- Du starrst ihn auch an, wenn er nicht dieses T-Shirt an hat!
- Warum hackst du die ganze Zeit auf seinem T-Shirt herum?
- Du hast doch damit angefangen!
- Ja, aber du hörst nicht damit auf!
- Ach, du bist doof! Mit dir kann man über nichts reden!
- Was tun wir denn die ganze Zeit?
- Wir reden über T-Shirts von Leuten, auf die du stehst.
- Ich steh aber nicht auf ihn, verdammte Hacke!
- Ha! Dein Leugnen verrät dich!
- Hallo? Das hier ist nicht die spanische Inquisition.
- Das wär doch mal ne Idee! Ich verbrenne dich auf einem Scheiterhaufen!
- Wage es!
- Hexe!
- Zicke!

- Lass uns chinesisch essen gehen!
- Na gut.
- Und nimm Frederik mit.
- Ich werde dich schlagen!
- Oh, ja, Baby! Ich steh auf so was.
- Ich hab's immer gewusst!
- Was ?
- Na dass du auf SM stehst.
- Ich steh nicht auf SM!
- Und ich steh nicht auf Frederik. Willst du Garnelen mit Reis oder Ente?
- Weiß nicht. Was nimmst du?
- Chop Soey.
- Teilen wir uns eine Portion von beidem?
- Was beidem?
- Chop Soey und Ente?
- Ok.

Niemals seinen Namen

Christine Schuhmann

"Christine."
Sie erstarrt.
"Christine..."
Stumm legt sie ihre zitternde Hand an die Fensterscheibe. Er ist zurückgekehrt. Er hat sie gefunden!
"Mein Engel."
Unwillkürlich zieht sie die Luft ein und neigt den Kopf, als der weiche Klang seiner Stimme in ihrem Körper wiederzuhallen scheint.
'Erik...' Wenn sie nur seinen Namen sagen dürfte! Doch sie weiß instinktiv, dass sie dieses Recht für immer verwirkt hat. Seit ihrem Verrat an ihm steht es ihr nicht mehr zu, dieses Wort zu flüstern, zu rufen, zu weinen, zu schreien. Sie muss stumm sein, stumm, bis er ihr befiehlt zu singen. Wenn jetzt nur ein Wort über ihre Lippen dringt, wird er wieder gehen. Und dieses mal wird es für immer sein.
Zögerlich legt er seine Hände auf ihre Taille; und sein Zögern schmerzt sie.
'Ich gehöre dir, Erik!' Sie schluckt die Worte mühsam herunter 'Beschimpf mich, schlag mich, sperr mich weg, wenn du meinst, mich so bestrafen zu müssen, aber bitte, fass mich an, wie es dir zusteht!'
Sie hat ihm zuviel angetan; das weiß sie ganz sicher, seit er sie fortgeschickt hat. Sie hat ihn verletzt, und nun muss sie schweigen und leiden.
Als er sie zu sich dreht, hält sie die Augen fest geschlossen, doch ihre Hände finden auch so zu seinen knochigen Schultern, seinem Hals... er trägt keine Maske...
Vielleicht wird er ihr vergeben, denkt sie, während er ihre Stirn küsst, ihre Wangen, ihre Lider, vielleicht wird er ihr vergeben, wenn sie ihm nun die Berührung schenkt, um die sie ihn in dieser einen schrecklichen Nacht betrogen hat; wenn sie sich ihm öffnet, seinen Lippen, seiner Zunge, wenn sie ihm antwortet und ihm zeigt, dass sie verstanden hat, zu wem sie gehört.
Rastlos streichen ihre Hände über seine eingefallenen Wangen.

Er ist wieder bei ihr...

'Erik!' Sein Name scheint ihr ganzes Denken, alle ihr Empfinden auszufüllen. Sie könnte ihm alles offenlegen, was in ihr ist, wenn sie nur dieses eine Wort aussprechen, es flüstern, rufen, weinen, schreien dürfte. Doch sie muss schweigen. Schweigen, oder sie verliert ihn für immer.

Ein unartikulierter Laut dringt über ihre Lippen, als Erik von ihrem Mund ablässt und sie fest an sich zieht. Er ist wieder bei ihr, er hält sie, er liebt sie, er begehrt sie!

'Erik!'

Langsam streichen seine langen, schlanken Hände ihren Nacken hinab zu den Verschlüssen ihres Kleides und öffnen sie, einen nach dem anderen, während sie sich bemüht, sein Hemd unter dem schwarzen Gehrock zu öffnen.

Mit einem leisen Rascheln fällt schließlich ihr Kleid zu Boden, ihre Unterröcke, ihr Corsett; es sind die einzigen Geräusche in dem leeren, totenstillen Haus.

Eine Spur von Gänsehaut folgt seinen Fingerspitzen ihren Rücken hinab zu ihrem Gesäß, das er mit beiden Händen umfasst, ehe er ein Stück von ihr zurücktritt, damit sie ihm Gehrock und Hemd ausziehen kann. Blind streicht sie dann über seinen mageren Oberkörper, seinen Rücken, presst ihr Gesicht und ihre Brüste an seine warme Haut.

'Ich liebe dich, Erik.'

Als er sie hochheben will, wehrt sie sich zum ersten mal.

Warte noch... Lass mich deine Hose ausziehen, streif deine Schuhe ab. Erik. Ihre Finger zittern vor Hast, während sie die Knöpfe öffnet. Dann, endlich, ist er genau so nackt wie sie, und sie kann die Hitze seines Geschlechtes an ihrem Bauch spüren, als er sie noch einmal an sich zieht und küsst.

Brav lässt sie sich später zum Bett hinüber tragen, wo er sich zwischen ihre Schenkel kniet und ihren Hals, ihre Schultern, ihre Brüste mit Lippen und Zunge erforscht.

Hungrig wölbt sie sich ihm entgegen, den Mund halb geöffnet, die Finger in seinem Haar vergraben. Sie stöhnt leise auf, als seine Hand die Reise über ihren Bauch beendet, ihren Venushügel erklimmt und mit einem Finger in sie eindringt.

Für eine Sekunde überkommt sie kalte Angst. Sie ist keine Jungfrau mehr und er wird es bald wissen. Sie hat einem anderen gegeben, was Erik gehört. Vielleicht geht er wieder, vielleicht verlässt er sie deshalb! Eilig zieht sie sein Gesicht an ihres, küsst ihn heftig, presst sich an ihn. 'Vergib mir, Erik, vergib mir, mein Herz hat immer nur dir gehört! Schlaf mit mir...' Und er gibt ihrem stummen Flehen nach, verlässt sie nicht, weil ihr Körper seinem Eindringen keinen Widerstand entgegenbringt.

Tränen brennen in ihren Augen, als er einen leichten, ruhigen Rhythmus aufnimmt. Nun ist alles wieder gut. Erik ist bei ihr, er vergibt ihr, er liebt sie. Und was auch immer er von ihr verlangt, sie wird es für ihn tun.

Still und passiv lässt sich sich von ihm nehmen, während ihr Atmen dem Tempo seiner Bewegungen folgt; doch ein plötzlicher harter Stoß entlockt ihr ein lautes Stöhnen. Sie bäumt sich auf und unterdrückt mit Mühe das Wort, das auf ihrer Zunge brennt.

'Erik!'

Ein weiterer Stoß und noch einer, noch einer. Heftig atmend hebt sie ihre Hüften, kommt seiner Bewegung wieder und wieder entgegen. Und langsam verliert sie ihre Kontrolle an ihn, an Erik, an seinen Körper, der endlich in ihr ist, dort, wo er schon immer hingehört hat.

'Erik!' Sie beißt die Zähne zusammen, um seinen Namen nicht herauszuplatzen, doch es wird immer schwerer, je weiter sich das Gefühl intensiviert, je bestimmter und zielbewusster er in sie stößt. Als er mit ersticktem Keuchen kommt, wird auch ihr Körper von einem Orgasmus geschüttelt, und sie presst sie beide Hände auf ihren Mund, in dem ängstlichen Bemühen, seinen Namen nicht laut herauszuschreien.

'Erik!' Sie würde sich die Zunge abbeißen, nur damit er bei ihr bleibt.

Leise schluchzend bleibt sie liegen, nachdem er sich aus ihr zurückgezogen hat.

"Christine, mein Engel... Was ist mit dir?" Besorgt mustert Raoul ihr blasses Gesicht. "Habe ich dir weh getan?"

Sie antwortet nicht, schüttelt nur den Kopf und rollt sich wie ein Kind auf der Seite zusammen.

Seufzend streicht er ihr das aufgelöste Haar aus dem Gesicht. Wenn er nur irgend etwas tun könnte, um ihr die Angst zu nehmen.

"Aber dir kann doch nichts mehr passieren, Engel. Erik ist tot."

Was ist Liebe?

Nostalgie

Christine Schuhmann

Nachdenklich steht sie vor dem Spiegel ihres Schlafzimmerschrankes. Soll sie wirklich dieses Kleid anziehen? Als sie sich vor drei Jahren kennen gelernt haben, trug sie es. Ihre Haare waren damals noch länger und blond getönt.

Es war eine Party anlässlich von irgendjemandes Geburtstag. Sie wurde ihm vorgestellt, sie unterhielten sich gut, sie tanzen und irgendwann zwischendurch hatte es wohl gefunkt. Danach sind sie ein paar mal miteinander ausgegangen, dann kam Sex und ein Jahr später sind sie in eine gemeinsame Wohnung gezogen.

Worüber ihr Streit ausgebrochen ist, weiß sie beim besten Willen nicht mehr. Ist das jetzt gut oder schlecht? Na ja, was immer es war, es hat dazu geführt, dass sie einander nicht mehr liebten. Oder war es mangelnde Liebe, die diesen Streit vom Zaun gebrochen hat?

Wie auch immer. Es gab auf jeden Fall einmal eine Zeit, in der sie einander sehr geliebt haben. Vielleicht wäre es gut, ihn mit diesem Kleid daran zu erinnern? Wenn er sie heute Abend fragen würde, ob sie es noch einmal miteinander versuchen sollen, würde sie ja sagen. Ja, sehr gerne.

Plötzlich ist sie sehr aufgeregt. Sie zieht den Bauch ein und dreht sich einmal um sich selbst.

Passt zu einem Neuanfang nicht ein neues Kleid? Oder neue Jeans. Vielleicht sollte sie versuchen, unabhängig und emanzipiert auf ihn zu wirken. Er soll ja nicht sofort wissen, dass sie ihn trotz des Streits mag, dass sie ihm alles eigentlich schon lange verziehen hat - was immer es war.

Sie nimmt eine Haarsträhne zwischen die Finger und betrachtet die gesplissten Spitzen. Sie hätte zum Friseur gehen sollen. Aber sie hatte einfach keine Zeit in der letzten Woche.

Oh, war es nicht das? Zu wenig Zeit?

Dass sie einander vernachlässigt haben, weil es tausend wichtigere Sachen gab als ihre Beziehung? Also hat die Liebe aufgehört, weil sie einander das Gefühl gaben, nicht mehr wichtig zu sein.

Und dann kam irgendein Streit und wurde zum Grund gemacht.
Himmel, schon viertel nach sieben! Hastig zerrt sie das dunkelgrüne
Kleid vom Bügel und zieht es über. Damals war sie noch etwas
schlanker. Oh, und ihr Busen war kleiner! Wie wäre es mit einem
hübschen Tank-Top, um ihn zur Geltung zu bringen? Und eine enge
Jeans für den vom vielen Treppensteigen knackigen Hintern. Das Kleid
fliegt in die Ecke.
Will sie sich anbiedern? Schau her, ich bin sexy - lässt sich darauf eine
Beziehung aufbauen? Ach was, sie werden sich noch einige Male sehen
müssen, bevor von einer neuen Beziehung die Rede sein kann. Was ist
schlecht daran, jetzt seine Aufmerksamkeit auf ihre Reize zu lenken?
Nein, sie will, dass er sich wieder in ihre Art verliebt und nicht in ihren
Arsch! Aber physical attractiveness ist eine gute Grundlage, um
Sympathien wiederzubeleben. Also das Tank-Top.
Und was soll mit den Haaren passieren? Eine Spange? Locken drehen?
Einfach glatt herunterhängen lassen? Leicht geschwungene
Ponyfransen, die in die Stirn hängen, sind sehr sexy. Kanten von
Segelohren, die durch das Haar brechen, nicht. Vielleicht etwas
Ungewöhnlicheres? Sie könnte frisiert wie Lara Croft sein Herz
zurückerobern. Wo sind nur all ihre Haargummis hingekommen?
Danach müsste nur noch das Gestrüpp über ihren Augen gebändigt
werden, et voilà, die Partyqueen gibt sich die Ehre. Ihr Lächeln wirkt
verzweifelt.

Was ist Liebe?

Onenightstand
Christine Schuhmann

Zögernd tastet sie nach dem warmen Körper, der sich eigentlich neben ihr in die Kissen kuscheln müsste, doch ihre Hand findet nur eine noch nicht ganz ausgekühlte Stelle unter der Decke. Sie setzt sich auf und lauscht. Stille. Keine Klospülung, kein Rauschen von der Dusche, keine Schritte und erst recht kein Glucksen von der Kaffeemaschine. Geschweige denn der Duft frischer Brötchen.

Dann hat er sie also doch verstanden. 'Wir sind noch nicht all zu lange und nicht all zu eng befreundet, aber ich mag dich; du bist sexy. Ich hab noch nicht wieder Bock auf irgendwas Beziehungsmäßiges, aber was würdest du zu einem kleine Intermezzo im Bett sagen?' Sie meint sich zu erinnern, dass sie das sogar laut ausgesprochen hat.

Ihre Faust trifft das Kissen. Warum merkt man immer erst hinterher, dass man etwas doch anders gemeint hat? Und Vera hatte sie noch gewarnt "Tu das nicht, du hattest noch nicht genug Pause seit deiner letzten Beziehung. Du wirst dich verknallen und alles wird schrecklich, ich garantiers dir!" "Ach was! Ich will ein bisschen Rache am Ex und bin spitz, nicht auf der Suche. Die Hormone, du weißt schon. Und wenn er drauf eingeht..."

Na toll. Jetzt könnte sie heulen. Er hat sich nichtmal fragen lassen, ob er zum Frühstück bleiben möchte. Nicht der kleinste Ansatzpunkt für ernsthaftes Flirten und Andeutungen. Und wenn sie ihn das nächste Mal wiedersieht, wird er sie angrinsen. Dann wird sie sich dämlich vorkommen, wenn sie nicht professionell damit umgeht, und er würde sie auslachen. Es war so abgemacht. Ein Onenightstand. Sie wollte sich verrucht fühlen, unabhängig, Mann oder Dildo, gibt es da einen Unterschied? Eine nette, angenehme, einfache Rache am Ex. Aber weil Rache viel zu einfach wäre, war noch Sehnsucht dabei. Sympathie und Tagträumereien.

Jetzt ist er weg, ohne auch nur Tschüss gesagt zu haben. Sie hat wirklich ein Talent dafür, alles nur noch schlimmer zu machen.

Was für ein Mist! Was für ein verdammter Mist! Sie lässt sich ins Kissen zurück fallen und zieht die Decke über den Kopf.

Warum merkt man immer erst hinterher, dass man etwas doch anders gemeint hat?

'Ich finde dich sehr nett, und wenn ich ehrlich bin, stell ich mir schon was länger vor wie es wäre, mit dir eine Beziehung zu haben.' Mit diesem Satz abzublitzen wäre wesentlich einfacher gewesen als das hier. Und der teuflisch gute Sex gleicht das nicht aus. Ganz und gar nicht.

Verdammter Mist! Mist! Mist! Da ist sie hin, die Chance auf eine neue Beziehung! So einen netten Kerl trifft man nicht oft.

Obwohl... So nett ist er vielleicht doch nicht, wenn er sich auf einen Onenightstand einlässt. 'Verdammtes Dreckschwein! Vögelt sich durch die Gegend ohne Rücksicht auf die Gefühle seiner armen Opfer zu nehmen! Dreckschwein! Er hätte doch spüren müssen, dass ich mehr will als Sex! Unsensibles Dreckschwein! Männer sind alles Schweine! Allesamt! Verdammter Mist!'

Doch wütend auf ihn zu werden, klappt nicht. Sie ist nur wütend auf sich selbst.

Vielleicht wäre es ihr klar geworden, wenn sie nur einen Tag gewartet hätte! Wenn sie sich mehr Gedanken gemacht hätte! Aber da war nur eine bescheuerte Mischung aus Rache und Lust auf Sex. Nein, war ja eben nicht! Sie dachte es. Aber es war nicht so. Verdammter Mist!

'Nichtmal richtig fluchen kannst du! Und sowas will sich als Femme fatale fühlen! Das wäre niedlich wenn es nicht so jämmerlich wäre! Verdammter Mist!!!'

Plötzlich ein Schlüssel in der Tür. Schritte. Dann steht er am Fußende des Bettes, in der einen Hand eine Tüte Brötchen, in der anderen eine etwas verkrüppelte Rose.

"Ach, du bist schon wach?"

Sein Blick folgt ihrem zu der Blume und sein Gesicht wird noch roter. "Ähm... Die hab ich im Park geklaut, weil Sonntags doch keine Blumenläden auf haben, aber ich wollt dir gern eine schenken, weil ich dachte, wenn ich schon gelogen hab als ich sagte, dass ich auch nur ein Onenightstand will, sollte ich mich angemessen dafür entschuldigen und vielleicht hab ich so mehr Chancen dass ich nicht abblitze, aber wenn ich gehen soll dann geh ich natürlich und... Hey, pass auf, die Blume geht noch kaputt..."

Opernball

Manuela Sonntag

Bereits veröffentlicht im Jahr 2006 in der Anthologie der Bibliothek deutschsprachiger Gedichte, ‚Ausgewählte Werke IX'

Ein Raum voller Menschen
übervoll und doch leer
verlebte Gesichter
maskenhaft und hart
Fluch der Eitelkeiten

Geld ersetzt Liebe
Neid erstickt Freundschaft
leere Augen
katzenhaft und hart
Fluch der Eitelkeiten

Make-up ersetzt die Seele
Seide verdeckt das Herz
Tausende von Edelsteinen
glitzernd und hart
Fluch der Eitelkeiten

Reden und eigentlich schweigen
Lachen und weinen wollen
im Mund ein grausamer Zug
verkniffen und hart
Fluch der Eitelkeiten

Was bleibt vom Fest
wenn das letzte Licht erlischt?
Was bleibt von uns
wenn unsere Maske zum Gefängnis wird?

Orchidée

Christine Schuhmann

Es ist einer von diesen widerwärtig grauen Tagen, die das ganze Jahr über vorkommen können. Nur der Blick auf die verschrumpelten braunen Blätter der Buchenhecken auf der anderen Straßenseite offenbaren, dass sich das Jahr irgendwo in der Nähe des Winters befindet. Es ist sehr kalt. Trotzdem schwitzt sie unter ihrer Decke.

Ein LKW rumpelt vorbei und schickt eine Wolke stinkenden Diesels durch das gekippte Fenster.

Fluchend zieht sie die Decke über den Kopf. Was für ein Scheißtag!

Die Orchidée auf ihrer Fensterbank blüht seit vorgestern. Der einzige Farbfleck in der tristen Wohnung. Das einzig Schöne.

Er hat sie immer 'meine Orchidée' genannt, wenn er witzig drauf war. Dann war er auf einmal nicht mehr witzig drauf. Jetzt ist er weg.

Vielleicht ist er tot. Wer weiß das schon? Er hat sich einfach ins Auto gesetzt und ist weggefahren. Einfach so. Ohne ihr was zu sagen, einen Grund, ohne Streit, nur ohne noch einmal 'Orchidée' zu ihr zu sagen.

Sie könnte durch das Chaos in ihrem Zimmer steigen, das Fenster weit aufmachen und die Orchidee unten auf dem Kopfsteinpflaster aufprallen lassen, so dass der stolze Blütenstock mit den sechs weißen Blüten abbricht und verdorrt. Aber das sähe so aus, als wäre sie wütend auf ihn. Und das ist sie nicht.

Außerdem ist die Orichdée viel zu schön.

Sie würde die Fragen gern laut aussprechen, aber sie traut sich nicht. Vielleicht hört sie ja einer und hält sie für komisch. Wo bist du? Warum bist du weggegangen? Wann kommst du wieder? Kommst du überhaupt jemals wieder? Warum hast du nichtmal tschüss gesagt?

Sie würde ihn gar nichts fragen, nichtmal vorwurfsvoll ansehen, wenn er nur wieder durch die Schlafzimmertür käme und sich zu ihr aufs Bett setzten würde.

Aber die Wohnung ist still. Das Haus ist still. Die Stadt ist still. Eigentlich ist die ganze Welt still. Nur in ihrem Kopf rauscht es leise und ihre Haare knistern auf dem Kissen wenn sie atmet.

Wo kann er nur hin sein? Und warum?

Er hat ihre ganze Lust mitgenommen. Lust auf alles. Lust auf essen, trinken, schlafen, leben. Aber das weiß er sicher nicht. Sie hat ihm nicht all zu oft gesagt und gezeigt, dass sie ihn liebt und dass er sehr wichtig ist.

Plötzlich dröhnt ihr Radiowecker los und sie zuckt zusammen. Schlechter Empfang, Wortfetzen, Melodiefetzen. Sie schaltet den Wecker aus. Ganz aus. Keine Weckwiederholung. Sie geht heute nicht zur Uni. Keine Lust. Kein Bedarf. Warum soll sie sich überhaupt noch zu irgendwas durchringen? Ohne ihn hat es eh keinen Sinn, irgendwas zu tun. Keiner da, der sie anlächelt oder sich für das interessiert, was sie lernt.

Zwei Hausfrauen gehen unter dem Fenster vorbei und unterhalten sich auf Platt. Ihr Stimmen sind unangenehm spitz, breitgezogen. Sie hält sich die Ohren zu.

Alles ist unangenehm, seit er weg ist. Vorher war das Leben schön und dass der Himmel grau ist, hat sie nie so deutlich gemerkt. Aber da hat er ja auch 'meine Orchidée' zu ihr gesagt.

Jetzt steht sie doch auf und geht zu der Orchidée hinüber. Vorsichtig bricht sie eine Blüte ab, wankt ins Badezimmer und steckt sie in ihr fettiges, zerzaustes Haar.

Ihre Wangen sind hochrot. Und warum glänzen ihre Augen so übertrieben? Das sonderbar dumpfe Geräusch eines Schlüssels in der Tür. Ihr Herz, das plötzlich bis in ihren Hals hinauf schlägt. Sie muss sich am Waschbecken festhalten.

Dumpfe Schritte im Flur - vielleicht ist er das? Dumpfe Schritte zum Schlafzimmer - vielleicht ist er wieder da. Dumpfe Schritte zum Bad -warum ist ihr nur so schwindelig? Sein Gesicht und sein Duft in der Tür. Besorgt. Sie strahlt ihn an und würde gern zu ihm gehen, um ihn zu umarmen, aber wenn sie jetzt das Waschbecken loslässt, kippt sie um.

Er lächelt ein wenig ärgerlich zurück.

"Was machst du denn hier? Ich hab dir doch gesagt, du sollst im Bett bleiben, wenn ich durchlüfte! Komm, schnell, ich pack dich wieder warm ein. Du weißt doch, du hast immer noch tierisches Fieber!" dann lacht er leise "Was hast du denn da über deinem Ohr?" ein Kuss auf ihre glühende Stirn "Ich hab Äpfel, Kiwis und Orangen geholt. Wenn du wieder etwas essen kannst, mach ich dir einen Obstsalat, meine Orchidée."

Der Menschenzoo

Papageien

Christine Schuhmann

Marion sitzt im Eiscafé und isst langsam und genüsslich ein großes, dickes Spaghettieis mit Sahne und extra viel Sauce. Sie ist glücklich. Sie war schon immer ein 'Genießerchen', wie ihre Mutter den Menschenschlag der Auskoster und Stundenlang-faul-in-der-Sonne-lieger zu nennen pflegt.

Seufzend schiebt sie sich einen weiteren Löffel Eis in den Mund und schaut in den strahlenden Sommerhimmel hinauf. Urlaub, Urlaub, Urlaub! Nur auf Balkonien, aber immerhin. Das Wetter ist gnädig, ihr Bücherregal gefüllt und der Liegestuhl repariert. Das einzige, was ihr zum perfekten Glück noch fehlt, ist jemand, der ihr den Rücken einschmiert und Schatzi sagt.

„Oh Gott, diese Erdbeersauce!", denkt sie und verdreht die Augen im Hochgenuss. Die Erdbeeren sind so frisch, dass sie lauthals protestierten, als Giuseppe sie in den Mixer schmiss, und so süß, als hätte man sie mit Zuckerwasser gegossen.

Als Marion ihren Blick entknotet, bleibt er an einem knackigen Männerhintern hängen. Sie lässt den geschmolzenen Eis-Erdbeer-Saft ihre Kehle herunterrinnen und stöhnt hingerissen. Dunkelblaue Jeans, enges weißes T-Shirt, goldbrauner Sommersonnenacken, kurze, hellbraune, zerstrubbelte Haare...

„Nein, bist du hübsch! Oooooh!! Dich will ich haben!!!"

„Ein großes Spaghettieis mit Sahne und extra viel Sauce, bitte."

„Oh mein...", flüstert Marion tonlos und lässt sich total relaxed auf ihrem Stuhl hängen. Diese Stimme gibt ihr den Rest. „Dich will ich knuddeln und herzen und lieben, bis dass der Tod uns scheidet! Jetzt, hier, sofort!!!", lallt sie und fühlt sich wie eine Katze, die man an genau der richtigen Stelle im Nacken krault. „Komm bloß her, du knuspriger Geselle du!"

Der knusprige Geselle nimmt sein Eis und schaut suchend in die Runde. Langsam geht er auf Marions Tisch zu.

Sein rechtes Auge ist moosgrün, das linke fuchsbraun, seine Zähne schneeweiß, seine Nase schmal und sein Mund genau richtig.

Marion hebt total ab.

„Ja, komm zu Mama, mein Goldjunge!", jauchzt sie stumm. Ihre Augen strahlen, ihr Herz schlägt schneller und sie muss sich sehr anstrengen, um nicht einfach vom Stuhl zu rutschen.

Dann steht der Knuspergoldjunge vor ihr.

„Darf ich mich neben Sie setzen?"

„Ja!", haucht sie hingebungsvoll und isst schnell noch einen Löffel Eis. Der gibt ihr die nötige Kraft, um eine halbwegs menschliche Sitzhaltung einzunehmen.

„Alexander Hammer.", stellt sich der Jüngling vor.

„Oh ja, der Name passt!", denkt Marion. „Ich heiße Marion Stelzbein.", antwortet sie dann, reicht ihm die Hand und beißt sich auf die Lippen, um nicht schon wieder über ihren eigenen Nachnamen zu lachen.

Alexander nimmt ihre Hand und drückt einen Kuss darauf.

„Ich bin hocherfreut, Ihre Bekanntschaft machen zu dürfen, Madame.", sagt er dann mit einem bezaubernden Lächeln.

„Mademoiselle, bitte.", haucht Marion errötend und kann vor Entzücken kaum an sich halten. „Ein Gentleman! Ein hübscher, knackiger Charmeur! Die seltenste Art Mann wo gibt!", denkt sie euphorisch, „Oh, Marion, du Kind des Glücks! Jauchze laut und jubiliere! Der Typ ist genau so durchgeknallt wie du!"

Der durchgeknallte Hammercharmejunge senkt den Kopf, um seinen ersten Löffel Eis zu genießen und Marion hat Zeit, ihn anzustarren.

„Oh mein Gott! Diese Brustmuskulatur! Dieser Bizeps! Diese Hände! Dieses..."

„Hallo???", dringt da sie unglaublich Stimme des Goldjungen in ihr Bewusstsein, „Ist alles in Ordnung?"

„Alles in Ordnung...", echot Marion.

„Sie gucken so komisch. Ist wirklich alles in Ordnung?"

„Ja... Ich bin nur so... hingerissen..."

„Von was?"

„Von dir!"

„In echt?"

„Ja!"

„Quatsch! Ich bin doch viel zu alt für dich."

„26?"

„28."

„Was???"
„Und du?"
„... 31."
„In echt???"
„Ja."
„Gehst du heute Abend mit mir essen?"
„Ja!!!"

Paris

Christine Schuhmann

Ein kleiner Beweis dafür, dass Schreiben auch im Urlaub Spaß machen kann, auch wenn es nicht geeignet ist eine Nobelpreis dafür zu gewinnen.

Also, um das heutige Paris zu... naja, nicht unbedingt verstehen... eher... fühlen zu können, muss man ein wenig in die Mentalität der heutigen Pariser hinein schauen. Und Mentalität offenbart sich immer in Winzigkeiten, die ich dir jetzt mal darlegen will, bevor ich anfange über die Schönheit dieser Stadt in wahre Ekstase zu verfallen...
Da haben wir zum Beispiel das Verhältnis der Pariser zu Autos und Verkehrsregeln. Parkverbote werden systematisch ignoriert – da hängt das Parkverbotsschild, rotes Kreuz auf blauem Grund, darüber steht für ganz doofe noch mal 'Croix roux' und dahinter und davor parken Autos, in zweiter und dritter Reihe. Wenn eine Parklücke zu eng ist, werden vor und Hintermann so lange angestupst, bis die Lücke passt – es gibt kaum Pariser Autos ohne verbeultes Nummernschild und angekratzte Stoßstange... Zum Teil werden Falschparker abgeschleppt – und hinter dem Abschleppwagen steht einer, blinkt und freut sich, dass eine Parklücke frei wird... Und dann gibt es da noch die zwei Arten von Ampeln und Fußgängern – wichtige rote Ampeln und unwichtige rote Ampeln, schnelle Fußgänger und tote Fußgänger... Ich habe eine Ampel gesehen über der ein Schild hing: 'Attention piétons, feux roux sans importance' (=Achtung, Fußgänger, unwichtige rote Ampel)... Und wenn du dann wirklich über die Straße drüber willst, dann schaue nur aus den Augenwinkeln nach eventuellen Autos bevor du lossprintest, denn wenn der Fahrer glaubt, dass du ihn nicht gesehen hast, ist er eher geneigt, zu bremsen...
Das ist für einen bundesdeutschen Durchschnittsbüger eher unverständlich, aber es erfüllt das Zusammenspiel von Auto und Mensch mit einer ganz besonderen Note: Leben und sterben lassen. Man darf sich nicht einfach darauf verlassen, dass sich der andere an irgendwelche von der Obrigkeit gestellte Regeln hält.
Die Pariser bewahren sich stets ihren eigenen Kopf... deshalb stimmt auch der Preis eines Gegenstandes nicht immer mit der Zahl auf dem

Preisschild überein... Die Pariser sind freie Menschen und trotz aller Regelverstöße funktioniert ihr Zusammenleben prächtigst.

Das ist so der Ausschnitt der Pariser Mentalität, der mir bei meinem Besuch in dieser wunderschönen Stadt bewusst wurde.

Nun also weiter im Programm:

Paris ist keine Stadt im eigentlichen Sinne. Paris ist eine eigene Welt. Bis zum zweiten Weltkrieg war sie die unbestrittene Hauptstadt Europas, Französische Adelstitel waren weithin angesehener als Englische oder Italienische, die feinen Kinder in ganz Europa (bis rauf nach Russland, siehe Anna Karenina) lernten Französisch und unterhielten sich fast ausschließlich in dieser sorgsam gehüteten Sprache...

Dieser Glanz findet sich noch, in den Straßen von Paris und den Mauern und Gärten von Versailles. Das so berühmte 'savoir vivre', das sich durch geschmackvolle Dekadenz, Prunk, Pomp, Manierismen, der Verehrung des Hofes als arbiter elegantarium (=Berater in allen Fragen des guten Geschmacks), ist allerdings mittlerweile dem Geldmangel und der 'Modernen Zeit' zum Opfer gefallen.

Bis zur Belle Epoque allerdings regierte es Paris:

Fangen wir an mit der Opéra Garnier: 80m hoch, 130m breit, 180m lang, über und über mit Büsten und Schriftzügen, Gold und Marmor verziert, innen sind die Decken (bis 20m hoch) mit wunderschönen Gemälden bedeckt, die weißen Flure haben Böden aus Mosaik und selbst die Unterseite der großen Freitreppe im Eingangsbereich ist mit Stuck und einer Statue verziert, obwohl da kaum je einer hin kommt. Die Wände der Logen sind mit rotem Brokat bespannt, die Sitze mit Samt, die Decke ist (jetzt leider leider) mit einem knallbunten (überhaupt nicht zum sonstigen Stil passenden) Deckengemälde von Marc Chagall bedeckt, darin hängt ein 8t schwerer Kronleuchter. Die Bühne ist 50m breit, sichtbarer Ausschnitt 16m, 30m tief und mitsamt Schnürboden) 60m hoch. Dieses monstermäßige Bauwerk demonstriert wohl am besten die Freude am großartigen, verzierten, überladenen, das die gesamte französische Geschichte zeichnet und so erfolgreich macht.

Ebenfalls sehr beeindrucken (wenn auch nicht besonders schön) ist der Eiffelturm, der seit der Weltausstellung 1889 auf dem Marsfeld steht. Ursprünglich sollte das hässliche Teil nach der Ausstellung abgerissen werden, da sich aber herausstellte, dass es sich ganz wunderbar zu Souvenirs verarbeiten lässt, blieb es stehen und wurde zum Wahrzeichen der Stadt. Nachts wir der Turm mit einer Beleuchtungsanlage von Renault erhellt (für diese Anlage wurde dem Erfinder ein Preis verliehen) und gewinnt doch einen gewissen Charme. Auf der spitze des Turmes ist so eine Art Leuchtturmlicht angebracht – frag mich nicht, wozu das gut sein soll...

Naja, besser als der Eiffelturm gefällt mir die Eglise Sacré Coer. Schneeweiß, innen und außen riiiiiesig, mit hübschen Glasfenstern und einem sehr beeindruckenden Gemälde im hinteren Altarbereich. Wenn die Sonne auf diese Eglise scheint, blendet es einen.

Die Notre Dame auf der Ile de la Cité ist nicht ganz so strahlend, aber durch ihre interessante Konstruktion aus Türmen, Brücken und Zinnen und nicht zuletzt dem riesigen runden Glasfenster versprüht sie einen ganz eigenen Charme. Rund um die Notre Dame herum verläuft ein Park mit Wegen aus weißem Kies. Wenn da die Sonne drauf steht, hat das einen ähnlichen Effekt wie bei der Sacré Coer.

Naja, alle Wege in den Pariser Parks sind mit weißem Sand gestreut...

Besonders schön finde ich dabei die Jardins de Luxembourg, die sich hinter dem bescheidenen Witwensitz der Maria di Medici erstrecken (das Haus ist ca. 150m lang und hat gut 500 Zimmer...). Kastanienbäume, Statuen aus schneeweißem Marmor (die sog. Galerie des Reines, in der sämtliche Königinnen Frankreichs von 500 n.Chr. bis Maria di Medici dargestellt sind) , ein Wunschbrunnen und vielen schönen Beeten. Ich habe da mindestens eine Stunde lang mit meiner allerbesten Freundin Ela gesessen und 'oooh, das ist sooo schööön hier! Ich will nicht wieder nach hause!' gemurmelt.

Die Tuilerien dagegen sind nur ein 20m breiter, von Kastanien gesäumter Weg mit zwei Gärten und Springbrunnen auf jeder Seite, Statuen und Fontänen, der genau auf der sog. Königsachse durch den Arc de Triomphe, den Louvre, den Place de la Concorde und La Défense verläuft, aber sie sind durch ihre enorme Weite sehr beeindruckend. Und diese Kutsch-Trassen, diese Kastanien, diese Fontänen!!! seufz!

Aber das absolute Highlight ist Versailles, das Schloss aus dem 16. Jahrhundert.

Ursprünglich war es nur ein Jagdpavillon, der zu einem kleinen Schlösschen ausgebaut wurde. Später verlangte es Louis XIV nach einem größeren Schloss und er ließ immer weiter anbauen, bis das Teil mit samt den von André le Nôtre gestalteten Gärten ungefähr so groß war wie die Aachener Innenstadt. Hecken, Beete, Statuen, Brunnen... Oh, da fahren offene Kutschen rum und die Gärten werden mit sehr schöner klassischer Musik beschallt und alle paar Meter stößt du auf eine Büste oder einen Springbrunnen...

Und das alles wird von der Regierung ordentlich in Stand gehalten: Die Kuppel des Hôtel des Invalides (ein riesiges Gebäude, errichtet, um Kriegsinvalide zu versorgen, die ansonsten dem König mit Aufständen hätten gefährlich werden können)wird regelmäßig mit 12kg Gold neu vergoldet, die Fassade der Eglise de la Madeleine (eine christliche Kirche in Form eines riesigen griechischen Tempels mit 52 Säulen rundum) wird regelmäßig gereinigt, eben so der Arc de Triomphe (den ließ Napoleon I erbauen, um darunter durch zu laufen; vier Jahre vor seinem Tod war der Bogen fertig aber Napoleon auf Sankt Helena in Verbannung; Jahre nach seinem Tod wurde er in den Dom des Invalides und auf dem Weg dahin durch den Arc de Triomphe gezogen – immerhin etwas...).

Der (oh sooooooo TRAURIGE!!!!) Niedergang des französischen modus vivendi ist aber deutlich zu erkennen. Besnders an den 'elysischen Feldern', den Champs Elysées: nur noch affenteure, hell erleuchtete, stillose Geschäfte. Und wenn man sich dann auf den Boulevard de Clichy wagt, die legendäre Vögelmeile mit dem Moulin Rouge und dem Chat Noir, dann sinkt einem das Herz, denn dort wimmelt es von abscheulich stillosen 'Sexodromes' und das Schild am Chat Noir ist kaputt. Die neue Oper auf dem Place de la Bastille erinnert mehr an ein New Yorker Hochhaus oder Fußballstadion denn an einen Palast der schönen Künste.

Was Paris verloren hat, sind Adel, Geldadel und vorindustrielle Zeit. Die Chiceria ist ausgewandert. Putz, Pomp, Sehen-und-Gesehen-werden, kopierte Hofetikette und Künstlerdasein sind gestorben oder nach USA ausgewandert. Paris ist nicht mehr der Mittelpunkt. Es gibt keine Nabobs mehr - millionenschweren 'Ausländer' - keine Halsbandaffairen, keine Kokotten und erst recht keine Kurtisanen. Die Prostituierten sind nur noch Prostituierte, sie sind nicht mehr edle Damen, die sich von blaublütigen Herren aushalten und mit Geschenken überhäufen lassen. Sie sind fort, all die Studenten der

Académie des Beaux Arts, die sich in kleinen verrauchten Kneipen treffen, im Quartier Latin spricht man nicht mehr Latein, Toulouse-Lautrec ist tot, eben so Liane de Bougy, Oscar Wilde und Sarah Bernardt. Nini-patte-en-l'air, La Goulue, Grille d'Egout, Rayon d'Or, die halbseidenen, proletenhaften Damen des Moulin Rouge sind fort, an ihrer Stelle tanzen Unverkäufliche. Die Dekadenz hat sich ins Lafayette in der Nähe der Opéra Garnier geflohen und fristet dort ein kärgliches Dasein neben einem McDonalds, weil man ihr zu wenig Geld gibt.

Die Seele von Paris liegt in einem tiefen tiefen Koma, doch sie hat lebendige Spuren in der Stadt hinterlassen, und wenn man durch die prachtvollen Gärten von Versailles, die Tuilerien, die Jardins de Luxembourg, den Park an der Notre Dame, die Ile Saint-Louis oder die glanzvollen Gänge der Opéra Garnier streift, dann braucht man sich nur die Leute um einen her in den Gewändern des vorletzten oder vorvorletzten Jahrhunderts vorzustellen, die Blitze der Fotoapparate und den Straßenverkehr zu ignorieren und schon kann man all das spüren, was da irgendwo für immer schlummert.

So ist das mit Paris. Eigentlich ist die Stadt ein totes Touristenloch, doch die Phantasie lässt ihren Glanz aus ein paar Knochen erstehen und dann ist sie ein wunderwunderschöner Ort, den man am liebsten nie wieder verlassen will, um sich für immer die vergangenen schönen Zeiten herträumen zu können...

Der Film Moulin Rouge (den ich persönlich für ein echtes Meisterwerk halte – geniale Schauspieler, Nicole Kidman, die mit einem einzigen Blick so viel sagen kann und mit ihrem kleinen Stimmchen viel schönes zustande bringt, eine Geschichte und Kameraführung, die genau den Geist der Zeit wiedergibt, den dieser Film verkörpert, Slapstick zum totlachen und recht gut dosierte Dramatik, coole Charaktere und die absolut endgeilsten Kostüme und Kulissen, die man sich vorstellen kann) gibt einen kleinen Ausschnitt vom Lotterleben (dem wichtigsten Teil für meinen Geschmack) des Fin de siècle, der Belle Epoque, den letzten prunkvollen Jahren dieser Stadt wieder, doch eben nur einen kleinen Ausschnitt. Paris war weitaus mehr als nur Nachtleben.

Der Menschenzoo

Pfauen

Christine Schuhmann

"Hey, du spinnst wirklich. Wir wollen nur Pizza essen gehen und du stylst dich auf als müsstest du auf den Laufsteg. Man könnst so viele lustige Sachen machen, während du hier vor dem Spiegel stehst!"

"Ach pöh! Sei doch einfach froh, dass wir noch anderthalb Stunden Zeit haben, bis wir da sein müssen. So früh fang ich sonst nie an."

"Männer!" Genervt verdreht sie die Augen und kratzt einen Tomatensaucefleck von ihrem Pulli.

Nur mit einem Handtuch um die Hüften geschlungen steht er mit seiner - das muss man ihm zugute halten - wirklich dezent gehaltenen Asi-Toaster-Bräune und seiner relativ durchtrainierten Statur vor dem Spiegel und inspiziert seine Poren und deren vom Duschen aufgequollenen Inhalt.

"Bäh! Mitesser." kommentiert er. "Und schon wieder ein Eiterpickel auf meiner Schulter."

"Ja, danke, dass dus mir erzählst."

"Bist du so lieb und quetschst mir den, wenn du schon nicht im Schlafzimmer gucken willst, welche Hose ich zu dem Pullover anziehen kann?"

"Näh. Aber wenn du willst, lackier ich dir die Zehennägel..."

"Blöde Kuh!"

"Danke... Echt, wenn ichs nicht genau wüsste, würd ich sagen, du bist schwul."

"Sei nicht so vorurteilsbehaftet. Nicht nur viele schwule Männer achten auf ihr Äußeres."

"Jaja, und wir Frauen werden immer fertiggemacht, weil wir angeblich so lange im Bad brauchen!"

"Sagt das pervers entartete Weibchen zu seinem atypischen Männchen." kommentiert er grinsend und massiert etwas Creme in seine zur Trockenheit neigende Gesichtshaut.

"Blödkopf." antwortet sie, zieht ihm das Handtuck runter und legt ihre Hände auf seine Leistenbeugen.

"Willst du deinem kleinen Freund da unten nicht auch etwas

Feuchtigkeitscreme abgeben? Oder ihm Gel in die Haare schmieren?"

"Ach, den siehst doch nur du, da kann er ruhig hässlich sein... Darf ich mal deine Pinzette benutzen? Meine ist kaputtgegangen, als ich damit was aus dem Staubsaugerrohr gefischt habe..."

"Jaja. Und wenn du dir die Beine rasieren willst..."

"Na so weit kommts noch!" lacht er und kneift ihr in den Hintern.

"... oder die Achselhöhlen..." stichelt sie weiter.

"Ziege!"

"Ich kann dir auch mein Deo leihen. Das gibt dir eine angenem feminine Note..." näselt sie.

"Ich fress dich!"

"Ach naaain, davon wirst nur fei fett."

"Hör doch mal auf, immer so auf meiner Eitelkeit rumzuhacken!", tut er beleidigt.

"Na, schön, dass du wenigstens dazu stehen kannst, Steve."

"Du bist so blöd!"

"Und du bist süß, wenn du dich ärgerst, meine kleine Diva." antwortet sie und beißt in seinen Nacken. "Unwiederstehlich."

Phasenweise verliebt

Manuela Sonntag

Sie warf einen Blick auf ihre Armbanduhr und seufzte.

„Jetzt sind es noch genau 19 Stunden...“

Ihre Freundin hob den Blick von den emsig flackernden Lichtern ihres Computerspiels und blickte einen Moment verwirrt zu ihr hinüber, bevor sich ein kleines Lächeln auf ihr Gesicht stahl.

„Sooooooo lange wirklich noch...wie grausam die Welt sein kann...“

Lachend duckte sie sich unter dem Kissen weg, das in ihre Richtung flog.

„Ach komm, sei kein Frosch, ich find es nur so niedlich! Ich war immerhin auch mal so. Frisch verliebt sein ist nun mal anstrengend, aber tu nicht so, als hätte es nicht auch seine guten Seiten.“

„Hat es überhaupt schlechte Seiten?“, gab sie mit einem Grinsen zurück.

„Hmmm nicht wirklich schlechte, eher weniger Gute, glaube ich...“

„Ach was? Was kann denn besser sein als dieses Kribbeln im Bauch? Ich meine, wenn alles neu und aufregend und spannend ist...“

Wieder ein Seufzen. Wieder antwortete ein leises Lächeln.

„Na ja du hast natürlich Recht, Kribbeln im Bauch und so ist schon schön, aber ich wollte es nicht gegen eine gut eingespielte Beziehung tauschen wollen.“

„Wieso nicht?“

„Weil in jemanden verliebt sein noch lange nicht heißt, dass man denjenigen auch wirklich kennt. Es gibt einfach noch zu viele Unsicherheiten, zu vieles was man nicht voneinander weiß und viel zu viele unausgesprochene Erwartungen und Wünsche.“

„Aber das macht es doch erst spannend! Jemanden entdecken und entdeckt zu werden!“

„Schon, aber ich bin zufrieden damit, das ich jetzt weiß, das ich wohl nichts mehr finden werde, dass mich erschreckt oder enttäuscht. Mal ganz davon abgesehen, dass die erste Zeit immer die schwierigste ist, weil man sein ganzes Leben umkrempeln und anpassen muss...wenn man das erst mal hinter sich hat und alles einfach so richtig ist und sich anfühlt als wäre es nie anders gewesen...das ist wie eine ganz neue Art von Frieden und Ruhe."

„Also sei mir nicht böse, aber für mich klingt das alles furchtbar langweilig."

„Findest du? Ich glaube das kommt darauf an, wie man zusammenlebt. Schwierig wird es natürlich, wenn man nur noch aufeinander hockt und gar nichts mehr allein unternimmt. Dann wird man sicher irgendwann langweilig füreinander. Aber darum geht es mir gar nicht, ich finde eben nur das Gefühl eine Beziehung zu führen, die ihre ersten Höhen und Tiefen schon hinter sich hat, sehr viel angenehmer. Das gibt dir eine ganz andere Vorstellung von Stabilität und Kontinuität und das hat nichts mit Langeweile zu tun. Es heißt nur, dass du jetzt mit gutem Gewissen auch in die Zukunft planen kannst, ohne dass dir ständig die Angst im Nacken sitzt, dass das alles umsonst sein könnte."

„Na ja aber sicher sein, kannst du dir da auch nie...ich meine keiner von uns kann schließlich in die Zukunft sehen. Es kann immer noch genauso gut sein, dass ihr irgendetwas findet, dass euch auseinander bringt."

„Sicher das ist doch ganz klar. Auch Leute, die zwanzig Jahre verheiratet waren, trennen sich manchmal. Es gibt keine absolute Sicherheit, aber nichtsdestoweniger ist eine Art Sicherheit ein besseres Gefühl als völlige Unsicherheit. Und für mich ist eben ‚Frisch verliebt' ein Synonym für ‚Unsicherheit'.

„Und wann weißt du, dass du soweit bist, dass du ‚sicher' sein kannst?"

„Also meine Mutter sagte immer, wenn du genau weißt, warum du dich schon mal trennen wolltest, aber noch besser weißt warum du's nicht getan hast."

„Das klingt ja fast nach einer Lebensweisheit. Ich werde mal sehen ob ich das unterschreiben kann, wenn's soweit ist, aber bis dahin zähle ich weiter Stunden ok?"

Sie lachten.

„Tu dir keinen Zwang an, wie gesagt ich war ja auch so am Anfang. Das hat etwas nachgelassen zum Glück...auch ein Grund warum mir die ‚Schatz-Phase' ganz gut gefällt."

„Die was bitte?"

"Die ‚Schatz-Phase', stellt sich nun mal nach längeren Beziehungen ein."

„Und woran bemerke ich, dass ich in der ‚Schatz-Phase' bin?"

„Na ja zum Beispiel, wenn Gespräche so ablaufen ‚Schaaaaatz?'- ‚Ja ist gut, ich geh schon in den Keller!', das hat ein besonderes Flair von Vertrautheit."

Sie warf das Kissen zurück und lachte über das verdutzte Gesicht, das ihr entgegensah.

„Du bist völlig bekloppt!"

„Ich weiß!"

Raum und Zeit

Manuela Sonntag

Bereits veröffentlicht im Jahr 2005 in der Anthologie der Frankfurter Bibliothek der Brentano Gesellschaft, ‚Das Neue Gedicht' Jahrgang 3

Ein Raum
übervolle Leere
kreischende Stille
Die Zeit
rieselt gen Unendlichkeit

Ein Raum
fließendes Leben
treibende Kraft
Die Zeit
rast gen Vergangenheit

Ein Raum
duftende Freude
friedlicher Traum
Und die Zeit
fällt dir entgegen

Ein ungereimtes romantisches Gedicht ohne Zusammenhang und Metrum, dafür aber mit einem lustigen Ende

Christine Schuhmann

Du bist die Nacht mit Sternenglanz
Hast Göttin Luna in deinem Wesen
Wind spielt dir sacht in deinem Haar
Und Nebel wehen um deine Gestalt
Mein Blick hat sich an dir gefangen
Will niemals wieder frei sein

Schau, Liebste, mir in die Augen
Lass mich sehen dein Gesicht
Geheimnisvoll und tief wie das Meer
So bist du
Sang ist dein Lachen
Wie schäumende Flut
Salz sind deine Tränen
Und...
Sag, weinest du?
Aus Angst vor der Welt?

Komm, Liebste, keine Furcht
Engel bist du, Elfe, Geist
Was sollt dich je zerstören?
Geliebte bist du, vergöttert, umfangen
Was sollt dich je verletzen?

Fliehen werden wir der Welt
So sie dich noch ängstigt
Lass uns fortgehen, fort
Die Klippen hinunter
Hinaus ins offene Meer
Lass uns fliegen, Liebste

In eine andere Welt.
Komm, reich mir deine Hand
Reich mir deine Lippen
Ein letztes Mal zu einem letzten Kuss
Nun spüre den Wind, spüre die Welt
Gleich ist sie fort
Sieh, das Meer, uns zu umarmen
Bis ans Ende der Zeit...

Aaaaaaaaaaaaaaah - Platsch!

Der einsame Romeo

Christine Schuhmann

„Doch sieh! Was schimmert durch das Fenster dort? Es ist der Osten und Julia die Sonne!"

„Warum schimmert der Osten? Ich dachte immer, die wären pleite."

„Im Osten geht die Sonne auf.", murmelt er tonlos und sinkt in seine Kissen zurück.

„Ach nee, erzähl doch nix! Hör mal, ich will heute Nachmittag noch in die Stadt. Die haben wieder Wäschewochen und ich wollte was Schönes aussuchen – für dich.", sie küsst ihn. „Was meinst du? Schwarze Spitze? Oder zur Abwechslung mal was in unschuldigem Weiß?"

„Kauf dir ein Buch.", knurrt er missmutig und steht auf, um sich anzuziehen.

„Ach du! Du würdest doch über deinen langweiligen alten Schinken versauern, wenn ich dich nicht ab und an in die Realität schleppen würde."

„Lies einfach etwas, egal was, aber lies."

„Warum? Das ist Zeitverschwendung. Das Leben findet auf der Straße statt, nicht auf dem Papier."

„Das denkst du!"

„Ach komm, sei nicht so. Und leg dich wieder hin, ich habe noch keine Lust auf Frühstück."

„Wenn du nicht so hübsch wärst, würde ich dich verlassen."

„Was?! Bist du übergeschnappt? Haben dir vielleicht Aliens das Gehirn ausgesaugt?"

„Nein. Ich fragte mich nur seit einiger Zeit, was uns beide verbindet."

„Ach, wer will denn das wissen? Ich mag dich und du magst mich."

„Ja. Ich mag dich. Aber gehört es nicht zu einer Beziehung, dass man einander liebt und gewisse Überschneidungen des Interesses vorliegen?"

„Ach, red nicht immer so geschwollen daher, du Angeber. Wir haben uns kennen gelernt, weil wir beide gerne schwimmen gehen und Hunde mögen. Wir kochen das gleiche Essen gern, mögen die gleichen Urlaubsländer und deutsche Komödien. Außerdem mögen wir beide

Bob Dylan und haben phänomenalen Sex. Das reicht völlig aus, um eine glückliche Beziehung zu führen."

„So, findest du? Und warum geraten wir uns dann jedes Wochenende in die Haare, weil du unbedingt mit mir was trinken gehen willst, ich aber keine Lust habe, mich durch die Gegend schleppen zu lassen?"

„Das ist doch nebensächlich."

„Aber du verstehst mich nie. Du... du hast überhaupt kein poetisches Gespür!"

Sie beginnt zu lachen und wirft ein Kissen in seine Richtung.

„Poetisches Gespür? Dieses Gesabbel von deinem Shakespeare? Diese langweiligen Ergüsse deiner Literaturfuzzis? Nein, du hast recht, mit 'poetischem Gespür' kann ich wirklich nicht dienen."

„Siehst du! Und das kränkt mich. Du hast keinen Respekt vor dem was ich kann und dem was ich liebe. Du hältst mich für ein dummes Weichei."

„Also, für dumm halte ich dich bestimmt nicht. Ich finde nur, dass du deine Prioritäten falsch setzt. Dir ist so ein verstaubtes Drama lieber als ein Abend in der Pontstraße. Du triffst lieber tote Sagengestalten als echte Menschen."

„Ja, aber was ist so schlimm daran? Jeder einzelnen Zeile aus 'Hamlet' lässt sich mehr Wahrheit über das Leben entnehmen als einem dreistündigen Gespräch mit einem zugedröhnten Maschinenbaustudenten."

„Aber dein Hamlet ist nicht witzig."

„Dafür ist 'Wie es euch gefällt' sehr amüsant. Und der 'Mittsommernachtstraum' auch."

„Ach ja, sehr schön, aber mich interessiert so etwas nicht. Begreife es einfach! Ich will Menschen um mich rum haben. Viele Menschen, laute Menschen, fröhliche Menschen, lebendige Menschen!"

„Wenn ich aber nun eine Freundin will, die lieber einen Abend mit mir und Shakespeare verbringt? "

„Tja, tut mir leid, dann musst du dir eine Andere suchen."

„Vielleicht werde ich das auch."

„Hey! Bist du bescheuert? Komm sofort zurück in Schlafzimmer!"

Fantasy

Der rote Drache

Manuela Sonntag

Es wurde Nacht im Norga Wald.

Der bleiche Mond verschwand für die kurze Dauer seiner Reise im Lichtreich hinter den Burcha Bergen und nahm auch den letzten Schimmer von den dornigen Ranken, die die trostlosen Sümpfe des Grenzgebietes fest in ihrer Umklammerung hielten. Doch schon regte sich Leben in den blattlosen Büschen und über den dunklen Himmel huschten pechschwarze Schatten.

Es wurde Nacht im Norga Wald und das bedeutete seine dunkelsten Kreaturen erwachten und rüsteten sich.

Auf einer spärlich bewachsenen Lichtung mühten sich ein paar Schatten ächzend und fluchend einen großen Wagen zu bewegen. Für alle auch nur annähernd intelligenten Wesen des Schattenreiches war es nun an der Zeit sich in ihre Verstecke zurückzuziehen, und die Gnome wussten dies wohl.

„Wir hätten nie auf dich hören sollen!", grummelte der größte von ihnen und an seinen kurzen Armen spannten sich apfelgroße Muskeln, als er vergeblich versuchte den Wagen aus der Schlammlache zu befreien, „Wegen deiner so genannten Abkürzung werden wir noch alle als Futter für die Harpyien enden!"

„Ruhe! Arbeitet weiter!", fuhr der Vorarbeiter dazwischen und murrend machten sich die kleinen Gestalten wieder an die Arbeit.

Und dann langsam, aber stetig begannen sich die Räder des Wagens zu drehen und fassten wieder festen Boden.

„Los strengt euch gefälligst an ihr faules Pack!", rief der Vorarbeiter und begann hektisch um den Wagen herumzulaufen, „Passt auf er wird kip . . ."

Die Worte wurden ihm vom Mund gerissen, als plötzlich der Himmel explodierte!

Eine glühende Woge gleißenden Lichtes rollte durch den Wald und ließ alles was sie berührte in Flammen aufgehen. Ein gigantischer Schatten fuhr über die Lichtung hinweg, packte einen der Gnome und schleuderte ihn gegen einen steinharten, verwitterten Baum. Seine

Artgenossen flohen schreiend in den Wald, als die riesigen Schwingen des Schattens einen Sturm entfesselten, der sogar die Stämme der uralten Steineichen abknicken lies, wie Strohhalme.

Doch dann ... Stille. Das Wesen verharrte still in der Luft und im Licht der lodernden Flammen ringsum wandte es seinen Kopf nach Westen, erwartungsvoll, angespannt, mit seinen Augen die Dunkelheit jenseits der Berge durchdringend. Dann stieß es einen Schrillen Schrei aus und hob sich mit nur einem mächtigen Flügelschlag hoch in die Luft.

Wenige Augenblicke später war es verschwunden und nur noch einige rasch verlöschende Flammenzungen und der zerschmetterte Körper eines Gnoms erinnerten daran das hier etwas geschehen war, dass sich nicht einmal die Steinweisen zu erklären vermochten.

„Das da tot?"

„Wirf Stein! Wir sehen!"

Einige hässliche, verkniffene Gesichter schoben ich durch das Dickicht und blickten auf die Lichtung hinaus. Der Körper des Gnoms lag immer noch unter dem Baum, seine Gefährten hatten es nicht gewagt zurückzukommen. Nun war er ein gefundenes Fressen für die Trolle, die am meisten verachteten Wesen ganz Elysions.

Langsam und vorsichtig kletterten sie hintereinander aus ihrem Versteck. Kleine, beharte Körper drängten sich aneinander; winzige, glühende Augen starrten verschreckt in die Dunkelheit. Schließlich nahem eines von ihnen seinen erbärmlichen Mut zusammen und wagte sich so nahe an den Gnom heran, dass er einen kleinen Kieselstein nach ihm werfen konnte. Als sich nichts regte wagten sie sich gemeinsam weiter vor und stupsten schließlich, zuerst mit einem langen Stock, dann mit den Füßen an dem armen Opfer des Schattenwesens herum. Trolle jagten ihre Beute nicht, sie aßen nur was andere übrig ließen, oder was sich nicht mehr wehren konnte. Wehe dem der in den Norga Wäldern verletzt, alt und wehrlos war, denn die Trolle waren genauso feige wie gnadenlos.

„Tot! Wir essen!" grunzte der mutigste der Trolle zufrieden und ließ sich neben seiner vermeintlichen Beute zu Boden fallen. Seine Artgenossen taten es ihm nach und bald darauf, hallte das Geräusch splitternder Knochen und reisenden Fleisches durch die Stille der Dunkelheit.

„Hey ihr da! Was tut ihr da, ihr Scheusale?"

Die Trolle hoben verwundert die blutverschmierten Gesichter und starrten in die Richtung aus der die Stimme gekommen war.

„Lasst das arme Ding in Ruhe und verschwindet dahin, woher ihr gekommen seid, ihr widerliches Pack!"

Verwirrung malte sich auf den Gesichtern der Trolle, denn plötzlich schienen die Stimmen von überallher zu kommen und sie sahen sich umringt von einem unsichtbaren Feind. Ein heller Blitz durchzuckte die bleierne Dunkelheit und schlug neben dem Fuß des größten Trolls ein. Dann ein zweiter, der fast den Kopf eines anderen Trolls traf und weitere, die kein bestimmtes Ziel nahmen und die gesamte Lichtung durchzuckten.

Eingepfercht und bedroht, taten die Trolle das, was sie am besten konnten, sie flüchteten so schnell es ihre knotigen Füße zuließen in die Schatten aus denen sie hervor gekrochen waren.

Ein glockenhelles Lachen wehte durch die Luft, als sich die haarigen Körper auf ihrer kopflosen Flucht beinahe überschlugen. Kaum war der letzte Troll in der Dunkelheit verschwunden, flammten rund um die Lichtung winzige, grüne Lichter auf und schwirrten wie aufgeregte Mücken umher.

„Hab ihr ihre dummen Gesichter gesehen!", kicherte die Anführerin der Feen und fuhr sich mit der winzigen Hand über die Stirn, „Aber sie waren mutiger als ich dachte . . . oder vielleicht auch nur hungriger! Wenn ich heute auch nur noch einen Blitz schleudern muss, dann breche ich zusammen!"

Zustimmendes Gemurmel antwortete ihr, dann begannen die Feen wieder mit der Suche nach irgendetwas das sie den Steinweisen berichten konnten.

Sie flogen um den Wagen der Trolle herum, bedeckten die Überreste des unglücklichen Gnoms mit Blättern und besahen prüfend die verbrannten Äste der Bäume ringsum, doch nichts lies darauf schließen, was für ein Wesen hier sein Unwesen getrieben hatte.

Plötzlich verdunkelte ein weiterer fliegender Schatten die Lichtung. Die Anführerin der Feen hob den Kopf und starrte einen Moment in die Dunkelheit. Dann seufzte sie schwer.

„Sogar dich haben die Weisen hergeschickt? Es tut mir leid, wir haben nichts gefunden . . . sei vorsichtig wenn du weiter suchst!"

Es schien dass der Schatten ihr kurz zunickte, bevor er verschwand.

Arden, der Hohepriester des Windes stand allein am Fenster seiner Gemächer und sah nachdenklich ins Tal hinunter. Irgendetwas war in dieser Nacht geschehen und auch wenn ihm weder sein Spiegel, noch die Wasserschale zu zeigen vermochten, was es war, so fühlte er doch die große Bedrohung für sich und für ganz Elysion. Er wusste in wenigen Sekunden würde sein Diener herein stürmen und ...
„Herr es ist etwas geschehen! Ein Bote der Weisen ist in der Empfangshalle!"
Arden seufzte und fuhr sich mit der Hand durch die grauen Haare.
„Hat man Solika rufen lassen?"
Der junge Mensch schluckte.
„Nein Herr sie . . . sie befinde sich noch im Palast der Drachenkönigin . . . sie aus Kanarkad hier herzurufen würde Tage dauern ..."
„Ich werde sie selbst rufen. Sorge dafür, dass man meine und auch ihre wichtigsten Dinge zusammenpackt. Wenn ich mich nicht irre, werden wir noch heute Nacht zum Tempel der Weisen aufbrechen müssen."
Der Diener verneigte sich ehrfurchtsvoll und verschwand. Arden seufzte noch einmal schwer und fühlte einen Moment die Last des Alters, als er das schwere Tuch von dem mannshohen Spiegel zog. Einen Augenblick betrachtete er die feinen Verzierungen, die Tiere und verschlungenen Pflanzen aus Silber, im flackernden Licht der Fackeln, dann jedoch legte er seine Hand auf die spiegelnde Fläche und schloss die Augen.
Der Spiegel, der eben noch einen Hochgewachsenen, aber vom Alter gebeugten Elfen gezeigt hatte, wurde trüb und aus den milchigen Nebeln tauchte langsam das Bild einer Kammer auf. Auf einem breiten Bett schlief die große Drachenweise Solika, Hohepriesterin des Windes und Herrin über den Rat des Drachenreiches ruhig auf ihrer schmalen Pritsche, im Arm ihre kleine Tochter, einen friedvollen Ausdruck auf dem Gesicht. Arden tat es leid, diesen Frieden zu stören, aber es gab nun einmal keinen Ausweg.
„Komm zurück. Wir brauchen dich."
Er wusste er würde nicht mehr sagen müssen. Zufrieden sah er, dass Solika die Augen öffnete, ihn ansah und ihm zulächelte. Dann erhob sie

sich und streckte müde die Schwingen aus. Sie würde sie bald brauchen...

Arden zog sich zurück, glättete mit einer schnellen Bewegung sein weißes Gewand und eilte dann in die Halle, um den müden Boten zu empfangen.

Der Tempel der Steinweisen lag auf der größten Insel Elysions, nur durch einen schmalen Kanal getrennt vom Reich der Menschen. Diese Insel hatten die Steinweisen ausgewählt, um hier, umgeben von den breiten Felswänden, ihre Stimmen erklingen zu lassen. Tief in den Wald hineingeschmiegt lag das große Gebäude in denen das Medium und seine Novizen lebten und arbeiteten. Es kostete die Weisen sehr viel Anstrengungen direkt aus den Felsen zu sprechen, daher gründeten sie vor Urzeiten diesen Tempel in dem stets mehrere Novizen zu Medien ausgebildet wurden, um den Weisen ihre Stimmen zu weihen. Doch auch wenn gerade keine Novizen ausgebildet wurde, herrschte im Heiligtum ein reges Treiben, denn kein Elementpriester in ganz Elysion konnte seine letzten Weihen empfangen ohne vorher das Zwiegespräch mit den Steinweisen überstanden und von ihnen in den Fertigkeiten der Telepathie und Telekinese unterwiesen worden zu sein. Doch heute lag der Tempelkomplex ruhig und leer im Licht der aufgehenden Sonne und nur aus dem großen Übungsraum der Medien glomm ein schwacher Lichtschein.

Auch im Inneren herrschte bedrücktes Schweigen, auch wenn der Raum vor Menschen beinahe überfloss. Die Hohepriester und Priesterinnen der Elementklöster, die Könige und Königinnen Elysions, die Abgesandten der Räte ... sie alle warteten darauf, das ihnen das hohe Medium erklären würde, was in dieser Nacht geschehen war. Und schließlich teile sich der große Vorhang, der den Meditationsraum des hohen Mediums verbarg und Helisana betrat den Raum. Lächelnd ließ sie sich am Kopf des großen Steintisches nieder und nickte grüßend in die Runde.

Arden betrachtete sie nachdenklich. Er hatte Helisana seit mindestens zwanzig Jahren nicht mehr gesehen ... wie furchtbar alt sie geworden war! Natürlich, Menschen alterten sehr viel schneller, als Elfen oder Drachen, doch er fragte sich, ob die wirklich noch das fröhliche junge Mädchen war, das so unbekümmert den Stab des hohen Medium in Empfang genommen hatte als die Weisen es vor zwei Jahrzehnten gefordert hatten.

Doch seine Überlegungen wurden unterbrochen, denn Helisana senkte bereits den Kopf und ihr langes schwarzes Haar bedeckte ihr Gesicht. Und dann dröhnte von ihren Lippen die Stimme, die nicht ihre eigene war.

„Willkommen ihr Weisen Elysions und danke das ihr unserem Ruf so schnell gefolgt seid. Wie ihr wisst ist etwas in unsere Welt eingedrungen, das wir nicht kennen. Und doch spüren wir seinen unbezähmbaren Drang zu vernichten . . . wir haben Aric ausgeschickt, um nach dem Wesen zu suchen."

Ein gewichtiges Murmeln durchzog den Raum. Wenn die Weisen den großen Greif geweckt hatten, dann musste es ernst sein . . .

„Doch bisher konnte er uns noch keine Ergebnisse bringen . . . aber wir glauben das dieses Wesen ein Drache von der Insel ist. Wir wissen nur noch nicht, wer oder was ihm geholfen hat, unserer Wachsamkeit zu entgehen."

Mit einem Mal explodierte die Stimmung im Raum. Die Abgesandten des Drachenrates waren aufgesprungen und wehrten sich entschieden gegen die Anschuldigungen die plötzlich von allen Seiten auf sie einprasselten, die Feuerpriester taten es ihnen gleich, während die Könige der Elfen und Menschen schon zum Krieg gegen das Monster aufriefen und herausfordernd mit ihren Waffen rasselten.

Arden bedeckte das Gesicht mit den Händen und suchte Solikas Geist in der Verwirrung der Versammlung. Er fand sie nicht. Entweder hatte sie den Raum bereits verlassen, oder sie sperrte ihn absichtlich aus . . .

„Geehrte Weisen!" erklang plötzlich eine feine Stimme von jenseits des Raumes, die sich dennoch mit Leichtigkeit über die Schreie und Flüche anderer Anwesenden hinwegsetzte. Überraschte Stille trat ein.

Vom anderen Ende des Tisches her schwebte die Königin der Feen heran, und tauchte den Raum in einen grünen Schimmer. Arden seufzte erleichtert auf. Wenn jemand die drohende Katastrophe verhindern konnte, dann Nidana!

„Geehrte Weisen," , setzte sie noch einmal an und die Krone auf ihrem Kopf blitze Ehrfurcht gebietend, auch wenn sie nur so groß war, wie Helisanas kleiner Fingernagel, „Was mir zunächst einmal nicht einleuchtet ist, wie es sein kann, das ein Drache von der Insel hier herkommen kann. Soweit die Legenden berichten, konnten diese

Kreaturen weder schwimmen, noch fliegen ..."

Zustimmendes Gemurmel. Selbst die hitzigsten Gemüter setzen sich wieder auf ihre Plätze denn jeder konnte sehen, dass hier jemand war, der schon einen Schritt weitergedacht hatte, als sie.

Helisana nickte.

„Das ist uns bekannt."

„Die zweite Unstimmigkeit ist, die scheinbare Intelligenz dieses Wesens. Ohne meine lieben Freundinnen," hier warf sie ein mildes Lächeln zu den Abgesandten der Drachenkriegerinnen, „beleidigen zu wollen, doch der Legende nach, handelten die Kriegsdrachen des Inselvolkes nur auf Befehl. Sie waren zu dumm um selbständig Hass, oder Wut zu empfinden."

Wieder nickte Helisana.

„Auch das ist wahr."

„Dann erklärt uns doch, geehrte Weisen, woher dieses Ding gekommen ist.", warf die Königin der Drachen ein.

Helisanas Kopf senkte sich noch ein wenig mehr.

„Wir wissen es nicht. Wir wissen nicht, woher es kam und wer ihm seine Kräfte verlieh."

„Und warum sind wir dann hier?", erkundigte sich Nidana freundlich.

„Wie brauchen die Zustimmung der Königshäuser, der Räte und der Hohepriester für den Bann des Vergessens."

Ein Windstoß schien durch das Gebäude zu streifen und die Anwesenden hielten den Atem an.

„Gibt es keine andere Möglichkeit das Wesen zu vernichten?" selbst Nidanas Stimme zitterte nun.

Helisana hob wortlos den Kopf und breite die Arme aus. In der Mitte des Raumes entstand eine Luftblase die rasch auf die Größe eines ausgewachsenen Mannes anwuchs und milchig trübes Licht verbreitete.

Arden lächelte im Stillen. Helisana mochte vor der Zeit gealtert sein, aber sie war immer noch das mächtigste hohe Medium, auf das die Weisen je ihren Geist gelegt hatten.

Der silberne Nebel innerhalb der Kugel, die nun ruhig in der Mitte des Raums verharrte, lichtete sich und wieder ging ein erschrecktes Murmeln durch den Raum. Das Bild der Kugel zeigte einen gigantischen roten Drachen im luftigen Kampf mit dem goldenen Greif! Sein langer, schuppiger Hals und der rote Schwanz waren mit messerscharfen Stacheln bewehrt, seine schwarzen Augen zeugten von Intelligenz und dem festen Willen zu töten, als er seine langen Reißzähne tief in die Flanke des Greifs schlug. Ein weiterer Schlag mit einer der Klauen und Aric, der Unsterbliche, taumelte in der Luft und verlor sich in den weiten der Burcha Höhen. Der Drache sah ihm einen Augenblick nach, dann wandte er sich um und verschwand in Richtung der aufgehenden Sonne.

Helisanas Hände fielen herab und sie keuchte einen Moment. Arden runzelte besorgt die Stirn.

„Ihr seht also", erklang wieder die Stimme der Weisen, „nicht einmal unserem Geschöpf gelingt es dieses Wesen zu besiegen. Wenn wir nichts unternehmen, wird es bis zum Sonnenuntergang die gesamten Burcha Höhen verwüstet haben . . . inklusive Kanarkad!"

Arden konnte Solika plötzlich wieder deutlich spüren, als sie ihm ihren Schrecken mitteilte. Sie dachte an ihre kleine Tochter. Arden erhob sich und wählte seine Worte mit Bedacht.

„Unter diesen besonderen Umständen denke ich, dass er Bann des Vergessens ausgesprochen werden sollte. Ich . . .", er schluckte einmal schwer, „Ich stelle mich als Wächter zur Verfügung!"

Er sah den Schmerz in Helisanas Augen, doch die Weisen ließen sie nicht zu Wort kommen.

„Bist du dir sicher, Hohepriester des Windes? Wir kennen dich schon eine lange Zeit, aber wir sind uns nicht sicher, das du die volle Tragweite deines Vorhabens erfasst hast."

„Ich werde mit dem Wesen in die Zwischenwelt gehen und darüber wachen, dass es nicht entkommt. Ich werde ein Geist sein, für alle Lebenden und niemand wird sich mehr an mich erinnern." erklärte Arden mechanisch.

Helisana nickte.

„Gut, wenn du dir dessen bewusst bist, dann nehmen wir deinen Vorschlag an. Hat von den anderen Anwesenden noch jemand Einwände gegen unser Vorgehen? Er möge es jetzt sagen."

Über dem ganzen Saal lag gedrücktes Schweigen, denn jeder erkannte die Größe von Ardens Opfer für jeden einzelnen von ihnen. Im Stillen wussten sie genau, das niemand von ihnen ein ähnliches Opfer zu bringen bereit gewesen wäre und die meisten waren froh, das diese

Gewissheit ihrer Feigheit zusammen mit der Erinnerung an Arden verschwinden würde . . . Solika saß wie vernichtet auf ihrem Stuhl und stille Tränen rannen über ihre schwarzen Wangen. Arden umarmte sie noch einmal im Geiste. Er wusste, sie hätte es auch getan, würde ihre kleine Tochter nicht auf sie warten. Er selber jedoch war alt, seine Leben wäre ohnehin bald vorüber gewesen und nun, da seine Entscheidung einmal gefallen war, konnte er sich einreden, dass er sie wohl nicht bereuen würde.

„Wir werden einen Boten zu deinem Tempel senden, Hohepriester, damit man damit beginnen kann deinen Nachfolger zu bestimmen." Entschieden die Weisen.

Arden nickte nur und vermied es, Helisanas leere Augen ein letztes Mal anzusehen.

„So lasset uns beginnen!"

Die Stimmen der Weisen begannen einen betörenden Singsang, der von den Wänden des Raumes zurückgeworfen wurde und sich in Ardens Ohren mit dem Geräusch seines eigenen Herzens mischte. Eine kleine Stimme in seinem Inneren rief ihm zu 'Rette dich! Rette dich und lebe!' aber dann sah er den großen Drachen, der sich langsam der Stadt in den Bergen nährte und er schüttelte unmerklich den Kopf.

„Ich werde immer bei euch sein!", versprach er Solika noch, dann löste sich sein Bewusstsein auf und wurde in eine andere Welt gesogen in der er nichts mehr war, nichts mehr wusste, nichts mehr fühlte.

Über der Stadt Kanarkad lag bedrohlich ein großer Schatten, der Zerstörung und Angst versprach. Es gab niemanden der es beobachten konnte, aber es schien, dass der Drache für einen Moment überrascht blinzelte, bevor er einfach verschwand.

Scheherezade

Manuela Sonntag
Nach einer Idee von Christine Schuhmann

Die Personen:

Scheherezade, die schöne, kluge Tochter des Wesirs

Dinazade, ihre nicht minder kluge, und schöne Schwester

Der Wesir

Saladin, der Sultan

3 Bürger

eine häßliche Frau

ein Diener

ein Erzähler

Erster Aufzug:

Eine Straße, orientalisch, eine junge, verschleierte Frau sitzt vor einem Haus und stickt. In der Nähe an einem Tisch spielen drei Männer ein Kartenspiel. Auftritt Wesir. Er sieht müde aus. Als er die Frau sieht, strafft er die Schultern und geht zu ihr hinüber. Er holt eine Schriftrolle aus seiner Tasche und räuspert sich geräuschvoll.

WESIR:
Der großmächtige Sultan Saladin III, Beherrscher dieses Landes voller Reichtum, Schönheit, Jugend und Gnade erwägt, sich erneut zu verheiraten. Im Namen meines...

FRAU (unterbricht ihn amüsiert):
Was? Schon wieder? (sie nimmt ihren Schleier ab) Nun, Herr, ich habe große Zähne und eine schiefe Nase, wenn das dem guten Saladin zusagt...

BÜRGER1 (laut):
Verehrter Wesir, Euer Ruf eilt Euch voraus. In diesem Dorf werdet Ihr keine Frau finden, die schöner ist, als meine werte Nachbarin.

BÜRGER2:
Saladin hat sie alle verjagt. Jeder Vater mit einer schönen Tochter und etwas Verstand hat schon vor Wochen das Land verlassen.

BÜRGER3:
Sagt dem Saladin einen schönen Gruß von mir! Meine Angebetete ist vor zehn endlosen Tagen ausgewandert!

BÜRGER1:
Ihr seht, Wesir, die Angewohnheiten des Sultans tragen nicht gerade zu seiner Beliebtheit bei!

BÜRGER2:
Nein, das Volk hat keine gute Meinung mehr von ihm, seit es weiß, daß

er jede seiner Gattinnen meist schon nach der Hochzeitsnacht erdrosseln läßt, weil er seine Eifersucht nicht zügeln kann.

FRAU:
Aber sagt, Wesir, habt Ihr nicht selbst zwei schöne Töchter?

WESIR (mit kaum verborgenem Erschrecken):
Nein, gute Frau, da bist du einem böswilligen Gerücht erlegen!

Wesir hastig ab – Vorhang

Zweiter Aufzug:

Zwei hübsche junge Frauen sitzen auf einem Teppich in einem kostbar eingerichteten Raum. Beide lesen vertieft in einem dicken Buch. Als die Tür aufgeht, schauen sie auf.

DINAZADE:
Seid gegrüßt, Vater. War Eure Reise von Erfolg gekrönt?

WESIR (läßt sich erschöpft auf dem Boden nieder):
Leider nicht, meine liebe Tochter. Es scheint, als wären du und deine Schwester die einzigen schönen Frauen, die noch in diesem Land leben.

SCHEHEREZADE: (kniet sich neben ihren Vater und nimmt seine Hand):
Damit haben wir gerechnet, Vater, und haben uns einen Plan ausgedacht.

DINAZADE (kniet sich auf die andere Seite ihres Vaters und nimmt seine andere Hand):
Ja, Vater! Einen guten Plan! Scheherezade wird Saladin heiraten! So kann er dich für deinen Mißerfolg nicht in den Kerker werfen!

WESIR (entsetzt):
Ich soll Scheherezade opfern? Seid ihr beiden von Sinnen!?

SCHEHEREZADE:
Nein, Vater. Kommt mit in den Garten.

Alle ab - aus dem off hört man noch die Stimmen der drei streiten –
Vorhang

Dritter Aufzug:

Eine Hochzeitsgesellschaft, die Dame tragen bunte Saris, die Männer
weiße Kattune mit Turban, nur der Sultan ist in Gold gekleidet.

SALADIN:(nimmt den Wesir beiseite)
Mein lieber Freund es ist mir eine unglaubliche Freude, das Ihr mir
schlußendlich doch Eure Tochter zur Frau gebt. Ich hatte ja keine
Ahnung das eine solche Schönheit hinter den Mauern Eures tristen
Anwesens herangewachsen ist. Ich sollte wohl ärgerlich mit Euch ein,
das Ihr sie solange vor mir versteckt habt.

WESIR: (sehr unbehaglich)
Oh ich bitte Euch mein Gebieter, zürnt mir nicht deswegen. Wißt ihr, für
einen liebenden Vater bleiben die eigenen Töchter stets kleine
Mädchen, bis sie von sich aus von Heirat sprechen und ich kann wohl
sagen das es eine große Ehre für mich ist, das ihr mein armes Haus so
reich beschenkt habt.

SALADIN:
Nun ihr werdet noch zu sehr viel mehr Ehren kommen, sollte sich Eure
Tochter mir als würdige Frau erweisen. Wie Ihr wißt sind Frauen
hinterhältig und falsch und ich bin ihrem betrügerischem Treiben
schon zu oft aufgesessen.

WESIR:
Mein allerhöchster Gebieter ich versichere Euch, meine Scheherezade
ist ein Abbild an Tugend und Folgsamkeit. Sie...

SALADIN: (unterbricht)
Nun ja wir werde sehen! Aber nun laßt uns feiern und fröhlich sein!

Er geht zu den anderen Gästen hinüber - Auftritt Scheherezade

WESIR:
Ach mein schönes Kind, was habe ich getan? Der Sultan ist jetzt schon mißtrauisch dir gegenüber! Gebe Gott das euer Plan funktioniert, oder ich fürchte er wird dich töten lassen!

SCHEHEREZADE: (tröstend)
Gräme dich nicht Vater! Der Plan wird gelingen!

WESIR:
Kind du weißt nicht wovon du sprichst! Der Sultan haßt das was er als Hinterlist der Frauen betrachtet! Hüte dich! Sprich nicht einmal mit den Eunuchen, wende dich immer nur an deine weiblichen Bediensteten und achte darauf, daß du keinem Mann in die Augen siehst! Sieh überhaupt nicht auf, wenn Männer außer dem Sultan in der Nähe sind!

SCHEHEREZADE:
Ja Vater, ich habe verstanden was ich tun muß. Nun laß mich gehen, es ist Zeit!

Scheherezade ab - Der Sultan wartet die Verbeugung seiner Untertanen ab, dann folgt er ihr – Vorhang

Vierter Aufzug:

Saladin und Scheherezade sitzen vor einem prächtigen Bett. Scheherezade sieht traurig aus. Schließlich beginnt sie zu weinen.

SALADIN:
Was habt Ihr, geliebte Gemahlin? Warum weint Ihr?

SCHEHEREZADE (stockend):
Verzeiht, Herr, es ist nur... Ich habe eine kleine Schwester, von der ich mich nicht verabschieden konnte...

SALADIN:
Ich werde sie rufen lassen. Diener!

DIENER stolpert auf die Bühne, fällt dort vor Saladin auf die Knie.

SALADIN:
Hol die Schwester der Sultanin.

DIENER rappelt sich auf und begibt sich rückwärts, in gebeugter Haltung ins off.

SALADIN:
Nun, meine Gemahlin, hat Euch das Hochzeitsessen zugesagt?

SCHEHEREZADE:
Ja, Herr, es war köstlich.

SALADIN:
Die Musik war ebenfalls nach Eurem Geschmack?

SCHEHEREZADE:
Ja, Herr. Ihr habt vortreffliche Hofmusikanten.

SALADIN:
Und Euer Kleid? Es gefällt Euch auch?

SCHEHEREZADE:
Ja, Herr. Eure Weber stellen herrliche Stoffe her, und Eure Schneider beherrschen ihr Handwerk meisterlich.

SALADIN:
Würdet Ihr das Gleiche über meinen Goldschmied sagen?

SCHEHEREZADE:
Ja, Herr. Die Geschmeide, die Ihr mir schenktet sind von großer Schönheit.

SALADIN:
Und Ihr selbst, meine Gemahlin, Seid von blendender Schönheit, Gesundheit und Jugend. Nur sagt, wie steht es um Eure Tugendhaftigkeit? Ich habe Zweifel daran, das sich die Schönheit Eurer Seele mit der Eures Angesichtes messen kann...

Bevor Scheherezade antworten kann, wird an die Tür geklopft.

SALADIN:
Komm herein.

Dinazade wird in das Zimmer geführt und sinkt vor Saladin auf die Knie.

SALADIN:
Erhebe dich, Schwägerin, und komm herüber.
DINAZADE (geht zu Scheherezade und umarmt sie schluchzend):
Geliebte Schwester... (schluchzt) So verläßt du mich nun für immer...

SCHEHEREZADE:
Weine nicht, liebste Dinazade! So Allah will, wird es mir hier bis zu meinem Tode wohl ergehen. Und dank der Liebe die ich zu meinem Gebieter empfinde, wird ein Leben angefüllt von Schönheit sein.

Sie sieht zu Saladin hinüber - der lächelt geschmeichelt - Scheherezade und Dinazade wechseln einen kurzen Blick und lächeln einander zu.

DINAZADE:
So Allah will. Und so der Sultan will, erzählst du mir noch eine letzte Geschichte?

SALADIN:
Ich erlaube es.

SCHEHEREZADE beginnt die Geschichte von Ali Baba und den 40 Räubern zu erzählen
Das Licht wird rasch heruntergedimmt.

SPRECHER:
So erzählte Scheherezade ein wundersame Geschichte über den tapferen Ali Baba, der 40 Räubern ihren geheimen Schatz stiehlt. Sie erzählte die ganze Nacht hindurch und als der Morgen anbrach, war sie gerade an der spannendsten Stelle angelangt.

Das Licht wird wieder hochgedimmt.

SCHEHEREZADE (trinkt aus einem goldenen Becher, heiser):
Verzeiht, Herr, verzeih, Dinazade, doch ich kann kein Wort mehr sprechen. Mein Hals schmerzt.

SULTAN:
Willst du die Geschichte nicht doch zuende erzählen?

SCHEHEREZADE (sehr heiser):
Gerne würde ich, doch meine Stimme...

SALADIN: (enttäuscht)
Wie schade! Ihr versteht es vortrefflich Geschichten zu erzählen! Ich würde gern wissen Was mit dem Schatz der Räuber geschah. Doch wenn Ihr Euch so überanstrengt habt...

DINAZADE: (fällt rasch ein)
Mein Gebieter dürfte ich etwas vorschlagen?

SALADIN:
Sprich.

DINAZADE:
Vielleicht würde etwas Essen und ein wenig Schlaf die Kräfte meiner geliebten Schwester wieder herstellen. Sie hatte ja schon immer eine so schwache Gesundheit.

Wohlmöglich wären auch ein heißes Bad oder eine Fahrt auf dem Fluß hilfreich...

SALADIN:
Würde Euch das zusagen meine Gemahlin?

Scheherezade nickt schwach.

SALADIN: Dann soll es sein! Je eher Ihr Eure Kräfte wiederfindet, desto eher werden wir das Ende der Geschichte erfahren!

Alle ab

Fünfter Aufzug:

Das Licht ist noch heruntergedimmt.

SPRECHER:
Die beiden Schwestern beschäftigten den Sultan den ganzen Tag mit den schönsten Zerstreuungen und erst am nächsten Abend erzählte Scheherezade ihre Geschichte zuende. Licht hoch.

DINAZADE: (fällt ihrer Schwester fröhlich um den Hals)
Was für eine wunderschöne Geschichte, liebste Schwester! Sie ist fast schöner als die von Aladdin und seiner Wunderlampe!

SALADIN: (neugierig)
Eine Wunderlampe?

DINAZADE:
Ja, Herr, mit einem Dschinn darin!

SAlADIN: Erzähle mir auch diese Geschichte, Gemahlin!

SCHEHEREZADE (lächelnd):
Wie Ihr wünscht, Herr.

Licht runter.

SPRECHER:
Und so erzählte Scheherezade eine weitere Geschichte, die wieder am morgen an ihrer spannendsten Stelle angelangt war. Wieder gab sie vor, zu heiser zu sein, um weiter sprechen zu können und verbrachte den Tag mit ausgelassenen Spielen. Wieder erzählte sie erst am nächsten Abend weiter, und wieder machte Dinazade den Sultan auf eine neue Geschichte neugierig.
So ging es 1000 und eine Nacht lang, bis der Sultan nicht mehr daran dachte, Scheherezade töten zu lassen, da er seine ganze Grausamkeit an ihre schönen Geschichten und die Schönheit ihrer Seele und ihres Angesichtes verloren hatte.
Fortan lebten alle Menschen im Lande des Sultans, der Sultan selbst und Scheherezade als seine Gemahlin, Dinazade und der Wesir in Glück und Frieden.

Was ist Liebe?

Schlaflos
Manuela Sonntag

Ruhelos wälzte sie sich im Bett hin und her.

Von draußen schien immer noch der Mond durch das Fenster, auch wenn der Nachthimmel schon zu verblassen begann. Mit einem tiefen Seufzer setzte sie sich auf und warf einen resignierten Blick auf ihren Wecker. Halb sechs... die Nacht war beinahe vorbei und an Schlaf wohl nicht mehr zu denken. Was er wohl gerade tat? Schlief er? Ein kleiner, zärtlicher Schauer lief über ihren Rücken als sie sich sein schlafendes Gesicht vorstellte. Vielleicht hätte sie nicht gehen sollen? Aber was hätte sie noch sagen, was noch tun können, nachdem er ihren einzigen gemeinsamen Abend in dieser Woche so gründlich verdorben hatte? Und was sollte sie jetzt tun? Sie hatte beinahe Angst, sich daran zu erinnern, was sie noch am Abend zuvor gesagt und getan hatte...

„Wie kannst du so etwas entscheiden ohne vorher mit mir darüber zu sprechen?"

„Es ist eine große Chance für mich, so etwas bekommt man nicht jeden Tag angeboten!" hatte er geantwortet und ärgerlich mit den Füßen gescharrt.

Sie wusste, er hasste solche Diskussionen, aber wen scherte es? Ihr gefiel es auch nicht gerade, dass er sein weiteres Leben scheinbar ohne sie geplant hatte.

„Ach und so etwas wie mich findet man an jeder Straßenecke???"

In ihrem Ärger fegte sie kurzerhand den Stapel Prospekte vom Tisch, mit dem er sie schon an der Tür begrüßt hatte. Kanada... pfffffff! Eine halbe Welt entfernt!!!

„Hör auf mir meine Worte im Mund umzudrehen! Ich möchte doch das du mitkommst!"

Der kleine Funke Gereiztheit in seiner Stimme hatte ihr endgültig gereicht...

„Ach ja, möchtest du das? Und wie stellst du dir das vor? Das ich einfach von heute auf morgen alles hinschmeißen soll? Meine Familie, meine Freunde, mein Studium, mein ganzes Leben, nur weil du mit dem kleinen Finger winkst???"

„Verdammt hör auf damit!!!"

Sie fuhr zusammen und gegen ihren Willen schossen ihr Tränen in die Augen.

„Dann sprich mit mir, verdammt!" schleuderte sie ihm fast flehend entgegen, doch sein Gesicht blieb verkniffen und seine Hände vor der Brust verschränkt.

Und dann war sie einfach aus der Tür gerannt. Im Flur hatte sie kurz nach ihrer Jacke gegriffen und sich ihre Tasche über die Schulter geworfen, doch er kam ihr sowieso nicht hinterher. Mit einem schmetternden Knall hatte sie die Tür ins Schloss geworfen und war einfach losgelaufen, egal wohin, nur weg von dem Schmerz in ihren Inneren, der ihr sagte, dass sie wahrscheinlich genau das Falsche getan hatte und noch im Begriff war es zu tun . . .

Wieder Zuhause, Warten auf seinen Anruf, fernsehen und nichts sehen, Radio hören und nichts hören, aus dem Fenster starren und nichts denken . . .

Irgendwann hatte sie sich ins Bett geschleppt, nur schlafen, nicht mehr denken und warten müssen, gnädiges Vergessen im Schlaf finden . . .

„Ja denkste!" fluchte sie laut und schwang ihre Füße aus dem Bett.

Verdammt warum hatte er ihr nicht früher etwas von Kanada erzählt? Warum war sie so aufbrausend gewesen und war nicht ruhig geblieben? Warum war sie einfach gegangen? Und warum zum Teufel hatte er sie gehen lassen?

Eine kleine vorwitzige Träne stahl sich aus ihrem Augenwinkel und rann langsam zu ihrem zitternden Kinn hinunter. Vor ihrem inneren Auge nahm er sie in den Arm um sie zu trösten und küsste ihre Tränen fort . . . würde er das je wieder tun?

Ein leiser Summton durchbrach die Stille ihres Schlafzimmers. Der Vibrationsalarm!

„Hi . . . ähmmm . . . ich konnte nicht schlafen . . . ich hoffe ich habe dich nicht geweckt?"

Sie schniefte nur.

„Weinst du?"

„Nein, nein ich bin nur müde . . ."

„Ja also weißt du es . . . es tut mir leid! Ich meine . . . Kanada ist nicht so wichtig, nichts ist so wichtig wie du mir bist!"

174

Ein kleines seliges Lächeln mischte sich unter ihre Tränen.
„ Ach weißt du . . . ich wollte schon immer mal die Niagarafälle sehen..."

Schneeweisschen und Rosenrot

Manuela Sonntag

"Guten Morgen! Hast du gut geschlafen?"
Eine weiche Hand schob sich unter ihren Nacken und sie lächelte verträumt.
"Mm wie könnte ich neben einer solchen Göttin wohl schlecht schlafen? Das wäre doch Blasphemie, denkst du nicht auch?"
Ihre Freundin reckte sich genüsslich und lachte befreit auf.
"Oh welch Kompliment am frühen Morgen! Darf ich es Euch wiedersagen, edle Nymphe?"
"Hm mir würde es im Moment schon helfen, wenn du mir sagen könntest, wo ich meinen BH hingeschmissen habe."
"Vielleicht in der Glut der Ekstase aus dem Fenster? Komm, ich leihe dir einen von meinen."
"Haha da passe ich zweimal rein! Außerdem trage ich keine rote Unterwäsche!"
Ihr Gegenüber beugte sich lachend zurück und zog ein schlichtes weißes Wäschestück unter dem Bett hervor.
"Ach sieh mal, das Weiß der Unschuld! Du kleine Pietistin! Da fang!"
Mit einem erschreckten Quietschen reckte sie sich nach der vorüberfliegenden Unterwäsche und konnte gerade noch verhindern, das sie aus dem Bett kugelte.
"Du solltest dich etwas mit dem Anziehen beeilen. Die erste Vorlesung ist um elf und wir müssen vorher noch was fürs Mittagessen einkaufen."
Mit zerzauster Mähne und erstauntem Blick tauchte sie wieder aus den Decken auf, unter denen sie ihre Kleider vermutete.
"Ich dachte wir sind heute bei deinen Eltern zum Essen eingeladen?"
Das Gesicht ihrer Freundin war ein zerknirschtes Bild der Scham.
"Ach weißt du, ich habe gesagt wir kommen doch nicht."
Sie stemmte energisch die Hände in die Hüften und ihr Blick wurde streng.
"Und warum nicht?"
Hilfloses Schulterzucken.

176

"Du weißt wie es ist! Ich wollte uns das ersparen! Immer diese Vorträge, 'Wie wollt ihr jemals Kinder haben?', 'Habt ihr schon über eine Altersvorsorge nachgedacht?', 'Wie wollt ihr eure Geldangelegenheiten regeln? Wenn nun einer von euch was zustößt!'"
Ihre Arme fielen herab und sie resignierte.
"Aber du kannst deinen Eltern nicht ewig aus dem Weg gehen, deswegen."
Ein entschuldigendes Lächeln. "Es ist ja nicht für immer. Nur für heute."
Sie schüttelte stumm den Kopf. Dann straffte sie die Schultern und versuchte ihrer Stimme einen überzeugenden Klang zu geben.
"Außerdem haben sie recht! Ich finde es ist höchste Zeit, daß wir über diese Dinge nachdenken. Wir sollten mal bei einem Anwalt einen Termin machen . . . und am besten noch bei deiner Bank."
Ihre Freundin wich ihrem Blick aus.
"Muss das wirklich sein? Du weißt doch, diese ganzen Leute . . .?"
"Schämst du dich für mich?"
"Nein, das weißt du doch, aber . . ."
"Na also. Ich mache heute die Termine. Nun komm schon sein kein Frosch, man wird uns schon nicht gleich fressen!"
Zaghaftes Lächeln.
"Und was ist nun mit den Enkeln, die meine Mutter sich wünscht?"
"Hey es gibt doch auch Patrick Lindner. Und wenn es gar nicht anders geht, dann heirate ich dich eben!"
Sie duckte sich schnell, als ein Kissengeschoss über ihrem Kopf gegen die Wand flog.

Schwarze Seide

Christine Schuhmann

ein seidenband
schwarz
wie die nacht
ohne sterne und mond
einer schlange gleich gewunden
um ihre handgelenke
zarte hände ballen sich zu fäusten
als er das band strafft
ans bettgestell bindet
wie schön sie ist
ihre bleichen fäuste
gegen das schwarze metall
schwarze seide
vor ihrem gesicht
vor ihren augen
schwarze seide
kühle seide
darunter ihr mund
so rot
leicht geöffnet
so zart
er zögert
dann entfernt er sich
lässt sie allein
tritt zurück an die wand
wie gut es tut
etwas sicheres
nicht zitternd wie seine hände
nicht pochend wie sein herz
er schaut zu wie sie sucht
sinne gespannt
wie das schwarze seidenband
leise schritten zu ihr

finger streichen über schwarze seide
sie spürt seine wärme
haucht
berühr mich
nein
bitte
ihr bauch so flach und eben
und in der mitte
ihr nabel
bitte
noch ein band
aus schwarzer seide
gänsehaut und ein seufzen
heißen es willkommen
sie reckt sich entgegen
der schwarzen seide
ihre rippen so deutlich
ihre brustwarzen so rosig
fingerspitzen können nicht widerstehen
müssen berühren
rot
schwarz
und weiß
kein seufzen
ein schrei
sanfte schwarze seide
über ihrem roten mund
teilt ihre lippen
sei still
nur still
alles hat er ihr gegeben
nun bleibt nur er
um gänsehaut zu machen
die schwarze seide
seiner gier
und die liebe
zu ihr

Seelenbaum

Manuela Sonntag

Veröffentlicht in der Anthologie 'Gesammelte Werke Band XI' der Bibliothek des deutschsprachigen Gedichtes 2008

Worte sind Fenster zur Seele
Sie helfen Gefühlen zu wachsen

Wie ein Baum verwurzelt in uraltem Stein
In seinen Adern
Sprudelnd, fließend, bebend
Das Leben
Drängend, pulsierend, wachsend
Ast um Ast
Treibend, sprießend, verwebend
Blüte um Blüte
Vertrauen, Freude, Glück
Ein bunter Teppich

Am Ende gepresst in ein kleines Samenkorn
Ein unermessliches Wort

Liebe

Für alle, die schon immer mal ein klassisches 5-aktiges Drama nach Shakespeare-Motiven schreiben wollten, um dem langweiligen Geschichtsunterricht zu entgehen...

Serenade

Manuela Sonntag

Ein Schauspiel in dem eine Widerspenstige gezähmt, eine Feenkönigin vertrieben, ein Liebespaar vereint und ein stolzer Prinz gekrönt wird

Es treten auf:

Serenade - die Widerspenstige, Schwester der Emilia
Emilia - Schwester der Serenade, Geliebte des Julian
Lord & Lady DeGliero - deren Eltern

Die Feenkönigin - die Amme der Schwestern DeGliero

Julian - Geliebter der Emilia, später Verlobter der Serenade
Claudio - Prinz von Verona

Des weiteren:

ein wackerer Apotheker
drei alte Frauen
ein Weber mit einem Esel
ein Geist
ein Mohr

Marktschreier, Scholasten und Andere . . .

Ort der Handlung: Verona - eine Stadt in Italien

1. Szene

(Der Salon der DeGlieros - lautes Gepolter und Stimmen hinter der Bühne - Serenade stürmt schimpfend herein - ihre Mutter hinter ihr)

Serenade:
Und ich sage Euch Mutter, ich werde ihn nicht heiraten! Wie könnt Ihr seinen verlogenen Reden noch länger Glauben schenken, nachdem er die Ehre meiner Schwester auf solch schmähliche Weise in den Schutz gezogen?

Lady DeGliero:
Doch doch liebste Tochter, siehst du denn nicht sein aufrichtig' Herz, das sich dir zuwendet, einmal ganz zu schweigen von seinem immensen Reichtum?

Serenade:
Wie könnt Ihr es nur über Euch bringen die Gefühle meiner armen Schwester auf dem Altare eurer Habgier zu opfern! Nein Mutter, schweigt mir von solchen Gräueltaten!

Lady DeGliero:
Oh du hartherziges Kind! Natürlich dauert mich Emilia, doch das Schicksal hat nun einmal dich zu des Julians Weib erwählt. Und welch grausame Mutter wäre ich, den stattlichsten Junggesellen von ganz Verona abzuweisen, nur weil er nach reiflicher Überlegung zu dem Schlusse gekommen, das er bis zu heutigen Tage die falsche Maid umworben!

Serenade:
Die falsche Maid umworben? Sagt' er Euch dies? Nun er wird seinen Irrtum nur allzu bald einsehen, denn diese Maid wird ihn nicht erhören!

Lady DeGliero:
Doch mein liebes Kind, denke doch an die Reichtümer, die dir zu eigen sein werden! Denke doch daran wie viele der schönsten Frauen dich

um diesen Gemahl beneiden werden! Und denke doch einmal daran, dass wir mit dem Brautgeld, das er uns zahlen wird endlich einmal das Loch im Dache flicken können, das schon so lange das Antlitz unseres Hauses zum Spott für ganz Verona macht!

Serenade:
Ich will von seinen Reichtümern nichts wissen! Ich heirate nicht, weder ihn, noch sonst jemanden! Und sollt es doch sein, dann sollt es der niedrigste Pferdeknecht lieber sein, als dieser Julian!

Lady DeGliero:
Doch so bedenke doch, das Dach . . .

Serenade:
Der Kessel, der dazumal das Wasser aufgefangen wird es wohl auch weiterhin tun müssen. Außerdem ist sein blecherner Ton gar lieblich anzuhören, wenn man derlei Musik zu schätzten weiß!

Lady DeGliero:
Ihr seid ein unverschämtes und widerspenstiges Kind! Man wird Euch zu dieser Heirat zwingen, wenn Ihr Euch nicht freiwillig beugt!

(Lady DeGliero wütend ab)

Serenade: *(schreit ihrer Mutter nach)*
Niemand wird mich zwingen zu heiraten und schon gar nicht einen so einfältigen und leichtlebigen Gesellen, wie diesen Julian! Eine Schande ist es, dass er zuerst meiner Schwester den Hof gemacht und jetzt mich zur Frau begehrt! Eine Schande zu der ich mich niemals, niemals hergeben werde!

(in die andere Richtung ab)

2. Szene
(Ein Zimmer im Palast des Prinzen - der Prinz besorgt umher gehend - der Mohr an der Türe stehend)

Claudio:

Oh Teleos, was soll ich nur tun! Nach Geheiß meines Vaters kann ich erst dann König sein, wenn eine geeignete Königin ich mir erwählt! Doch wo in dieser Stadt findet sich wohl eine Frau, die meines Thrones würdig?

Der Mohr:

Eurer Majestät werden doch sicherlich ein Weibe finden, dass Euch gefällt? Schließlich ist ganz Verona gespickt mit hübschen Töchtern, der reichsten Familien des Landes!

Claudio:

Ach, wenn es nur das wäre! Doch wo finde ich eine Frau, die nicht mit ihrer Anwesenheit auch gleich den Giftmischer mir ins Hause schleppt?

Der Mohr:

Euer Majestät fürchten den Tod von eines Weibes Hand?

Claudio:

Den schrecklichsten Tod, mein lieber Teleos, den schrecklichsten! In deiner Heimat mag der Schierlingsbecher den Verbrechern vorbehalten sein, doch hier in Verona kannt man zu allen Zeiten die italienische Seuche nur allzu gut!

Der Mohr:

Das, mein Fürst, ward mir noch nicht entdeckt! Vielleicht solltet Ihr, zur Rettung Eurer Seele, eine Braut aus Athen Euch schicken lassen!

Claudio:

Einer solch unheiligen Allianz würd mein Vater niemals seinen Segen geben. Und zudem, wer garantierte mir dafür, dass diese Braut nicht ebenso verderbt würde, wie es so viele Weiber bereits sind?

(die Stimme eines Dieners vor der Tür)

Diener:

Herr, ein Weib ist hier, dass unbedingt ein Wort mit Euch reden will.

Claudio: *(mit einer ärgerlichen Handbewegung)*
Dann lasst sie herein in Gottes Namen! Was soll es mich kümmern, wenn bei allen Sorgen, die dies vermaledeite Geschlecht mir schon bereitet wenn noch eine weitere kommt hinzu!

(Der Mohr öffnet die Tür - Auftritt Amme)

Amme:
Oh mein Prinz, ich bin gekommen eine gar schwere Bürde von Euren Schultern zu nehmen, nicht euch neue aufzudrängen!

Claudio:
Und wie willst du dies fertig bringen, altes Weib? Bist du eine Hexe, eine Zauberin, die mir ihre Macht verkaufen will? Glaube mir, selbst der Teufel vermag meine Sorge nicht zu lindern!

Amme:
Mit teuflischen Mächten kann ich Euch nicht dienen, doch hörte ich von Eurer Suche nach einer geeigneten Braut und gedachte Euch meine Hilfe anzubieten.

Claudio:
Hinfort mit dir, Kupplerin! Es gibt genug von deiner Sorte, die mich Tag und Nacht bedrängen!

Amme: *(macht ein verstecktes Handzeichen in Richtung des Prinzen)*
Oh, doch mein Angebot ist nicht von der Art, wie all die Anderen! Wollt Ihr mir nicht doch ein wenig Eurer wertvollen Zeit schenken?

(Prinz fasst sich verwirrt an den Kopf)

Claudio:
Ja . . . ja ich denke schon. Teleos verlass das Zimmer! *(Mohr ab)* Was habt ihr mir zu berichten?

Amme:
Ich hörte von Eurem bemühen eine geeignete Frau zu finden und eilte

hierher, Euch zu helfen. Im Haus meines Gebieters zog ich seine beiden Töchter auf, zwei zarte Elfen, eine schöner als die andere und von einer Unschuld, die selbst das härteste Gemüt erweichen könnte...

Claudio:
Sage mir, wie ist der Name deines Gebieters?

Amme:
Mein hochedler Herr und Vater meiner wertvollen Täubchen, ist der erlauchte Lord DeGliero, Herr.

Claudio:
DeGliero? Doch ich hörte, er sei verarmt? Wie kann ich sicher sein, dass seine Töchter würdig sind Königin zu sein?

Amme:
Oh solch finstere Gedanken dürft Ihr nicht gegen sie hegen, mein Prinz! Sie sind vollkommen in ihrer Rechtschaffenheit und Güte!
(erneut ein Handzeichen)

Claudio: *(verwirrt)*
Ja . . . ja es muss wohl sein, wie du sagst. Du musst es von allen am besten Wissen. Ich will dir also Glauben schenken! Vielleicht kannst du mir von wirklichem Nutzen sein. Welcher Art ist nun das Angebot, das du mir überbringst?

Amme:
Ich bitte Euch Herr, zieht eine Vermählung mit Emilia in Betracht, der jüngeren der beiden Töchter. Sie ist ein vollendetes Juwel und ihr werdet es nicht bereuen!

Claudio:
Emilia sagst du? Ja mir scheint ich sah sie bereits am Hofe. Sie ist tatsächlich schön, auch wenn ihre Schwester sie an Feuer übertrifft . . .

Amme:
Ihre Schwester Serenade ist bereits zur Ehe versprochen, erhabener

Herr, doch ich versichere Euch, was Emilia an Temperament vermissen lässt, vergilt sie Euch doppelt durch Ihre zarte Anmut, die einer Königin wohl ansteht! *(wieder das Handzeichen)*

Claudio:
Nun . . . deine Rede erscheint mir wahr. Richte also deinem Herrn aus, ich wünsche ihn und seine Familie auf dem großen Fest zu sehen. Sollte mir Emilia dort Wohlgefallen, werde ich deinem Wunsch unverzüglich nachkommen.

(Amme geht unter Verbeugungen hinaus - Auftritt Teleos)

Claudio:
Teleos, lass mir einen neuen Mantel in Auftrag geben! Mich deucht ich werde auf dem großen Fest zu Sonnenwende meiner zukünftigen Königin begegnen!

(Teleos nickt und geht nachdenklich ab - der Prinz sieht aus dem Fenster)

3. Szene
(Der Festsaal des Palastes - Diener mit Essen und Wein umher rennend - Einige Gäste umhergehend - Auftritt Prinz Claudio und sein Gefolge - bei ihm Teleos)

Der Mohr:
Bei meiner Treu Euer Majestät, ich verstehe nicht Euren vollständigen Sinneswandel bezüglich dieses Mädchens! Sagtet Ihr nicht noch vor geraumer Zeit es grau' Euch vor der Ehe? Und nun schmachtet Ihr nach einem Weibe, das Ihr noch nie erblicktet!

Claudio:
Oh Teleos, ich hab' sie schon erblickt! Jede Nacht in meinen Träumen verfolgte mich ihr köstliches Gesicht und ihre vollkommene Gestalt! Beim Worte eines Königs sofern ihr Liebreiz nur annähernd an dieses Traumbild heranreicht, werde ich noch heute meine Verlobung mit diesem Wunderwesen bekannt geben!

Der Mohr:
Doch Majestät! Was ist mit Eurer Furcht vor der Verderbtheit und Eurer Furcht vor den Giftmischerinnen geschehen?

Claudio:
Weggewischt mein lieber Teleos! Weggewischt von einem Engel, der vom Himmel herabstieg meine unsterbliche Seele zu retten! Doch nun schweige still, denn hier kommt sie!

(Auftritt Lord & Lady DeGliero, Serenade, Julian, Emilia und Andere)

Claudio:
Nun siehst du es selbst Teleos! Ist sie nicht die Perfektion eines Weibes? Sind ihre Bewegungen nicht elegant, ihre Kleidung und Bescheidenheit nicht erlesen und stilvoll?

Der Mohr:
Mit Verlaub, Euer Majestät, doch es scheint mir eher, als sei sie betrübt. Und sehe ich nicht Julian, den ältesten Sohn der Managuas in ihrer Begleitung? Man sagt sie wären einst in Leidenschaft zueinander entbrannt.

Claudio:
Dies zeigt nur, wie wenig du aus den Gesichtern der Menschen zu lesen verstehst. Wisse denn, das ihre ältere Schwester dem Managua zur Heirat versprochen ist.

Der Mohr:
Und doch scheint es, das keine der beiden Schwestern so recht fröhlich zu sein vermag.

Claudio:
Die Ehrverletzung ihrer Familie drückt auf ihre treuen Seelen, doch nun still davon!

(Lord & Lady DeGliero und ihre Töchter schreiten sich verbeugend durch den Raum und kommen heran - sinken in eine tiefe Verbeugung)

Lord DeGliero:
Majestät es ist mir und meiner Familie eine hohe Ehre auf Eurem Fest erscheinen zu dürfen! Nehmt dafür meinen tausendfachen Dank!

Claudio:
Auch mir ist eine große Freude Euch auf meinem Feste begrüßen zu dürfen. Doch spart Euch Euren tausendfachen Dank für lohnenderes auf. Indes möchte ich gern einiges mit Euch besprechen.

(Der Prinz, Teleos, Lord & Lady DeGliero ab)

Julian:
Schönste Serenade, dein Glanz blendet mich, wie die Sommersonne! Selbst die Sterne verblassen im Licht deiner Augen! Nur du lehrst die Kerzen in diesem dunklen Raume hell zu glühn!

Serenade:
Werdet Ihr dieses Liebesgesäusels nicht müde? Es müsst Euch doch entmutigen auf taube Ohren stets zu stoßen!

Julian:
Oh hartherzige Geliebte! Niemals kann ich ablassen Euch zu verehren! Ich werde Euch solange umschwärmen, bis Ihr Eurer Hartherzigkeit müde werdet!

Serenade:
Dann nehmt meine besten Wünsche für dieses Vorhaben, denn es wird Euch sicherlich nicht gelingen!

Emilia: *(apart)*
Ach könnt ich nur fröhlich tun, auch wenn mein Herz ins Grabe sinkt! Vielleicht würd mein Loblied dann wieder erklingen von seinen Lippen!

Julian: *(sich umblickend)*
Oh was sehe ich! Eurer Vater winkt mich zu sich! Auf bald Geliebte, mein Herz bleibt bei Euch zurück! *(ab)*

Serenade:
Wie lächerlich! Als würde er mir ein Lebewohl auf immer entbieten!
Wirklich Schwester ich kann nicht verstehen, was Ihr an ihm gefunden!

Emilia:
Oh Schwester ich bitte Euch mehrt nicht mein Herzeleid, indem Ihr mir
meinen einzigen Geliebten schmälert! Mir ist, als müsse ich sterben vor
Trauer! Täusch ich mich, oder ist mein Gesicht in diesem Spiegel
bleich?

Serenade:
Sei guten Mutes Emilia. Ich werde dies lächerliche Spiel nicht viel
länger mit mir treiben lassen. Wenn er bemerkt, dass er auch einen
Frosch im Teiche besingen könnte und dasselbe Ergebnis erzielte, dann
wird er sich Euch wieder zuwenden!

Emilia:
Doch wie soll ich ihn wieder aufnehmen, nachdem er unsere Liebe
verraten?

Serenade:
Das allerdings weiß ich auch nicht zu sagen, da es mich überhaupt
befremdet, dass Ihr noch so gut von ihm sprecht!

Emilia:
Ja wie sollte ich ihn den schmähen, der doch meine einzige, wahre
Liebe ist?

Serenade:
Nun, wenn dem so ist, dann könnt Ihr ihn auch wieder aufnehmen!

Emilia:
Ach doch wie erniedrigt wäre ich, wenn ich dies täte!

Serenade:
Liebe Schwester Ihr seid nicht zu verstehen!

(Auftritt Prinz, Julian, Lord & Lady DeGliero)

Claudio: *(in die Hände klatschend)*
Kapelle spielt, wir wollen tanzen!

(eine versteckte Kapelle beginnt zu spielen - es beginnt ein Reigen - Serenade und Emilia werden von Julian und dem Prinzen aufgefordert)

Julian:
So süß ist das Wiedersehen, meine Geliebte! Ich dachte das Herz müsste mir brechen, derweil ich Euch verlassen musste!

Serenade:
Und dabei ward Ihr gerade einmal fünf Minuten fort! Ein wirklich erstaunlich' Phänomen!

Julian:
Oh ja, die Liebe ist eine Naturgewalt! Kein Bollwerk kann ihr wehren! Und wenn es auch nur fünf Minuten waren, die mich von Euch trennten, so haben doch eben diese wenigen Minuten mein gesamtes Leben verändert!

Serenade:
Wie das?

Julian:
Indem sie meine kühnsten Träume erfüllten! Denkt Euch Geliebte, Euer Vater und der Prinz haben bestimmt, dass wir noch heute Abend unsere Verlobung bekannt geben wollen!

Serenade: *(maßlos erschrocken)*
Was noch an diesem Abend? Doch . . . warum diese plötzliche Eile?

Julian:
Der Prinz hat es so befohlen, da er zur gleichen Zeit seine Verlobung mit eurer Schwester Emilia bekannt geben will!

(Sie gehen weiter - der Prinz und Emilia kommen heran)

Claudio:
Nun holde Emilia, wie Ihr vielleicht bemerktet, sprach ich soeben mit Eurem Vater.

Emilia: *(mühsam fröhlich)*
Ach Majestät was soll ich dazu sagen? Ich spreche mit ihm fast jeden Tag!

Claudio:
Euer Witz ist unübertroffen. Doch ich sprach mit ihm über Euch.

Emilia:
Über mich, Herr? Oh was könnte Eure Majestät schon über mich zu sagen wissen?

Claudio:
Ich sehe auch Eure Bescheidenheit sucht ihresgleichen. Eine rühmliche Eigenschaft für die schönste Maid im Königreich! Und aus genau diesem Grunde habe ich bei Eurem Vater um Eure Hand angehalten!

Emilia:
Um meine Hand, Euer Majestät? Doch . . . doch wieso?

Claudio:
Da seht Ihr es! Diese Bescheidenheit, diese unschuldigen Augen und dieses zarte erröten Eurer Wangen! Ihr werdet meine Königin!

(er hält an und gebietet den Musikern zu schweigen - die Gäste wenden sich ihm zu)

Ich möchte etwas verkünden! An diesem Tag gebe ich, der Prinz von Verona, meine Verlobung mit der schönen Emilia DeGliero bekannt!
(die Gäste applaudieren frenetisch und verneigen sich vor Emilia - der Prinz gebietet Ruhe)
Aus diesem Grunde werden ihrer Familie all ihre Schulden erlassen

und ich ernenne hiermit ihre Schwester Serenade zur höchsten Herzogin im Reich, solange bis mir eine Tochter geboren wird.
(wiederum Beifall der Gäste, die sich diesmal vor Serenade verbeugen)
Und zu guter letzt gebe ich die Verlobung Serenades mit dem edlen Julian Managua bekannt!

(der Jubel der Gäste wird lauter - Serenade und Emilia sehen betroffen und unglücklich zu Boden)

Zweiter Akt

1. Szene

(Eine Kammer im Haus der DeGlieros - die Amme betritt das Zimmer - streift ihren Kittel ab unter dem ein edles Gewand hervortritt)

Amme:
Endlich ledig dieser entwürdigenden Tracht! Wie elend ist doch das Menschendasein! Man mag gar nicht daran glauben das sie ihm so verbunden sind! *(blickt sich suchend um)*
Bist du zugegen mein dienstbarer Geist?

(Ein Geist erscheint)

Geist:
Ich warte hier von Stund zu Stund! Ich lege einen Gürtel um die Erde schneller als der fahle Mond und doch wart ich hier in dieser bedrückenden Kammer auf meine grämlich grausame Gebieterin.

Amme:
Willst du deiner Königin nicht mehr gehorchen so sage es nur. Ich bin sicher es lässt ein ganz wundervolles Menschlein sich aus dir machen!

Geist:
Oh meine göttliche Königin, nie wär ich der Narr, der euren Befehlen wiedersagt! Ihr seid der glänzende Stern des ganzen Elfenreiches!

Feenkönigin:
Der glänzende Stern? Fürwahr ich bin der Stern derweil mein eitler

Gatte sich schmückt, wie die Sonne selbst! Sag mir was geht vor sich in meinem Königreich seit ich diesen Körper übernahm?

Geist:
Euer Gemahl durchstreift die Sphären auf der Suche nach Euch, meine Königin, doch er vermag Euch nicht zu finden. Selbst die Blumen verstecken ihre Blüten, wenn er voll des Zornes an ihnen vorüberzieht. Doch mir konnte er nicht folgen, denn ich bin der schnellste Wind des Königreiches!

Feenkönigin:
Eben deshalb nahm ich dich in meinen Dienst, auch wenn ich gesteh, das mir dein selbstherrliches Geschwätz nicht recht behagen will.

Geist:
Oh wenn ich Euch beleidigte edelste Königin dann seid gewiss ich . . .

Feenkönigin:
Genug jetzt davon! Ich habe eine Aufgabe für dich, die dich mit sehr viel Freude erfüllen wird. Wie du weißt kann ich nur die Macht des Feenreiches erringen, wenn ich die Kraft der unerfüllten Liebe in meinem Körper vereinige.
Ha! Mein selbstgefälliger Gemahl mag sich damit brüsten stets Gutes getan zu haben, er tat's nur um meine Macht mir zu stehlen! Doch nun steht mein Triumph nur allzu nah bevor, denn mit den Tränen, die diese beiden dummen Mädchen vergießen, werde ich stark werden, wie nie zuvor!

Geist:
So ist also Euer Plan geglückt den Geliebten des Mädchens und den Prinzen nach Euren Wünschen zu behexen?

Feenkönigin:
So zweifelst du also an meiner Macht? Ich könnte dir eine Demonstration meiner Kraft geben! Was möchtest du sein? Ein Wurm? Eine Ratte? Wähle und dein Wunsch wird sogleich erfüllt!

Geist:
Oh herrliche Demona, nie käme ich auf den Gedanken Eure Macht zu schmälern, die so unendlich ist, das . . .

Feenkönigin:
Es ist genug! Du wirst schon bald sehen, dass die Macht des Prinzen, oder gar dieses liebestollen Jünglings nichts ist, gegen meinen Zauberbann! Und nun zu deiner Aufgabe! Hast du die beiden Schwestern schon gesehen?

Geist:
Ich sah sie wohl das ein oder andre Mal, doch sie sind so unscheinbar neben Eurer vollendeten Gestalt, dass mein Auge sich wohl trügen könnt!

Feenkönigin:
Ach ich bin deiner Schmeicheleien müde, lieber Puck! Höre denn also, was du zu tun hast und verdirb es nicht! Die beiden Schwestern besprechen gerad in ihrer Kammer auf welche Weise sie der Hochzeit entgehen können. Ich weiß dies, da ich es war, der ihnen diesen Gedanken eingab. Die Ältere wird sich also zum Markt begeben, um davonzulaufen, die Jüngere dagegen lechzt nach einem tödlich' Gift.

Geist:
Doch wo, oh schöne Königin, bleibt da eine Aufgabe für Puck? Es scheint das die törichten Mädchen so ganz in Eurer Gewalt sich befänden?

Feenkönigin:
Deine Aufgabe soll sein zu verhindern, dass Serenade davonläuft und so zur Heirat gezwungen werden kann, während du sicher sein musst, dass Emilia das Gift zu sich nimmt, damit ihr Geist auf ewig gepeinigt wird. So erwächst für Beide der größte Schmerz aus ihrem Schicksal und ich werde die Macht bekommen, nach der es mich verlangt!

Geist:
Ihr sollt nicht enttäuscht werden, oh göttliche Demona. Ich werde

schneller eilen, als der Wind und Euer Ruhm wird sich erstrecken von ...

Feenkönigin:
Lass das Geschwätz! Eile, wie du es sagt's und du sollst reich belohnt werden, wenn die Krone des Elfenreiches erst in meinen Händen liegt! *(beide ab)*

2. *Szene*
(ein anderes Zimmer im Hause DeGliero - Serenade und Emilia)

Emilia:
Oh liebe Schwester ich flehe dich an, mehre nicht noch meinen Schmerz mit deinen harten Worten! Ich sage dir die Schmach die ich erfuhr ist mein Tod und sollt sie es nicht sein so musst du andre Gründe finden!

Serenade:
Doch sieh doch Emilia! Ist das Leben nicht Grund genug zu leben? Warum willst dem Tode du dich jetzt schon übergeben, wo noch keine zwei Jahrzehnte du gesehen! Lohnt eine solche Treue einem Schurken, wie dem, der die Ehe dir versprochen und sie nun trägt zu meiner Schwelle?

Emilia: *(für sich)*
Julian ein Schurke? Oh er ist ihm himmelweit entfernt!

Serenade:
Ich sage dir Schwester lebe! Lebe, lache, liebe, wo ich es nicht kann!

Emilia:
Ach du kannst es nicht und ich soll es vermögen? Nein Schwester so einfach kannst du über mein Haupt nicht entscheiden! Warum sollt ich mich quälen, wenn du es nicht auf dich nehmen willst? Wo du die Kraft zu sterben hast, da habe ich sie auch!

Serenade:
Liebste Schwester du verstehst mich nicht. Ich wähle nicht den Tod, sondern die Verbannung! Ich gehe fort und niemand hier soll je wieder mein Gesicht sehen! Und doch wär es mir ein unbeschreiblich Glück dich vermählt und glücklich zu verlassen.

Emilia:
Verbannung? Oh Gott sei gnädig! Verbannung trägt der Schrecken mehr als Tod! Oh sage nicht Verbannung!

Serenade:
Sei nicht töricht! Verbannt wär ich aus Verona, doch die Welt ist groß und weit!

Emilia:
Auch außerhalb dieser Mauern ist das Leben Fegefeuer, Marter, Tod! Und du spottest meiner, weil ich den gnädigeren Weg gewählt? Du spottest meiner, mit mildtätigen Ratschlägen? Schwester du bist grausam!

Serenade:
Ach Emilia, wie soll ich erklären, was du nicht verstehen willst? Du wolltest dich abhängig machen von einem Mann, warum nicht dann von einem Anderen? Ich jedoch kann diese Folter nicht ertragen! Verbannung ist ein süßes Wort gemessen an diesen wie Tugend, Ehe und Pflicht! Ich bitt dich Schwester! Lass ab von deiner tödlichen Sehnsucht und wähle das Glück und tätest du es nur um meinetwillen!

Emilia:
Führt ehrliche Sorge dir die Zunge?

Serenade:
Ich geb mein Wort es ist so! Und so nicht mag Gott mich strafen!

Emilia:
Amen!

Serenade:
Wie?

Emilia:
Ihr habt mich wahrlich getröstet Schwester. So geht denn und seid gewiss, das all mein zukünftiges Glück aus Eurem Antriebe entspringen mag!

(Serenade umarmt sie - will abgehen - in der Tür)

Serenade:
So sei Gott mit dir Emilia. Und vergiss mich nicht! *(ab)*

Emilia:
Hinweg leutselige Ratgeberin! Du die du die Liebe schmähst, willst mein Glück begründen? Geh und sieh ob du dein eigenes zu finden vermagst! Ich will zur Schule der Apotheker eilen, denn wo du nur zur Flucht den Mut findest, hab ich den Willen zu sterben!
(zur anderen Seite ab)

3. Szene
(ein Marktplatz - Marktschreier, Gesellen, Volk - Auftritt Serenade)

Serenade:
So bin ich nun verbannt aus meines Vaters Haus, aus meiner Mutter Schoß zu finden mein eignes Glück! Wohlan denn!
He Marktschreier! Ich sehe du bist schon alt. Fehlen dir nicht ein Paar junge Arme die Lasten zu tragen? *(ab)*

(Auftritt Puck)

Geist:
Nun mocht ich den ganzen Markt auf den Kopf stellen, nirgends fand sich ein Mädchen dass der Serenade gleicht! Sie wird dem schlauen Puck doch nicht entkommen sein?
Doch halt! Was seh ich? Da hinten eilt sie umher! Oh gutes Herz, fandst keinen Einlass bei dem fetten Marktschreier dort? Ich werde dir einen

Zauber eingeben, der dir deine Flucht sogleich vergällt! Eh du dich versiehst erscheint dir jede Qual wie ein fröhlicher Reigen gegen diese Arbeit hier! *(ab)*

4. Szene
(die Apothekerschule - Magister, Scholasten - Auftritt Emilia)

Emilia:
He da Apotheker!

Apotheker:
Sieh da ein junges Fräulein! Mit welcher Arznei vermag ich Eure Pein zu lindern?

Emilia:
Mein Leiden lässt keine Hoffnung mehr. Sag mir wer ist der ärmste Student in dieser Zunft?

Apotheker:
Ei das wäre ich gar selbst. Auch wenn es mich beschämt, es einer solch reizenden Dame zu entdecken!

Emilia:
Hilf mir in meinem Leid, kleiner Apotheker, und du wirst länger nicht arm sein! Gib mir ein Gift von der Art, dass es sogleich zum Tode führt!

Apotheker:
Ich weiß wohl wie eine solches Gift zu bereiten ist, doch Ihr überantwortet mich dem Tode, wenn ich es Euch verkaufte!

Emilia:
Du bist so arm und fürchtest noch den Tod? Hier, ich gebe dir vierzig Dukaten!

Apotheker:
Ich will Euer Geld nehmen, doch nur um meiner Armut Willen!

Emilia:
Ich wählte dich nach deiner Armut, so zahle ich ihr auch.

(Apotheker gibt Emilia ein Fläschchen)

Apotheker:
Nehmt dies und trinkt es aus. Und hättet ihr die Stärke von zwanzig Männern es vermochte noch Euch zu töten. Und nun geht bevor man uns sieht!

Emilia:
Habt Dank kleiner Apotheker! Ihr habt soeben eine tödliche Krankheit geheilt! *(ab)*

Dritter Akt
1. Szene
(Der Marktplatz - in einer Ecke drei schwarz gekleidete Frauen)

Erste Frau:
So treffen wir uns wieder Schwestern.

Zweite Frau:
Noch bevor der Tag zuende geht ein Werk zu tun, das seinesgleichen sucht.

Dritte Frau:
Der Regen und der Sturm erheben sich ihr zu Ehren.

Erste Frau:
Ihr folgen Vernichtung und Tod!

Zweite Frau:
Wann ist die Zeit und wo der Ort zu sprechen mit unserem Diener?

Dritte Frau:
Dort kommt er schon!

(Auftritt Weber und sein Esel)

Erste Frau:
Nun Weber was tatest du, seit wir dich das letzte Mal ersucht?

Weber:
Ich brachte feine Stoffe zu den reichen Familien und Freude zu deren Töchtern!

Zweite Frau:
Lüstern und lasterhaft wie gewöhnlich!

Weber:
Oh Ihr verkennt mich! Ich hab' mehr gute Seiten als die Bibel selbst!

Dritte Frau:
Und gotteslästerlich dazu!

Weber:
Doch genug von meinem bescheidenen Leben. Sagt mir wozu Ihr mich braucht! Soll ich einer schönen Maid hinterher spionieren? Einen Jüngling bewachen oder einem reichen Geizhals die Börse stehlen? Oh Ich könnte selbst den König selbst täuschen in meinen Verkleidungen! Und ich könnte dem Papst selbst sein Kruzifix stehlen ohne das er es bemerkte! Ich könnte, ich könnte..

Erste Frau:
Deine Fähigkeiten sind unbestritten doch sollst du dieses Mal nur etwas für uns in Erfahrung bringen.

Weber:
Ach nur einen Laufburschen seht ihr in mir? Wohlan ich kann auch einen solchen spielen! Ich könnt sogar als mein alter Esel hier gehen! Welcher Art soll meine Tarnung sein?

Zweite Frau:
Du kannst in deiner eigenen Gestalt gehen.

Weber:
In meiner eigenen Gestalt? Oha Ihr benötigt also die Auskunft einer Frau? Ha! Ich werde sie derart becircen, dass sie nicht mehr ein noch aus weiß! Ich werde ...

Dritte Frau:
Das wird nicht nötig sein! Begib dich einfach zur Villa DeGliero und ersuche um eine Audienz als der Weber, der du bist. Du kannst vorgeben von den Hochzeiten gehört zu haben, die den Töchtern DeGliero bevorstehen. Unterhalte dich ein wenig mit der Mutter und versuche einen Blick auf die Amme zu werfen. Das ist alles!

Weber:
Alles? Ha Ihr werdet erstaunt sein wie trefflich ich diese Aufgabe meistern werde! Auf bald ihr dunklen Schwestern! Wir begegnen uns bei meiner Rückkehr wieder! *(ab)*

Erste Frau:
Wann treffen wir wieder zusammen?

Zweite Frau:
Wenn die Aufgabe erfüllt und die Schlacht gewonnen ist.

Dritte Frau:
Dann lasst uns eilen!

(nach verschiedenen Richtungen ab)

2. *Szene*
(Salon der DeGlieros - Weber wartend - Auftritt Lady DeGliero)

Weber:
Ah meine holde Lady darf ich mich Euch vorstellen? Man nennt mich Duncan den Weber und ich bin gekommen Euch meine vortrefflichen Dienste anzubieten!

Lady DeGliero:
So sehr ich von Eurer Beflissenheit auch beeindruckt bin, so vermag ich mir doch nicht zu erklären, was Euch ausgerechnet in dieses Haus führte, noch zudem in diesem Augenblick!

Weber:
Doch schönste Lady wer hätte nicht von der höchst vornehmen Hochzeit gehört, die Eurem Hause bevorsteht! Und seid gewiss, Ihr werdet keinen Weber weit und breit finden, der Euch und Euren Töchtern feinere Seide, erleseneren Brokat oder glänzenderen Samt zu verkaufen vermag!

Lady DeGliero:
Ach Ihr kommt zu spät! Welch ein Unglückstag ist es für unser Haus!

Weber:
Unglück? Mir schien es, als wäret Ihr geradezu vom Glück begünstigt!

Lady DeGliero:
Ach welch jammervolle Stund habt Ihr gewählt um vor mir zu erscheinen! Wisset denn, dass meine Tochter Serenade fortgelaufen ist, von ihrer eigenen Mutter! So sehr grämte sie sich, dass sie nur diesen Ausweg sah und mein grausam' Herz war es, dass sie vertrieb!

(sinkt auf einen Stuhl und beginnt zu weinen)

Weber:
Doch gewiss dürft Ihr euch nicht so grämen, da Ihr doch nur das beste für Eure Tochter gewünscht!

Lady DeGliero:
Ach das Beste gewünscht und das schlechteste bekommen! Denn als wär mein Herz nicht schon dem Tode nah durch diese Kunde, liegt auch meine Emilia krank von Gift danieder und erwartet den Tod! Selbst er konnte ihr mehr Trost spenden als ich es verstand!

Weber:
Dies ist wahrlich ein schweres Unglück! Ich muss Euch um Verzeihung
bitten, dass ich in solch schwerer Stunde über Eure Schwelle mich
gedrängt! Hätte ich geahnt ...

Lady DeGliero:
Ach es ist nun alles einerlei!

Weber:
Doch sagt mir könnt Ihr keinen Arzt rufen der Eure Tochter zu heilen
verstünde? Und könnt Ihr keine Leute ausschicken Eure andere Tochter
zu suchen?

Lady DeGliero:
Es bleibt uns kein Geld einen so teuren Arzt zu bezahlen seit mein
Mann verarmt und so fehlen uns auch die Bediensteten um mein Herz
Serenade zu suchen! Denn wer würde schon helfen wenn er keine
Belohnung zu erwarten hätte!

Weber:
Ihr habt eine zu schlechte Meinung von der Welt meine liebe Lady
DeGliero! Ich zum Beispiel würde keine andere Belohnung erflehen, als
ein Lächeln aus Eurem bezaubernden Gesicht und wie es der Zufall so
will, bin ich zudem mit einigen frommen Frauen bekannt, denen ich es
wohl zutraue Eure Tochter zu heilen!

Lady DeGliero:
Oh sprecht Ihr wahr! Versuchet nicht Euch einen Scherz mit mir zu
machen?

Weber:
Meine Liebe über solch ernste Themen beliebt man nicht zu scherzen!
Doch nun erlaubt mit mich zu entfernen, denn ich will versuchen, Euch
die Hilfe zu bringen, die Ihr erfleht!

Lady DeGliero:
Oh der gütige Gott könnte nicht edler sein als Ihr mein heldenmütiger

Herr! Ich dank Euch tausendmal! *(beide ab)*

3. Szene

(dieselbe Stelle auf dem Marktplatz - Auftritt der drei Frauen)

Erste Frau:
Nun Schwester wo warst du? Und war deine Tat erfolgreich?

Zweite Frau:
Ich besuchte den Prinzen und heilte ihn von der bösen Feenkönigin Bann. Und Schwester du?

Dritte Frau:
Ich besuchte Julian und heilte auch ihn. Er lief sogleich seine Emilia zu besuchen. Und Schwester du?

Erste Frau:
Ich suchte den Apotheker auf und er gab mir von Reue geschüttelt ein wirksam Gegengift es zu verabreichen der armen Emilia.

Zweite Frau:
So lasst uns aufbrechen und Hilfe bringen wo wir es vermögen!

Dritte Frau:
Wartet und seht, denn dort eilt Duncan herbei!

Weber:
Heil Euch ihr dunklen Schwestern!

Erste Frau:
Heil dir Duncan. Bringst du uns gute Kunde?

Zweite Frau:
Heil dir Duncan. Wie ist die Gesundheit der Emilia?

Dritte Frau:
Heil dir Duncan. Sahst du die Königin?

Weber:
Meiner Treu nicht den kleinsten Scherz vertragt ihr trübseligen Schwestern! Da dacht ich mein Gruß wär ein gelungener Scherz und schon gebt Ihr ihn ungewürdigt zurück!
Wahrlich Ihr seid keine lustige Gesellschaft!

Erste Frau:
Welche Kunde bringst du uns nun, Weber?

Zweite Frau:
Eile dich und sprich, wo die Zeit läuft gegen uns!

Weber:
So höret denn das die schöne Emilia durch einen Gifttrunk dem Tode entgegen welkt, während ihre Schwester die unbändige Serenade davon lief und nicht zu finden ist.

Dritte Frau:
Und die Königin? Saht Ihr sie?

Weber:
Ihr meint die Amme? Nun wohl die sah ich nicht, doch es dünkt mich auch, dass sie wohl schwerlich die Königin sein kann, von der Ihr sprecht, denn warum sonst hätte sie den Körper einer fetten Amme der entzückenden Gestalt der Lady DeGliero vorgezogen?

Erste Frau:
Sie ist es, sei gewiss. Gerade diese Schläue verrät sie! Nun wir sollten eilen!

Zweite Frau:
Du sagst es Schwester! Weber geh du und suche nach Serenade! Wir indes kümmern uns um ihre Schwester!

Dritte Frau:
Hinfort denn! *(alle ab)*

Vierter Akt

1. *Szene*

(Zimmer im Haus der DeGlieros - Emilia schlafend in einem großen Bett - Auftritt Julian)

Julian:
Oh meine schöne, meine einzige Emilia! Warum bist du so schön noch, jetzt wo du mir auf immer entrissen! Oh ich elender Wurm, der dir das angetan! Ich Narr, ich Narr des Schicksals, siehst du mich an dieser Schwelle stehen? Nein, ihre Augen sind verschlossen! Gift hört ich war dein Ende vor der Zeit, Geliebte und hättest du nur einen Tropfen mir zurückgelassen ich tränk ihn hier auf das ich ewig an einer Seite wandelte! Doch bin ich nicht ein Mann, trage ich keinen Dolch bei mir? Ha willkommne Waffe! Mein Herz werde dir zur ew'gen Scheide!

(er hebt den Dolch - Auftritt der drei Frauen)

Erste Frau:
Halt ein törichter Jüngling! Noch ist dies das Ende nicht für Euch!

(Julian sieht sie verwirrt an - die Frauen scharen sich um Emilia)

Zweite Frau:
Noch ist Leben in ihr! Schnell das Gegengift!

(sie flößen Emilia das Gegengift ein)

Dritte Frau:
Seht sie erwacht! Erhebe dich holde Schöne zu neuem Leben und neuer Liebe!

Emilia: *(erwachend)*
Wo bin ich? Sollt ich nicht tot sein? Oh ich muss es sein, denn nur ein Engel könnt meinem verlorenen Julian an Schönheit gleichkommen!

Julian:
Oh meine Emilia!

Emilia:
Was Ihr sprecht? Sag mir denn, bin ich nicht tot? Seid Ihr kein Traumbild, sondern mein wahrer Geliebter?

Julian:
Der bin ich holde Geliebte! Und noch mehr denn von nun an auf immer dein!

Emilia:
Oh edler Jäger den Falken wieder herzulocken! In Abhängigkeit von Euch ging ich dem Tode entgegen, doch nun kehr ich um auf Euer Geheiß allein!

Julian:
Und welch Narr bin ich gewesen, dass ich Euch ziehen ließ! Euch, die sogar der Mond neidisch betrachtet, da Ihr ihn an Schönheit bei weitem übertrefft! Sagt, wollt Ihr mir verzeihen? Ich geb Euch meinen Liebesschwur auf ewig. Nehmt ihn und verwandelt ihn in Glück oder Verzweiflung es ist mir gleich, solange ihr mir nur etwas zurückgebt!

Emilia:
Ist nicht das Meer unendlich? Ebenso unendlich ist meine Liebe zu Euch und so nehmt denn Euren Schwur unverstellt zurück.

Julian:
Oh wüst ich nur einen Namen für dich, der dir an Schönheit und Güte gleichkommt, ich ließe ihn in tausend Bücher schreiben und in tausend Steine meißeln!

Emilia:
Welche Bedeutung hat schon ein Name? Eine Rose duftet ebenso lieblich wenn man sie auch Tulpe heißt. Doch sage treuer Julian, wünschst du immer noch die Hochzeit mit meiner Schwester?

Julian:
Grausamer Engel mir davon zu sprechen! Ich werde diese Grausamkeit von Eurem Munde waschen!

(Er küsst sie)

Emilia:
Oh holder Geliebter so hat dein Mund nun zum Dank für dies Geschenk meine törichte Grausamkeit zu tragen? Dies kann nicht sein! Gebt sie zurück!

(Sie küsst ihn)

Julian:
Ich wünsche Ihr wäret bereits meine Frau!

Emilia:
Ich sehe also Eure Liebe ist so ehrlich, dass sie Vermählung wünscht. Doch sagt mir, werdet Ihr mich nicht verachten . . . mich für ein Mädchen mit allzu leichtem Sinn halten, da ich Euch so einfach Eure Tat vergab? Denn meine Liebe zu Euch könnt niemals flatterhaft und flüchtig werden und würd eine solche Zurückweisung weder verdienen noch ertragen!

Julian:
Wenn Ihr es wünscht schwöre ich beim vollen Mond, der gerade jetzt den Horizont säumt . . .

Emilia:
Schwört nicht beim Mond, der nur wandelbar und unstet ist! Ich müsste denken Eure Liebe würde sich ebenso wandeln!

Julian:
Niemals Geliebte! Nun wohl denn wie soll ich schwören?

Emilia:
Schwört bei Euch selbst, bei Eurer Gestalt, dem Abbild meiner Anbetung!

Julian:
Nun wohl so soll es sein! Ich schwöre bei meinem Herzblut, bei meiner

Ehre und beim innersten Kern meiner Seele, dass ich Euch liebe und immer lieben werde!

Emilia:

Dann will ich zufrieden sein! Ich lege dir mein Glück zu Füßen und will dir als meinem Gebieter folgen, wohin du auch gehst!

2. Szene
(Auftritt Duncan und Serenade)

Serenade:

Geliebte Schwester! Du lebst! Ach ich dachte ich hätte dich verloren! Und du Julian, was suchst du hier? Bist du nicht Schuld an Ihrem Tod? Hinaus Verräter belästige sie nicht länger mit deinen Lügen!

Julian:

Ich versage dir nicht dein Urteil über mich, denn ich verachte mich selbst für das was ich getan, doch wisse das deine Schwester höchst selbst mir verziehen hat.

Serenade:
Schwester ist das wahr?

Emilia:
Es ist wahr liebe Schwester und nicht nur das, denn habe ich erkannt, das er es ehrlich bereut und sein Herz von nun an mir allein gehören wird.

Julian:
Oh meine Geliebte! Nie hat ein Orakel wahrer gesprochen!

Serenade:
Nun gut ich will versuchen dir Glauben zu schenken! Und ich bin glücklich mit dir, meine Schwester, denn ich sehe, wie das wiedergewonnene Glück deine Wangen leuchten lässt. Und nicht zuletzt bin ich dankbar, denn durch dein Glück wird die Last von meinen Schultern genommen, die mir so unerträglich war.

Julian:
Doch warum kehrtest du zurück wenn eine Ehe mit mir dir so zu zuwider war?

Weber:
Ha! Ihr hättet sie sehen sollen, als sie mir begegnete! Aufgelöst vor Kummer war sie oh ja! Und als ich ihr sagte, ihre Schwester brauchte sie, da zögerte sie nicht eine Sekunde in ihr warmes und wohlbehütetes Zuhause zurückzukehren! Wohl wahr eine jede Frau zieht wohl ein weiches Ehebett der harten Arbeit vor!

Serenade:
Ach schweige du ärgerlicher Geselle! Wahrlich du hast ein Mundwerk in dem man einen ganzen Fuhrkarren unterbringen könnte!

Weber:
Duncan, der Weber schwatzt nicht ohne Grund und er lügt ebenfalls nie, meine Dame! Und wäre er nicht gewesen säßet ihr noch immer in einer Pfütze und jammertet, weil euch niemand etwas zu essen gäbe und ihr keine Arbeit fändet!

(Emilia und Julian lachen - Serenade stampft mit dem Fuße auf)

Serenade:
Oh schweigt alle! Es war schließlich nicht meine Schuld, das mich niemand einstellen wollte! Und wäre ich verzagt gewesen, wen könnte es wundern?

Emilia:
Oh zürne nicht liebste Serenade! Es macht noch einmal glücklicher dass du nun auch zu mir zurückgekehrt bist!

Serenade:
Nun wohl ich will versöhnlich sein. Schließlich ist an den Worten dieses frechen Webers auch ein Quäntchen Wahrheit, denn mein Mut und mein Wille das rauhe Leben einer Marktfrau zu führen, schwanden von einem Moment zum anderen dahin.

Und als er mich fand mag ich wirklich etwas verzagt gewesen sein.

Emilia:
Schwester ich sehe diese Erfahrung hat dir mehr zugesetzt, als ich gedacht, denn nie zuvor hast du so offen gesprochen!

Serenade:
Lassen wir es auf sich beruhen! Doch sagt mir, habt Ihr vor nunmehr Euer Versprechen einzulösen und Euch meiner Schwester zu vermählen?

Julian:
Wenn Ihr mir einen Priester besorgtet, ich heiratete sie sofort! Nicht einen Moment des Zögerns kann meine Liebe noch ertragen!

Serenade:
Mit einem Geistlichen kann ich Euch nicht dienen, ungestümer Herr, jedoch höre ich meine Eltern nahen, die Euren Ausführungen sicher gerne lauschen würden!

3. Szene
(Auftritt Lord & Lady DeGliero)

Lady DeGliero:
Emilia! Mein Herz, mein Kind, mein einziges Leben! Du bist gesund! Oh welch göttliches Wunder!

Weber:
Mit Verlaub meine verehrte Dame, doch nicht Gott habt Ihr für dieses Wunder zu danken sondern mir, dem Weber! Ich brachte diese heilkundigen Frauen zu Eurem Haus und fand zudem Eure verlorene Tochter wieder!

Lady DeGliero:
Ihr seid ein Bote Gottes! Denn nur ein Engel kann so viel Gutes tun! *(sie küsst ihn auf die Wange - verbeugt sich vor den Frauen)* Und auch Euch muss ich danken! Ohne Euch lebte meine Tochter sicher nicht mehr!

Serenade:
Doch Mutter freut Ihr Euch gar nicht mich wiederzusehen?

Lord DeGliero:
Meine Tochter ich sage dir du hast uns viel Sorgen bereitet, doch es macht mir Freude zu sehen, dass du zur Einsicht gekommen bist und dich nun nicht weiter gegen die wohlmeinenden Ratschläge deiner Familie zur Wehr setzten wirst!

Serenade:
Es stimmt was du sagst, mein Vater. Eine Weigerung von meiner Seite wird Euch nicht länger das Leben erschweren!

Lady DeGliero:
Ist das wahr mein liebes Kind? Oh welch freundenreicher Tag!

Serenade:
Frohlocke nicht zu früh liebste Mutter, denn sieh ich weigere mich nicht Julian zu heiraten, wohl doch verschmäht er mich!

Lord DeGliero:
Was redest du nur Tochter? Warum sollte der edle Managua dich verschmähen, wo er doch noch auf dem Feste noch so leidenschaftlich um deine Hand geworben?

Julian:
Ihr sprecht wahr, edler Herr, und doch bitte ich Euch lasst mich frei aus diesem Versprechen, da ich es nicht halten kann.

Lord DeGliero:
Du verschmähst also die Hand meiner Tochter Elender? Aus welchem Grunde . . .

Julian:
Meine einzige Liebe gehört der holden Emilia und just erkundete ich ihres Herzen Rat und fand sie bereit sich mir zu vermählen! Ich flehe Euch an stellt Euch unserem Glück nicht in den Weg!

Lady DeGliero:
Doch wie kann dies alles geschehen? Erst tändelt Ihr mit meiner Emilia, dann verlangt ihr Serenades Hand von mir und verschmäht sie nun? Wer soll den Grund Eures Herzens verstehen?

Erste Frau:
Lasst uns erklären!

Zweite Frau:
Hört auf unsere Worte!

Dritte Frau:
Wir werden Euch alles enthüllen!

Lord DeGliero:
Wie wollt Ihr uns dies Mysterium erklären, da Ihr doch nicht wissen könnt, was geschehen? Oder seid Ihr gar dunkle Zauberinnen? Dann macht Euch fort aus diesem Hause!

Weber:
Oh welch Frevler Ihr doch seid edler Lord! Wisset denn das diese frommen Frauen Nonnen sind, die gottesfürchtigsten, die Ihr wohl zu finden vermögt! Und nicht nur dies! Sie sind zudem ausersehen von höchster Stelle dem unbändigen Treiben einer garstigen Feenkönigin.

Erste Frau:
Verzeiht unserem geschwätzigen Diener edler Herr, doch es ist, wie er sagt.

Zweite Frau:
Wie wurden gesandt Euer Haus vor großem Leid zu bewahren, dass eine grausame Fee über Euch bringen wollte.

Dritte Frau:
Sie belegte diesen Jüngling mit einem Zauberbann und erst durch die Macht unseres Herrn konnte er davon befreit werden.

Julian:
Wirklich erscheint es mir, dass meine Liebe zu Serenade nun wie ein Traum, oder eine kindliche Jagt nach unnötigem Pomp.

Serenade:
Oh Ihr schmeichelt mir zu sehr, edler Herr!

Lady DeGliero:
Du bist recht undankbar Tochter, denn als der edle Managua noch umgarnt von diesem Ränkespiel deinen Namen in höchsten Tönen lobte, da schmähtest du ihn in übelster Weise!

Lord DeGliero:
Doch wo befindet sich dies widernatürliche Weib nun, von dem Ihr spracht?

Erste Frau:
Durch die Kraft der reinen Liebe wird sie verbannt.

Zweite Frau:
In das Reich aus dem sie kam.

Dritte Frau:
Aus dem sie nicht entkommen kann solange diese Liebe existiert.

Weber:
Und so ward der Tag gerettet durch die frommen, feisten, frohgemuten Dienerinnen unseres Herrn!

Lady DeGliero:
Oh welch exquisiten Humor habt Ihr doch, edler Weber!

Lord DeGliero:
Nun im Lichte dieser erstaunlichen Begebenheiten kann ich mich Eurem Flehen nicht länger entziehen edler Managua. So nehmt denn die Tochter die Euch behagt und ich werde meinen Segen geben.

Julian:
Ich danke Euch aus tiefstem Herzen großmütiger Herr!

Lord DeGliero:
So lasst uns nun also Hochzeit feiern! Auch wenn der Prinz zürnen mag!

Lady DeGliero:
Ach Himmel der Prinz! Oh wie wird er uns zürnen! Unsere Schulden! Und der Herzoginnen Rang für Serenade! Dahin! Oh grausames Schicksal!

Erste Frau:
Seid beruhigt auch der Prinz weiß von dem niederträcht'gen Plan.

Zweite Frau:
Er ward von unserem Herrn befreit und entsagte Emilia.

Dritte Frau:
Wenn auch sehr betrübt über sein Geschick.

Lady DeGliero:
Dann lasst uns Hochzeit feiern, denn es ist trotz allem ein froher Tag für uns alle! Holt Speisen, Blumen, feines Geschirr und einen Geistlichen! (alle ab)

Fünfter Akt
in einer Szene
(der Festsaal des Schlosses - die Hochzeitsgesellschaft - der Prinz und bei ihm Teleos)

Claudio:
Oh Teleos, welch betrübliches Geschick hat doch meine süße Königin wieder von meiner Seite gerissen! Denn obwohl der Zauberbann gebrochen ist sie immer noch ein höchst schönes und reines Weib.

Teleos:
Das ist sie Eure Majestät. Doch wie steht es mit ihrer Schwester? Wäre sie nicht geeigneter Ersatz für das was Ihr verloren?

Claudio:
Doch ich hörte sie wolle der Welt entsagen und Nonne werden?

Teleos:
Das hört ich auch. Doch konnt sie, so scheint es, den angenehmen Seiten ihres Daseins nicht so vollständig entsagen wie die kalte Nonnentracht dies verlangte . . .

Claudio:
Und du meinst sie wär nun bereit mein Anliegen anzuhören? Es heißt sie sei äußerst widerspenstig und nur schwer zu zügeln?

Teleos:
Sie hat ein recht feuriges Wesen doch haben auch durch die Erfahrungen von Hunger, Kälte und frommer Strenge ihr Temperament gezügelt. Seht da kommt sie heran mit ihrer Mutter.

(Auftritt Serenade und Lady DeGliero)

Claudio:
So will ich mein Glück versuchen Teleos! Nur Mut ist Glück, Zögern Versagen! *(verbeugt sich vor den Damen)*
Edle Lady DeGliero, liebreizende Serenade ich bin erfreut Euch zu sehen!

Lady DeGliero:
Auch wir sind entzückt, dass Euer Majestät uns diesen Teil des Schlosses für unsere Feiern zur Verfügung gestellt hat. Es ist eine fast zu große Ehre für uns, nachdem unsere Familie Euch so viel Unbill gebracht hat.

Claudio:
Die geschah ohne Eurer Zutun und kann mir so nicht Vorwurf werden.

Doch gestattet mir ein Wort mit Eurer Tochter, hochverehrte Lady.
(Sie gehen ein Stück beiseite)

Serenade:
Was wollt Ihr von mir, mein Prinz?

Claudio:
Die Gewogenheit Eures Herzens erkunden schöne Serenade.

Serenade:
Mein Herz vergibt seine Gunst nicht, wie Ihr wisst, Majestät.

Claudio:
Dennoch biete ich Euch meine Hand und meine Krone, auf das Ihr sie nehmt oder verschmäht, oh ungewogene Serenade.

Serenade:
Ihr ehrt mich Majestät, doch sagt mir, warum Euer Augenmerk gerade auf mich gefallen ist, die ich doch weder so sanft noch so schön wie meine Schwester bin?

Claudio:
Ihr seid schön, schöner noch als sie, denn in Euch brennt ein unbändiges Feuer, da sie in ihrer leutseligen Reinheit nicht kennt. Nun sagt mir also wie ist Eure Entscheidung?

Serenade:
Ihr werdet König, wenn ich mich Euch vermähle?

Claudio:
Ja.

Serenade:
Und ich würde Königin?

Claudio:
Ja.

Serenade:
Ich müsste nie mehr Hunger fürchten, oder Kälte, oder Armut?

Claudio: *(lächelnd)*
Abermals ja! Ihr werdet die erste Frau des Reiches, Eure Familie sähe sich aller Schuldenlast enthoben und Eure Schwester wäre die mächtigste Herzogin im Lande, so wie ich es einst versprochen!

Serenade: *(sinnend)*
Nun wohl . . . ja es sei! Ich muss gestehen ich entsagte der Liebe vielleicht allzuschnell. Es gibt vielleicht doch mehr zu entdecken, als nur das tägliche Joch einer Ehe. Und ich gestehe, wenn ich mich einem Manne hätte vermählen wollen, so wäret Ihr es gewesen. Ich litt ein wenig, als Ihr Euch meiner Schwester verlobtet und ein solch Gefühl hat bisher noch kein Mann in mir zu wecken vermocht.

Claudio:
Dies meine liebliche Serenade waren die schönsten Worte, die ich je gehört! Schon jetzt scheint Euer sanfter Schein durch diese düsteren Mauern und erhellt mein freudloses pflichtbeladenes Sein! Ich will Euch hier und jetzt schwören, dass Ihr meine Liebe nie verlieren und Euren Beschluss nie bereuen werdet!

(Er küsst sie)

Serenade:
Nun ich sehe wohl mein Herr Ihr habt die Wahrheit gesprochen! Doch will ich mich nicht als Eurer unwürdig erweisen!

(Sie küsst ihn)

Lord DeGliero:
Beide Töchter gleich vermählt und beide gleich begünstigt in Glück und künftigem Ansehen!
Welcher Segen bliebe mir da noch zu geben?

Lady DeGliero:
Ja beide Liebespaare voller Glück und Leben! Zu wünschen bleibt nur
Glück, Freude, Frieden und täglich neue Liebe!

(Puck erscheint)

Geist:
Da sind sie nun und alles ist gewendet hin zum Guten!
Ich will hoffen das Euch das Spiel gefiel und wo nicht seid gnädig und
lasst uns der Kritik noch einmal entgehen! Nach bestem Wissen und
Gewissen zeigten wir Euch was Euers ist und wenn Ihr ein wenig guten
Mutes seid, wie diese Leute hier, dann klatscht mit ihnen zum guten
Ende das die Geschichte nehmen konnt, dank der Kraft der Liebe, der
Einsicht eines jungen Mädchens und der Tapferkeit eines schneidigen
Webers!

Sommerwiese

Christine Schuhmann

Schwere süße Sommerluft
Dein Gesicht
Lächelnd
Wirbelt im Kreis
Haar fliegt
Dein Lachen
Du fällst ins Gras
Herausfordrung in deinem Blick
Dein Kleid aus dünnem Stoff
Zerreißt unter meiner Gier
Als wir uns im Gras wälzen
Schweiß
Schneller Atem
Zittern
Deine Lippen so zart
Deine Lust so heftig
So fordernd wie meine
Rücksichtsloses Streben
Nur ein Ziel
Gib mir
Deine Zähne gegen meine Schulter
Deine Nägel gegen meine Haut
Schnell
Monoton
Mehr
Atem im Gleichklang
Deine Augen fest geschlossen
Dein Gesicht verzerrt
Wie vor Schmerz
Mehr
Überquellen
Überschwappen
Schäumen

Haltlos
Erlösung
Naturgewalt
Dann Ruhe
Stille
Erschöpfung
Und drei Grashalme in deinem Haar

A Summers Day

Manuela Sonntag

Grey rain set in and mirrored light
towards the realm that no one sees
Grey clouds crawled in and absorbed the sky
made darker now what then was bright
Grey cities lay still upon the world
reflecting nothing but the sight
Grey silence leapt at all the life
and scattered it in soundless strikes

Grey were the thoughts I thought was thinking
Grey were the feelings I felt was feeling

And over all the grey light shines
On hollow emptiness inside and out

Unvollendet

Todes Adoptivkind

Christine Schuhmann

„Mein Kind!" flüsterte es aus dem Dunkel zu mir, tief wie ein Brunnen und weich wie ein Katzenfell.

„Ich will noch nicht sterben!"

„Das sollst du auch nicht."

Tod stand an meinem Bett und lächelte auf mich herab.

„Du siehst gar nicht so erschreckend aus, wie ich mir dich vorgestellt hatte." wagte ich zu bemerken.

„Ich habe viele Gesichter, mein Kind."

„Ich bin nicht dein Kind!"

„Du wirst mein Nachfolger sein."

„Warum flüsterst du?"

„Du wirst mich noch schreien hören."

„Ich bin der Tod aller Dinge, das Ende jeden Lebens."

„Aber wenn du der Tod bist, wie kannst du dann sterben?"

„Du wirst mich vernichten und meine Gabe wird die Deine sein."

„Warum ich?"

„Warum ein anderer?"

„Trockne deine Tränen, mein Kind. Sieh in mein erstes Gesicht."

Todes kalte Hand wies auf ein Bett, neben dem wir uns plötzlich befanden. Ein Mädchen lag darauf, ein Kind, mit einem kahlen Kopf. Bei ihm saß weinend seine Mutter.

„Komm." sprach Tod, unbarmherzig wie eine hungernde Katze.

„Ich will nicht fort!" wimmerte das Kind. „Ich will leben!"

„Du hast gelebt. Nun muss es enden."

„Lass mein Kind!" flehte die Mutter „Nimm mich!"

„Es ist nicht deine Zeit. Lass es gehen."

„Warum bist du so grausam?"

„Weil du mich dazu machst." Und mit einem Griff entriss er das Kind seiner Mutter.

„Warum hast du das getan?"

„Ich bin Tod."

„Warum hast du es nicht einfach am Leben gelassen?"
„Es musste sterben."
„Warum?"
„Alles Leben endet."
„Warum so früh?"
„Was ist ein ganzes Menschenleben gemessen an der Ewigkeit?"

„Trockne deine Tränen, mein Kind. Sieh in mein zweites Gesicht."
Todes Krallenhand wies wiederum auf ein Bett. Darauf, nur mit einem
Lumpen zugedeckt, lag ein junger Mann, mager und mit blassem
Gesicht. In seiner Hand ein Fetzen blutigen Stoffes.
Wie eine Katze, die Nähe sucht, sprang Tod auf die Brust des Mannes
und grub seine Finger hinein. Er schüttelte ihn, presste die Luft aus
seinen Lungen, dass er hustete und keuchte. Aus seinem Mundwinkel
lief Blut, doch besaß er nicht die Kraft es abzuwischen. Er brauchte sie
ganz, um gegen Todes Gewalt um Luft zu ringen.
Eine Frau kam in das ärmliche Zimmer, ängstliche Besorgnis im Blick.
Sie sah nicht Tod auf dem Bett sitzen. Sie hielt ihren Mann und sprach
sanft zu ihm, in einer Sprache, die ich nicht kannte und doch verstand.
Schrecken weitete ihre Augen, als die Hand ihres Mannes in einem
letzten Krampf die ihre umschloss. Todes Arme umschlangen seinen
Brustkorb und pressten ihn zusammen, so dass er ersticken musste.
„Warum müssen Menschen leiden?"
„Es ist Teil des Lebens."
„Aber du bist nicht das Leben!"
„Ich bin ein Teil von ihm."

„Trockne deine Tränen, mein Kind. Sieh in mein drittes Gesicht."
Todes Hand hielt nun eine Sichel. Damit wies er auf eine Frau, die allein
durch eine dunkle Straße lief.
„Hinter dir!" schrie er, plötzlich und erschreckend wie ein Stromschlag
aus einem Katzenfell.
Die Frau fuhr herum. Aus einer Nebenstraße schoss ein großer Mann
hervor. Führte sein Messer Todes Sichel oder führte Todes Sichel sein
Messer? Beide stachen sie in den Leib der Frau und glitzernd ergoss
sich ihr Blut ins Mondlicht.
„Blut" sprach Tod, als es vollbracht war „ist die größte Schwäche des

Menschen."
„Ich will nichts mehr sehen!"
„Dein Wille kümmert mich nicht."
„Ich will nicht!"
„Unsere Reise wird deinen Sinn richten."

„Trockne deine Tränen, mein Kind. Sieh mir in mein viertes Gesicht."
Todes väterliche Hand wies zu einer Brücke hinauf, auf deren Geländer
eine junge Frau saß und weinte. In ihrer Hand hielt sie einen Brief und
ich wusste, was darin stand. Letzte Worte an die Menschen, die sie
einmal geliebt hatte, an die, die sie allein gelassen hatten und an den
einzigen Menschen, der trotzdem zu ihr gestanden hatte.
Wie Flügel breitete sie die Arme aus. Tod tat es ihr nach und fing ihren
Fall mit festem, schützendem Griff.

„Ich will trotzdem nicht!"
„Wir werden sehen."
„Nein!"

„Trockne deine Tränen, mein Kind. Sieh mir in mein fünftes Gesicht."
Todes warme Hand wies wiederum auf ein Bett. Eine alte Frau lag
darauf, mit wächsernem Gesicht. Die Lippen schmal und faltig, der
Atem schwer unter welken Brüsten. Alle ihr Schänheit war eingefallen
und verdorrt. Die Augen tief in den Höhlen schauten suchend und blind
in die Nacht.
„Berenice, meine Liebste." flüsterte Tod, warm wie ein Katzenfell.
„Da bist du endlich!" hauchte die Frau.
„Warum hast du mich so lange warten lassen?"
„Du wolltest Abschied nehmen, Berenice. Erst heute hast du Abschied
von den Rosenbüschen genommen."
„Du weißt, woran die Herzen hängen, nicht wahr?"
„Ja, meine Liebste, ich weiß über die Herzen Bescheid. Nun komm, es
ist Zeit, zu gehen." Und der Tod nahm ihre knöcherne Hand in seine.
„Was geschieht, wenn sie sterben?"
„Es gibt keine Worte, es zu fassen."
„Wirklich nicht?"
„Es kehrt Frieden ein. Schau, dort hinten. Der Frieden aller Dinge folgt

mir nach."

„Und was ist mit denen, die am Leben bleiben? Die sind traurig und wütend. Das ist kein Frieden!"

„Auch sie werden erkennen. Auch ihre Herzen werden loslassen."

„Ich will trotzdem nicht."

„Hör auf zu trotzen, mein Kind. Sieh mir in mein letztes Gesicht."

Fan-Fiction - Nach Motiven von Susan Kay's ‚Phantom'

Unwillkommen

Christine Schuhmann

Ein sonderbares Rascheln im Salon lässt Erik aus seinem Zimmer trotten. Ursache dieses Geräusches ist sicher nicht die Katze, sondern viel eher...

"Nadir..." er unterdrückt seinen Drang, laut zu werden "Was machen Sie hier? Es ist Montag, nicht Donnerstag!"

"Es ist der vierundzwanzigste Dezember. Die christliche Welt bereitet sich auf die morgige Weihnachtsfeier vor."

"Und das veranlasst Sie dazu, einen Baum in mein Haus zu schleppen? Sind Sie von allen guten Geistern verlassen?"

Nadir stützt sich mit einer Hand an der Wand ab und steigt vorsichtig von der Leiter herunter, um die Standfestigkeit des Baumes durch ein kurzes Rütteln zu prüfen.

"Sie verteilen Tannennadeln in meinem Salon, Nadir."

"Nun haben Sie sich nicht so. Ich werde alles wieder saubermachen."

Erik schließt kurz die Augen.

"Nadir, bitte. Ihre Begeisterung für die christliche Tradition in allen Ehren, aber ich bin nicht in der Stimmung, Ihre albernen..."

"Würden Sie mir bitte die Kugeln reichen, Erik?" unterbricht Nadir ihn "Der grüne Karton dort auf der Chaiselongue."

"Verlassen Sie mein Haus und nehmen Sie Ihren Baum mit!"

Seufzend lässt Nadir die Hände sinken.

"Seit Christine Sie verlassen hat, haben Sie jede Freude am Leben verloren."

"Gut, dass sie das erwähnen, es wäre mir nicht aufgefallen." schnappt Erik.

"Sie sind mein Freund. Ich möchte Ihnen helfen."

"Dann lassen Sie mich mit Ihren lächerlichen Weihnachtsbemühungen in Ruhe! Sie wissen sehr gut, dass ich kein religiöser Mensch bin. Dieses Fest bedeutet mir nichts."

"Sehen Sie es allgemein, wenn Sie möchten. Feiern wir die Sonnenwende. Feiern wir den bevorstehenden Jahreswechsel. Feiern wir, dass Sie heute morgen aufgestanden sind." Nadir schüttelt den

Kopf "Sie können nicht in Trauer vor sich hin vegetieren, bis Sie sterben."

"Wollen Sie mir das verbieten?"

"Ja."

Erik lacht kalt.

"Schön. Verbieten Sie es mir von Ihrer eigenen Wohnung aus. Mit der Tanne als Zeugen. Guten Tag, Nadir."

"Sie klingen wie ein trotziges Kind. 'Ich fand Weihnachten schon immer doof.'" Als Erik nicht auf seinen hilflosen Scherz reagiert, sondern sich auf den Hacken umdreht, um das Zimmer zu verlassen, folgt Nadir ihm.

"Ich werde Sie nicht aufgeben, Erik."

"Ich bin Ihre Mühe nicht wert."

"Natürlich bist du das!"

Bei dieser unautorisierten Anrede fährt Erik herum.

"Helfen Sie meinem Gedächtnis auf die Sprünge, Monsieur. Wer war es noch gleich, der meinen Lebenswandel als 'tragische Verschwendung' bezeichnete?"

"Ob ich ihren Lebenswandel missbillige, oder Sie Ihrem Schicksal überlasse, sind zwei sehr verschiedene Dinge."

"Oh gütiger Samariter. Ich will keine Hilfe! Nicht von Ihnen und auch nicht von irgendwem sonst."

"Erik, ich verlange nicht von Ihnen, in die Kirche zu gehen oder dem mythologischen Hintergrund dieses Festes Bedeutung beizumessen. Ich will nur, dass Sie aus Ihrem Loch herauskriechen. Christine ist fort, aber das bedeutet nicht, dass Ihr Leben allen Inhalt und Sinn verloren hat."

Eriks Hand krallt sich in Nadirs Hemdbrust, als er den nun etwas verschreckt wirkenden Mann zu sich zieht.

"Sprich nie wieder mit mir!" knurrt er. Dann stößt er Nadir von sich und verschwindet in seinem Zimmer.

Mit zusammengebissenen Zähnen lauscht Nadir dem Schlüssel, der sich zweimal im Schloss dreht und schließlich klirrend zu Boden fallen gelassen wird.

Nun, das war deutlich. Aber Erik hat ihn nicht vor die Tür gesetzt, und bis es nicht soweit kommt, wird er seine Bemühungen fortsetzen. Fehlgeleitet oder nicht, kein Mensch hat das Leben verdient, das Erik seit Christines Weggang führt.

Langsam geht er in den Salon zurück, um die letzten Kugeln an den Baum zu drapieren.

Die Stille lastet auf dem Raum. Nicht einmal die Standuhr in der Zimmerecke macht ein Geräusch, denn Erik hat sie angehalten. Es scheint ihm völlig egal geworden zu sein, ob jemand sein Versteck findet. Vielleicht hofft er sogar darauf, damit er nicht selbst den Schritt gehen muss, der seinem Leben ein Ende setzt.

Doch dazu wird Nadir es nicht kommen lassen.

Er hat Erik das Leben gerettet. Damit hat er die Verantwortung für ihn übernommen. Und in dem Zustand, in dem sich sein Freund gerade befindet, erstreckt sich diese Verantwortung über seine Rolle als Gewissen hinaus.

Nadir rückt ein paar Kerzen gerade, nimmt seinen Korb auf und marschiert in die Küche, um das Essen zuzubereiten.

Als er den Salon wieder betritt, entdeckt er Erik, der mit vor der Brust gekreuzten Armen mitten im Raum steht. Der Baum ist verschwunden.

Nadir runzelt irritiert die Stirn.

"Erik, was haben Sie mit dem..."

"Der Baum brennt."

"Aber ich habe die Kerzen..."

"Ich habe ihn draußen angezündet."

"Sie haben was?" Nadir reißt die Augen auf.

"Und nun verschwinden Sie aus meinem Haus. Sofort!" Seine Stimme klingt sonderbar fremd, und schließlich begreift Nadir, dass Erik nur mit Mühe seine Tränen zurückhält.

"Es tut mir so leid, was geschehen ist..." setzt Nadir beruhigend an, doch Erik packt ihn nur am Kragen und zerrt ihn zur Tür.

"Verschwinden Sie aus meinem Haus!"

Die kalte Luft der Katakomben schlägt Nadir entgegen, dann schließt sich die Tür.

Sofort dreht er sich um und betätigt die Klingel.

"Erik, öffnen Sie mir! Seien Sie nicht so kindisch. Sie können nicht ewig um Christine trauern!"

Als sich die Tür noch einmal öffnet, will Nadir erleichtert aufatmen, doch Erik bittet ihn nicht herein; stattdessen drückt er ihm die sich heftig wehrende Ayesha in die Hand und verschließt das Haus wieder.

Fauchend springt die Katze von Nadirs plötzlich kraftlos gewordenem

Arm, um in einem Seitengang zu verschwinden und sich wahrscheinlich beleidigt zu putzen.

Ein Moment vergeht in völliger Erstarrung, doch schließlich entzündet Nadir die Sturmlaterne aus dem Boot. Nach einem kurzen Blick auf die schwelenden Überreste des Baumes setzt er so schnell es ihm möglich ist über den See. So Allah will, ist die Folterkammer noch immer abgeschaltet und er kommt nicht zu spät.

Das Haus hinter dem See liegt in völliger Dunkelheit, als Nadir aus der Kammer stolpert.

"Erik?" Er lauscht aufmerksam, doch keine Antwort ist zu hören. Hastig läuft er in Eriks Zimmer. An der Tür bleibt er stehen. Sein Freund hat sich in den Sarg gelegt. Daneben liegen eine Injektionsspritze und drei leere Ampullen Morphium.

"Verflucht!" Die Laterne flackert, als Nadir zum Sarg eilt, um Eriks Puls zu fühlen. Er ist noch da; schwach und quälen langsam, doch das Herz schlägt noch. "Nun zeigen Sie, dass Sie ein verantwortungsvoller Süchtiger sind und haben Sie ein Gegengift im Haus!" Mit zitternden Händen wühlt sich Nadir durch sämtliche Kommodenschubladen, doch alles, was er schließlich findet, ist eine zerbrochene, ausgelaufene Ampulle am Boden hinter dem Kopfende des Sarges.

Steif lässt sich Nadir auf das Podest sinken und legt noch einmal seine Finger an Eriks Handgelenk... doch er kann keinen Puls mehr ausmachen.

Schuld ist nicht sein Aufmunterungsversuch, sagt Nadir sich selbst. Vielleicht war er der Anlass, aber der Grund war etwas ganz anderes: Eine Welt, die nicht über die äußerliche Erscheinung hinwegsehen kann, eine Welt, die fürchtet und zerstört, was sie nicht versteht... An dem Tag, an dem eine mythologische Gestalt gefeiert wird, die für allumfassende Liebe, Milde und Vergebung steht.

Müde erhebt sich Nadir nach einer Weile wieder von seinem Platz.

"Schlaf gut, alter Freund." murmelt er leise. Dann verlässt er die gespenstisch stille Dunkelheit von Eriks Behausung, um die Katze zu suchen.

Wenn es Eriks letzter Wille ist, wird er sich zusammenreißen und dem Biest ein neues Zuhause geben.

Horror

Vergebliche Liebesmüh

Christine Schuhmann

Es war schon viel Arbeit, aber er hat alle nötigen Zutaten bekommen. Ja, er wird für sie kochen, so wie noch nie zuvor jemand für sie gekocht hat! Und dann wird sie ihn erhören. Euphorisch hebt er das Tranchiermesser über den Kopf und trommelt gegen die Dunstabzugshaube.

Ach, er ist furchtbar aufgeregt und schmeckt sehr häufig und sorgfältig ab. Wenn das Essen nicht gut ist, wird sie ihn wieder einmal links liegen lassen.

Der Salat ist fertig angerichtet, das Dressing steht in einem Schälchen daneben. Ist es auch wirklich nicht versalzen? Oh, Mist! Hastig wendet er sich wieder der Pfanne zu. Es wäre zu dumm, wenn das Fleisch anbrennen würde.

Sorgfältig verziert die Teller. Tomatenschnitzen, Petersilie, Gurkenscheiben und Karottenröschen.

Die Pralinen, zwei kleine, herzhafte Meisterwerke, stehen mit gerösteten Mandeln garniert im Kühlschrank. Hoffentlich ist das kein zu gewagtes kulinarisches Experiment. Immerhin hängt für ihn sehr viel davon ab.

Er schreckt zusammen, als es an der Tür klingelt. Das muss sie sein! Er eilt zur Tür, richtet kurz seine Krawatte und öffnet.

Als sein Blick auf ihr strahlendes Lächeln fällt, ist er erst einmal sprachlos.

„Hallo!", begrüßt er sie schließlich, „Komm rein. Du kommst gerade richtig, das Essen ist fast fertig." Er nimmt ihr den Mantel ab und hängt ihn ordentlich über die Garderobe. „Zum Esszimmer geht es hier lang."

Sie schnuppert neugierig.

„Das riecht gut. Was gibt es denn?"

Er lächelt geheimnisvoll.

„Das musst du raten. Setz dich, ich bin gleich wieder bei dir."

Lächelnd nickt sie und schaut sich in dem konservativ eingerichteten Raum um.

Er beobachtet sie durch die Durchreiche und muss einmal tief ein- und ausatmen, damit seine Hände aufhören vor Aufregung zu zittern und er nicht Gefahr läuft, die Teller fallen zu lassen.

Sei ist wirklich eine umwerfend schöne Frau! Und so intelligent!

„Voilà, Madame, der erste Gang – Mozzarella-Tomaten-Salat mit Balsamessig und kaltgepresstem Olivenöl aus Italien."

„Danke sehr.", sie lächelt ihn an. „Das sieht sehr gut aus!"

Er errötet geschmeichelt und jubiliert im Stillen. Wenn sie dieser einfache Salat schon begeistert, wie wird sie dann erst den Hauptgang aufnehmen!

Die leichte Konversation während des Essens führt er nur mit halbem Interesse, denn sein ganzes Ich fiebert auf den Hauptgang hin, und als sie den Salat endlich aufgegessen hat, trägt er beinahe hastig die benutzten Teller ab.

„Es ist etwas ganz besonderes!", sagt er entschuldigend.

„Oh, da hast du dir aber Mühe mit der Verzierung gegeben.", freut sie sich, „Und dieses Rumpsteak sieht sehr lecker aus."

„Das ist kein Rumpsteak.", eröffnet er ihr stolz.

„Nicht?", sie schneidet ein Stück ab und kaut nachdenklich darauf herum.

Während er ihr zuschaut, runzelt er die Stirn. Er schmeckt das Basilikum zu stark heraus. Ach Mist, etwas musste ja schief gehen.

„Für Geflügel ist das Fleisch zu dunkel – aber ein wenig schmeckt es nach Hühnchen...", sie probiert noch einen Bissen, „Rind nicht, Huhn nicht – vielleicht Lamm?"

Er schüttelt den Kopf.

„Nein, ganz anders."

Als er die leeren Teller abräumt, ist sie immer noch nicht dahinter gekommen.

„Soll ich's dir verraten?", fragt er auf dem Weg in die Küche.

„Ja, verrat es mir!"

„Es war Hüftsteak von meine Nachbarin. Ich hätte nicht gedacht, dass diese alberne Schnepfe doch irgendwo ihre Qualitäten hat. Diese Pralinen sind übrigens mit ihren Mandeln garniert. Es sind herzhafte Pralinen, eine vollkommen neue Idee, glaube ich."

Als er ins Esszimmer zurückkommt, ist sie verschwunden.

Enttäuscht lehnt er sich an die Wand. Also hat sie das Basilikum auch herausgeschmeckt? So ein Mist!

Was ist Liebe?

Verliebt auf Umwegen

Manuela Sonntag

"Und du glaubst wirklich, dass er mich mag? Bist du dir da ganz sicher?" fragte sie bestimmt zum dreißigsten mal in zehn Minuten und fuhr sich immer wieder nervös durch die Haare und warf zweimal in der Minute einen flüchtigen Blick in ihren kleinen Taschenspiegel. Ihre beste Freundin auf der anderen Seite des kleinen Bartisches lächelte mitfühlend.

"Ganz sicher! So lange, wie ihr schon umeinander herumstreift, hätte dir das aber auch selbst auffallen können!"

Sie zog verärgert die Augenbrauen hoch und kramte in ihrer Handtasche hektisch nach einem Labello.

"Was heißt hier 'umeinander herumgestreift'? Ich habe ihn doch auf deinem Geburtstag zum ersten Mal gesehen!"

Ihre Freundin zuckte nur die Schultern.

"Na und? Ist da nicht genug gelaufen?"

Sie lachte verächtlich auf.

"Nichts ist da gelaufen! Wir haben uns toll unterhalten und danach ist er ab zu seiner Freundin!"

Das Grinsen ihrer Freundin wurde noch etwas breiter.

"Er hatte damals gar keine Freundin."

Ihr Unterkiefer fiel unschön nach unten.

"Nicht? Aber mir hat er erzählt . . . und warum hat er dann nie angerufen? Ich habe ihm doch extra meine Handynummer gegeben!"

"Was sicher eine riesen Überwindung war - ich kenne dich doch! Aber erinnerst du dich noch, was du ihm erzählt hast?"

Verwirrt zog sie die Augenbrauen hoch.

"Du wolltest dich interessant machen und hast ihm auf die Nase gebunden, wie cool und unabhängig und sonst was du bist und daraufhin hat er alles aufgegeben, weil er dachte er hätte eh niemals eine Chance bei dir! Tja und dann hat er sich die Freundin ausgedacht, um nicht, wie ein Idiot dazustehen."

Ihre Augenbrauen sanken wieder herab, genau wie ihre Hände, die gerade wieder auf dem Weg zu ihren Haaren gewesen waren.

"Das ist nicht dein Ernst, oder? Das kann doch gar nicht sein! Ich habe doch gar nicht . . ." doch sie verstummte, als ihr wieder einfiel über was sie sich auf diesem Geburtstag unterhalten hatten.

Er hatte von seinem Studium gesprochen und sie war sich entsetzlich dumm vorgekommen und hatte deshalb betont cool und lässig wirken wollen, um ihn doch noch zu beeindrucken . . . so ein verdammter Mist!

"Du willst mir also sagen, das ich alles verbockt habe, oder?"

Ihre Freundin lächelte nonchalant.

"Nicht alles, denn immerhin hast du mich um Hilfe gebeten. Und wer ist für dein zukünftiges Glück verantwortlich? Ich! Danke du kannst mir später Blumen und Konfekt in meine Garderobe schicken lassen!"

"Ich hasse dich!"

"Du solltest das nicht so laut sagen, denn da kommt er!"

Wie ein elektrischer Schlag fuhren diese Worte durch ihren Rücken und ihre Magen verkrampfte sich zu einer winzigen, schmerzenden Kugel.

"Hallo!" hauchte sie schwach, als er sie schüchtern begrüßte und wagte kaum aufzusehen. Als sie es dann doch tat, wurde sie nicht enttäuscht - er sah noch immer so unverschämt gut aus!

"Keine Freundin?"

"Keine Killer-Emanze?"

"Äh ach Leutchen, mir fällt doch gerade ein, dass ich noch weg muss, also geht ruhig ohne mich ins Kino, OK?" hörte sie ihre Freundin noch sagen, aber sie beachtete sie gar nicht mehr.

Wasser

Manuela Sonntag

Bereits veröffentlicht im Jahr 2006 in der Anthologie der Frankfurter Bibliothek der Brentano Gesellschaft, ‚Das Neue Gedicht' Jahrgang 4

Wenn mein Herz
wäre wie ein Fluss
dann wäre deine Stimme
die Stromschnelle

Wenn meine Augen
wären wie ein See
dann wäre dein Anblick
der Sand der ihn trübt

Wenn meine Seele
wäre wie ein Meer
dann wärest du
der Fisch der darin lebt

Wenn mein ganzes Sein
wäre wie ein Ozean
dann wärest du
der Sturm der ihn bewegt

Worte sagen mehr...

Manuela Sonntag

Der Wecker klingelte jetzt schon eine geraume Weile und schließlich schaffte sie es, sich herumzuwuchten und nach dem Abschaltknopf zu tasten. Ihr Kopf machte Anstalten gen Decke zu entschwinden. Was hatte sie gestern Abend nur angestellt? Ach ja richtig! Gepflegtes Besäufnis mit ihren Freunden zur Feier ihres dritten Jahrestages. "Herzlichen Glückwunsch Liebling!" murmelte sie und hauchte einen Kuss auf sein Bild neben ihrem Bett.

Dann setzte sie sich versuchsweise auf, um zu sehen, ob das Zimmer vielleicht aufhören würde sich zu drehen, wenn sie es nur lange genug böse anstarrte. Mit einem verhaltenen Stöhnen strich sie sich die Haare aus der Stirn und warf dann noch einen Blick auf die Uhr, um zu sehen, ob sie diesmal die Zahlen würde erkennen können. Halb zwölf! Oh Jesus, der Postbote war sicher schon lange da gewesen! Ohne auf ihre Puddingknie zu achten, riss sie ihren Bademantel vom Kleiderhaken, fischte im Vorbeilaufen, den immer griffbereit liegenden Briefkastenschlüssel von der Kommode und huschte den Hausflur hinunter. Sollte die blöde Schnepfe von Nebenan doch denken, was sie wollte! Kaum hatte sie den kleinen Schlüssel herumgedreht, fiel ihr auch schon eine wahre Flut von Post entgegen, doch sie sah die Werbung, die Rechnungen und Urlaubspostkarten gar nicht, sondern hatte nur Augen für einen reichlich mitgenommenen DinA5 Umschlag, der mit einer recht alten Schreibmaschine mit abgebrochenem E beschriftet war. Vorsichtig und genussvoll öffnete sie das kleine Päckchen und zog zuallererst seinen Brief heraus. Sie wollte gar nicht wissen, was er ihr schenken würde, bevor sie nicht erfahren hatte, wann er nach Hause kam!

' Hallo mein kleiner Sonnenschein!

Na wie geht es bei euch? Lebt mein Kanarienvogel noch?

Wenn nicht, kauf bloß keinen neuen, das merke ich sofort! Wie ich dir schon am Telefon erzählt habe, hält sie Regenzeit hier weiter an und ich vermisse dich jeden Tag mehr! Unsere Arbeit kommt ganz gut voran, auch wenn einige Eingeborenen wirklich zu absonderliche

Vorstellungen haben! Erst gestern kam ein unserer Jungen, und erzählte uns mit einer Unschuldsmiene, dass eines unserer besten Mikroskope in einen Teich gefallen sei. Er meinte, er hätte entweder seine Ziege, oder unsere Ausrüstung retten können, und erwartete noch, dass wir stolz auf ihn sein sollten, weil er die Ziege gerettet hat, da sie mehr Fleisch einbringt. Du siehst also, wir haben es nicht leicht... Aber da fällt mir ein, ich habe dir ja noch gar nicht zu unserem Jahrestag gratuliert! Aber ich habe dir ein kleines Geschenk besorgt und hoffe, dass es dir gefällt. Wenn meine Berechnungen richtig sind, dann müsste dieser Brief dich etwa zur richtigen Zeit erreichen - du weißt ja, diese Mulis sind einfach unberechenbar!

Gestern ist ein ganzer Schwarm von bunten Papageien über unser Camp weggeflogen, und dabei musste ich plötzlich an dich denken. An diesem Abend wollte ich dir ganz viel schreiben, habe mich dann aber doch nicht getraut. Es wäre nur Pornographisches dabei herausgekommen und, wie du schon bemerkt hast, möchte ich auch nicht wissen, wer unsere Briefe liest, bevor wir sie endlich bekommen! Wie war eigentlich deine Jahrestagsparty? Gepflegtes Besäufnis, nehme ich an? Es tut mir so leid, das ich nicht bei euch sein konnte, aber spätestens in zwei Monaten komme ich nach Hause - versprochen diesmal und niemals gebrochen!

Ich denke an dich, jeden Tag, und ich liebe dich! Immer!'

Mit einem seligen Seufzten ließ sie sich gegen die kalte, graugelbe Wand sinken und schloss die Augen. In zwei Monaten! Er dachte an sie und er liebte sie!

"Ich liebe dich auch, du dummer Träumer, du! Sogar immer, wenn du unbedingt willst!" sagte sie laut, bevor sie ihren Morgenmantel zusammenraffte und die Treppe hinaufstieg. Sie brauchte jetzt erst einmal einen Kaffee!

Zeit

Manuela Sonntag

Zeit
ist bedeutungslos
Dein Atem streicht über mein Gesicht
Deine Lippen zucken leicht im Schlaf
Zeit ist bedeutungslos
nur der Augenblick ist ewig

Licht, Tag, Draußen
ist bedeutungslos
ein Lichtstrahl erhellt die Konturen deines nackten Körpers
dein Kopf ruht leicht zwischen meinen Händen
Zeit ist bedeutungslos
nur du und ich sind ewig

Sorgen, Ängste, Gedanken
sind bedeutungslos
dein Haar kitzelt meinen Bauch
meine Hand streichelt deine Haut, deine Hände, dein Gesicht
Zeit ist bedeutungslos
nur Gefühle sind ewig

Ich liebe dich!

Schreibtipps!

Last but not least haben wir ein paar ‚Do it yourself'-Tips zusammengestellt, über Dinge, die eine gute Geschichte braucht und die wir in mühevoller Kleinarbeit lernen mussten, in der Hoffnung, dass Andere sie dadurch vielleicht ein wenig schneller umsetzen können.

Inspirationen und Selbstbild

Ja, es ist möglich, sich wie ein eingeschweißtes Sojaschnitzel darüber zu freuen, dass man es nun doch geschafft hat, diesen dämlichen Dialog in die gewünschte Richtung zu lenken, eine logische Erklärung für eine eigentlich unlogische aber für die Geschichte unverzichtbare Handlung zu finden, einen Wiedererkennungspunkt zu basteln - vorher Erwähntes aufzugreifen - die ersten 100 Seiten fertig zu schreiben, einen Reim auf Kurve zu finden usw. usw....
Es ist möglich, also tu es auch!!!
Lade dich selbst zum Eis ein, tanze durch dein Zimmer, erzähle es jemanden, der dich nicht auslacht, wenn das Ding nachher doch in die Hose geht (siehe Punkt 2), schreib es in dein Tagebuch. Egal wie du dich freust, aber freu dich!
Nutze jeden Gelegenheit, dich aufzubauen, denn es kommt garantiert bald wieder eine, die dich runterzieht!
Von ganzem Herzen Schreiben und die Entwicklung des eigenen Selbstbildes, das ist ein ständiges Auf und Ab, das du nicht kontrollieren kannst. Mal fühlst du dich scheiße, wie der letzte, dumm-wie-brot-Dreck, weil dir auch das letzte bisschen Idee abhanden gekommen ist, dann hüpfst du wieder wie ein bekloppter Flummi durch dein Zimmer, weil dir eine hübsche Formulierung einfach so von der Hand gegangen ist. Mal klappt einfach gar nichts und du kriegst fast schon Depressionen, mal schreibt sich eine wirklich schöne Szene ganz von allein und du schwebst euphorisch durch die Gegend.
Sowas nennt sich bipolare Störung, oder auch ‚Berufskrankheit' bei Kreativen aller Art. Damit musst du leben und das Beste daraus machen.

Also, lass dich nicht zu weit runterziehen, denn es gibt ein Patentrezept gegen SchreiberlingInnen-Depris! Das nennt sich Inspiration. Und die gibt es eigentlich an allen Ecken und Enden:
In anderen Büchern (Bildbände, Kinderbücher, einfach alles!)
Beim Zapping (am besten zu unmöglichen Urzeiten, aber wenn man den Kopf mit einer Geschichte voll hat, schläft es sich teilweise eh nicht gut!)
In Diskussionen über die Szene, in der du steckst (sei es in Selbstgesprächen oder ganz einfach mit Anderen)
Bei einem Brainstorming
Beim Musikhören (was auch immer, aber vorzugsweise mit Text)
Beim Meditieren
Bei spontanen Umfragen: „Hey, Mama, stell dir vor, du bist ein Schwein und soeben an einem Karibikstrand gelandet. Was würdest du da denken? – Nein, ich nehme keine Drogen, es geht um mein Buch!"
Bei einer persönlichen Muse (Liebste/Liebster/beste Freundin/bester Freund...). Du wirst nicht glauben wie sehr ein Gespräch mit einem Menschen, der weiß wovon du sprichst, dir weiterhelfen kann. Manchmal steckt man einfach zu sehr in der eigenen Geschichte und sieht buchstäblichen ‚den Wald vor Bäumen nicht'. Eine andere Sichtweise erschließt plötzlich und unerwartet völlig neue, geniale Ideen...

Inspiration findet sich also Folgendermaßen:
Einfach immer und überall! Deshalb gilt grundsätzlich:
Augen und Ohren ganz weit offen halten, manchmal springt es dich im Bus hinterrücks an!

Grosse Klappe, nix dahinter?

Noch einmal:
Wenn du schreibst und dich dabei so richtig toll fühlst (Nobelpreis, mindestens!) muss das nicht unbedingt jeder wissen.
Denn: was dir anfangs noch als genialische Idee erscheint, kann sich fünfzig Seiten später als rettungsloser Schuss in den Ofen entpuppen. Das kann sehr, sehr peinlich sein.

Viel rein, wenig raus

Vielleicht weißt du es schon, aber ich sage es trotzdem:
Beim Schreiben steckst du massig Zeit rein und es kommt nur eine halbe Seite bei raus - vielleicht auch weniger.
Ich warne an dieser Stelle deutlich vor der zu devoten Haltung gegenüber Inspirationsschüben! Sie haben eine zeitkomprimierende Wirkung und es besteht die Gefahr, ohne es zu merken acht Stunden durchzuschreiben und am nächsten Morgen in der Matheklausur wegzupennen...
Aber davon solltest du dich auf keinen Fall demotivieren lassen, denn jede halbe Minute, die du ins Schreiben steckst, ist auf jeden Fall für dich persönlich gut angelegt.

Recherche!!!

Recherche ist, ob du mir das jetzt glauben willst oder nicht, das absolut Wichtigste, wenn du ein Buch schreibst, das nicht in deiner unmittelbaren Umgebung spielt und/oder deinen SchülerInnen-/AbiturientInnen-/Studierten-Horizont überschreitet!

Lies Reiseführer, Fachbücher, Lexika, frag Leute, die sich damit auskennen (Zeitzeugen aus deiner Verwandtschaft, [andere] Studierte, die gelben Seiten, deinen Hausarzt, einen Anwalt, einen Gartencenter-Mitarbeiter, deine Eltern, deine kleinen Geschwister), das Internet [immer mit Vorsicht zu genießen - nicht alles was da steht, ist wissenschaftlich fundiert], schau dir Bildbände über Landschaften oder Mode zu bestimmten Epochen an, besuche vielleicht Museen und habe immer ein Fremdwörterbuch greifbar, denn kaum etwas macht eine Geschichte für informierte Leser (und perfektionistisch veranlagte SchreiberlingInnen) mehr kaputt, als nichtzutreffende Angaben und falschverwendete Fremdwörter.
Natürlich ist es immer von Vorteil sich Dinge gleich vor Ort und persönlich anzusehen. Wenn du beispielsweise ein Buch schreiben möchtest, dass in Paris spielt, dann ist es sicher keine schlechte Idee vielleicht ein paar Monate zu sparen und mal für 3 oder 4 Tage einfach hinzufahren uns sich die Atmosphäre und die Umgebung einfach aus der Nähe anzusehen. Notizbuch und Skizzenblock sollten dabei deine

ständigen Begleiter sein, auch das authentische Beschreiben einer ‚echt Pariserischen' Hausfassade trägt zur ‚Echtheit' deiner Geschichte bei. Diese Herangehensweise ist natürlich ungleich schwieriger, wenn es sich um weit entfernte Orte und/oder Zeiten handelt. Aber auch da solltest du Einsatz zeigen – so manche Erfahrung lässt sich mit oben genannten Mitteln ‚konstruieren' - denn je mehr du über jede Einzelheit des beschriebnen Ortes oder das Leben in jener Zeit weißt, desto echter fühlt sich deine Geschichte an.

Lass dich kritisieren

Wenn du die ersten paar Kapitel/die ersten 20-30 Seiten fertig hast, suche dir arme Opfer aus deinem Bekanntenkreis und ernenne sie zu Lektoren.

Dabei solltest du darauf achten, dir Menschen auszusuchen, die in etwa in deine Zielgruppe fallen und der Lage sind, produktive Kritik zu äußern und zu begründen - produktive Kritik zeichnet sich dadurch aus, dass sie sachlich formuliert ist und meistens mit Verbesserungsvorschlägen einhergeht.

Wie schon gesagt, hat eine andere, ‚außenstehende' Perspektive manchmal ganz unerwartete Folgen.

Da merkst zu zum Beispiel, dass eine Wendung in der Geschichte, die du für völlig natürlich und selbstverständlich gehalten hast, bei deinem ‚Publikum' überhaupt nicht ankommt, weil sie nicht all das über deine Charaktere wissen können, was du weißt. Oder du findest heraus, dass ein mühsam erarbeiteter Exkurs überhaupt nicht ankommt, weil er schlichtweg zu lang ist und/oder deine Leser das, was du sagen wolltest, schon vor 10 Seiten verstanden hatten...

Solche ‚Fremdbetrachtung' hilft dir ungemein, es zeigt dir auf, welche Bestandteile der Geschichte schon spannend sind und Neugier wecken, welche Ideen nicht ankommen, oder nicht so, wie gewollt und wo du vielleicht lieber auf ein paar tolle Redewendungen und Metaphern verzichten solltest, weil dein Publikum sie für nicht halb so spannend hält...

Aber Achtung:
Die Verbesserungsvorschläge deiner Laienlektoren sind auf keinen Fall als verpflichtend zu betrachten! Sie sind Denkanstöße, Anregungen,

Vorschläge, Tipps, die du überdenken solltest und dann befolgen kannst, aber nicht musst. Wenn du sehr an einer blumigen Beschreibung hängst, die deine beste Freundin für kitschig hält, musst du sie nicht ihr zuliebe löschen und wenn dein Kumpel will, dass du die ganze Story an den Ballermann verlegst, musst du das nicht tun! Aber noch mal Vorsicht:

Das heißt nicht, dass du nicht über jeden ernstgemeinten Kritikpunkt ausführlich nachdenken und ihn - im Optimalfall - mit dem Lektor diskutieren solltest!

Am besten wäre es eigentlich, wenn du dir einen geduldigen Menschen (der am besten noch selbst SchreiberlingIn ist) suchst und ihn immer wieder ansprichst, wenn du dir über die Schlüssigkeit, Qualität oder Verständlichkeit einer Szene unsicher bist oder dir einfach die Inspirationen ausgehen. 'Literarische Wanderungen' können sehr produktiv sein.

In jedem Fall gilt das Gesetz: Lektoren sind wichtig, andere Standpunkte und Meinung zu deiner Geschichte unerlässlich und Verbesserungsvorschläge und/oder fruchtbare Diskussionen und Unterhaltungen über ‚Dinge an denen es hakt' sind einfach unbezahlbar.

Trotzdem solltest du immer bedenken, dass es in erster Linie um deine Geschichte geht und keine Änderungen einfügen oder Anregungen weiterverfolgen, die zwar deinen Lektoren gefallen, dir aber nicht...

Das böse Wort mit „K" – vom Konzept des Konzeptes

Sicher, es gibt Leute, die sich hinsetzen, eine Geschichte anfangen und eine Woche später aufstehen und sie fertig geschrieben, durchdacht und logisch einwandfrei abliefern...ich gehöre nicht zu diesen Leuten und möchte daher einmal ausgiebig für das anfertigen eines Handlungskonzepts aussprechen!

Es ist eigentlich egal in welcher Form du dir die Handelnden Personen und Aktionen – später auch Beweggründe etc. (s. Disposkizzen) – vergegenwärtigst, aber tu es! Manche mögen den ständigen Begleiter Notizbuch, andere fertigen ganze Familienstammbäume mit ‚Beziehungspfeilen' an oder pinnen sich ein großes Stück Tapete an die Wand um sich die unterschiedlichen Handlungen und Nebenhandlungen besser zu verdeutlichen. Es ist einfach von großer

Wichtigkeit, dass du immer den Überblick behältst, was du geschrieben hast, wer was warum tut und was als nächstes passieren muss! Und sofern du, wie ich, nicht über ein absolut fotografisches Gedächtnis verfügst, bleiben Stift und Papier die einfachsten und verlässlichsten Mittel, sich nicht in Nebenhandlungen oder unlogischen Wendungen zu verstricken.

Genre? Was soll ich denn damit?!

Tja, eigentlich braucht keiner zu wissen, welchem Genre dein Buch jetzt angehört (ich hab das Genre meines Romänchens auch nur rausgefunden, weil ich es für meinen reflexiven Bericht brauchte [siehe Punkt 20]) aber es ist erstens einfach interessant, mal zu sehen, was denn die Literaturtheorie dazu sagt, und zweitens ist es einfach sehr gut für das SchreiberlingInische Selbstbewusstsein, wenn es sagen kann: Ja, ich habe einen erotischen Bildungs-/Schauerroman hervorgebracht! Oder Ja, ich bin der/die VerfasserIn eines Schauer-Krimis / Thrillers / Künstlerromans...

Auch für die professionelle – oder zumindest semi-professionelle – Bewerbung bei einem Verlag ist es zumindest nicht von Nachteil, wenn du beweisen kannst dass du dich wein wenig in der Literaturwissenschaft auskennst. Vielleicht findest du ja auch in deiner Umgebung einen Lektor, der sich auf dieser Basis ein wenig mit dir über dein Werk unterhält. Manchmal ist es erstaunlich was man alles ein eine Geschichte herein oder auch herauslesen kann.

Und... und... und der Satzbau?

Das ist jetzt ein Fehler, den nicht alle SchreiberlingInnen machen, aber die, die ihn machen, machen ihn meistens so richtig saftig:
Jeder zweite Satz ist ein Satz mit und. Und das geht auf Dauer nicht...
Also merke: Der Satzbau sollte ständig variieren!
Dabei gibt es drei Möglichkeiten, einen Hauptsatz aufzubauen:
Er ging langsam über die Straße
Langsam ging er über die Straße
Die Straße überquerte er langsam
Und entsprechend mindestens 6 Möglichkeiten, die Kombi Haupt-

Nebensatz aufzubauen, davon kommen so einige - wenn auch nicht alle - ohne 'und' aus:

Er ging langsam über die Straße und schaute gelangweilt in den Himmel

Während er langsam über die Straße ging, schaute er gelangweilt in den Himmel

Langsam ging er über die Straße und schaute gelangweilt in den Himmel

Er schaute gelangweilt in den Himmel und ging langsam über die Straße

Während er gelangweilt in den Himmel schaute, ging er langsam über die Straße

Gelangweilt schaute er in den Himmel und ging langsam über die Straße

Dann kannst du natürlich das Adjektiv im Nebensatz oder Hauptsatz weglassen, die Sätze umformulieren oder passivisch gestalten usw. Die deutsche Sprache bietet mannigfaltige Möglichkeiten, ein und die selbe Sache auf tausend verschiedene Arten auszudrücken. Und dabei hast du ein sehr nützliches Helferlein auf deiner Seite...

Thesaurus Superstar

Der Thesaurus ist eine Funktion der meisten Schreibprogramme, die dir auf Anfrage Synonyme auflistet. Wenn du also Wörter wiederholst - „Er hat mir gesagt, dass sie ihm gesagt hat, was du gesagt hast!", sagte sie leise und ich wusste nicht, was ich dazu sagen sollte... - gibst du das betreffende Wort sagen in den Thesaurus ein und er spuckt einen riesigen Haufen Synonyme und/oder Querverweise aus.

Auch praktisch ist der Thesaurus, wenn du dir über die Bedeutung eines relativ gängigen Wortes nicht ganz sicher bist und keine Lust hast, dein Fremdwörterbuch herauszukramen, oder nicht sicher bist, ob dieses Wort da zu finden ist - z.B. eloquent: der Thesaurus sagt dazu: beredsam, beredt, redegewandt, schlagfertig und noch tausend andere.

Räschtschreibunk, unf Komasäfzunk?

Klar, wer nicht veröffentlichen will, der braucht sich auch keine Gedanken zu solchen Kindereien wie 'trenne nie st, denn es tut ihm weh' zu machen, und dass zwei Verben, sofern sie nicht zusammengehören, von einem Komma getrennt werden müssen, kann ihm auch egal sein.

Allerdings werden dir die Lektoren (die ausgebildeten im Verlag) an die Kehle gehen, wenn sie sich eine ganze Woche lang um deine mangelhafte Orthographie kümmern müssen! Deshalb solltest du bei mindestens einem Überarbeitungsdurchgang dein Hauptaugenmerk auf die Rechtschreibung und die Kommata richten oder dir einen besonders geduldigen Lektor mit guter Rechtschreibung devot machen. Klar, du hast ein Rechtschreibprogramm, aber das findet nicht alles, denn wenn du lasen geschrieben hast und eigentlich lassen meintest, kann dein Computer das nicht riechen, und die Grammatikprogramme sind zu 99,9% einfach nur unbrauchbar.

Auch werden sich deine Lektoren irgendwann bei dir beschweren, denn Kommata und andere Satzzeichen haben schon ihren guten Grund und es erschwert das Lesen eines längeren Textes ungemein, wenn man das Gefühl haben muss, dass der Autor nur eine handvoll Satzzeichen wahllos über den Text geworfen hat. Mal ganz davon abgesehen, dass es nicht nur peinlich, sondern auch anstrengend ist, wenn die Menschen, denen du dein Geschreibsel unterbreitest, dauernd dass was du meinst, von dem, was du getippt hast, unterscheiden müssen.

Außerdem rate ich zu einem sparsamen Umgang mit Ausrufungszeichen. Sie sollten nur zum Einsatz gebracht werden, wenn ein Satz tatschlich mit besonders viel Nachdruck gesprochen/gedacht wird. Von den berühchtigten '!!!' ist in Prosa und Poesie grundsätzlich Abstand zu nehmen.

Den lefzjen beissen die Hunde - reffef die Verben!

Ein Beispiel: Sie ließ den Ball, der bis vor kurzem noch unter dem Busch vor ihrem alten Kindergarten gelegen, unter einem Haufen halbvermoderter Blätter fast verborgen, durch die Luft fliegen.

Das Problem mit diesem Satz ist, dass das Verb erst nach einem riesigen Einschub kommt und der Leser unterwegs den Kontext verliert, was dazu führt, dass er den Satz noch mal lesen oder überdenken muss, und das schmälert den Lesegenuss - je nach Toleranzgrenze - ein bisschen bis erheblich.

Lies also noch mal gezielt auf Einschubsätze mit einem armen, hundegebissenen Verblein am Ende:

Sie ließ den Ball durch die Luft fliegen, der bis vor kurzem noch unter dem Busch vor ihrem alten Kindergarten gelegen, unter einem Haufen halbvermoderter Blätter fast verborgen.

Wie heisst er denn?

Es gibt kaum etwas, das schwieriger ist, als seinen Charakteren einen passenden Namen zu geben - es sei denn natürlich, deine schriftstellerische Intuition ist dir gewogen.

Der ‚richtige' Name ist aber für einen Charakter extrem entscheidend, da viele Menschen mit einem Namen eine gewisse Vorstellung verbinden – die mag zwar bei jedem unterschiedlich sein, aber vielleicht auch nicht so sehr wie du denkst. Eine alte Dame, die Agathe heißt, wird vom Leser ganz anders aufgenommen, als eine Sechzigjährige mit dem klangvollen Namen Scarlett oder Britney.

Es gibt verschiedene Möglichkeiten sich Namen zu ‚besorgen':
Das Stammbuch der Eltern, ‚Namensgebungsbücher' – beliebt bei werdenden Eltern, Namens-Etymologische Seiten im Internet oder Lexika auf CD-Rom (einfach eine Jahreszahl eingeben und sehen, wie berühmte Leute zu der Zeit hießen) u.v.a.

Klischees und Plot/Charaktere

Beim Entwerfen des Handlungsverlaufs und der Charaktere solltest du darauf achten, typischen Schemata auszuweichen, es sei denn, du willst ein zweites Pulp Fiction erschaffen. [Achtung, Quentin Tarantino ist ein zertifiziertes Genie!]

Natürlich kannst du unmöglich um jedes Klischee einen Schlenker machen, das würde wieder das Klischee des absolut untypischen Menschen genau ins Herz treffen, aber wenn du die Klischees streifst, dann streife nie eins alleine, sondern mische mindestens zwei zu etwas vollkommen Neuem und Interessantem.

Das klingt vielleicht kompliziert, ist es aber gar nicht, denn beim Mischen von Klischees und Gimmicks (siehe Punkt 15) ist so ziemlich alles erlaubt. Wenn du also eine typische Fantasy-Geschichte nach dem Motto ‚Elfen- und Zwergenwitze' schreiben möchtest, dann kannst du diese Geschichte und diese Charaktere trotzdem durch ein paar nette Charaktereigenschaften aufpeppen. Wie wäre es beispielsweise mal mit einem Elfen mit Höhenangst? Oder einem Zwergenstamm, der sich die abgeschnittenen Bärte seiner Gegner an den Gürtel hängt? In der Welt der Geschichte und der Kulturen lässt sich vieles finden und zu einem lustig/spannenden Cocktail vermischen.

Wie viele Metaphern pro Seite kann ich vor mir selbst verantworten?

SchreiberlingIn, ich sag's dir: ich persönlich finde Metaphern total toll! Da kann sich so viel Kreativität, Ideenreichtum, Phantasie und auch ein bissele Intelligenz so richtig schön austoben.

Aber Achtung: altbekannte Metaphern lassen einen Text schnell einfallslos und langweilig wirken und zu komplizierte schrecken manchen Leser ab, was in beiden Fällen extrem schade ist! Und jetzt das eigentliche Achtung: ein Zuviel an Metaphern, sei es auf einem Haufen, oder über den gesamten Text verteilt, lässt – so schön und innovativ sie auch sein mögen – diesen Text total schwülstig und überladen wirken.

Also: Wenn ein mittlerer bis starker Rosamunde-Pilcher-Flair nicht im Sinne des Erfinders ist, prüfe noch mal genau die Dosierung der Metaphern und schmeiß im Zweifelsfalle ein paar wieder raus. Und wenn dir dann das Herz blutet: in irgendeiner späteren Geschichte finden sie bestimmt ein neues Zuhause.

Ebenfalls etwas 'over the top' wirkt eine Vielzahl von rhetorischen und Suggestivfragen. Natürlich muss sich ein Charakter ab und zu überlegen, warum und wie nur etwas geschehen konnte, doch das muss sicher nicht alle zwei Absätze oder über mehr als fünf Zeilen hinweg geschehen.

Dispo- und Szenenskizzen

Wenn du einen modernen Roman schreibst, brauchst du das hier nicht zu lesen, denn da gehört es zum guten Ton, wenn keiner versteht, warum Karl tut, was er tut, und wie die einzelnen Beweggründe der Charaktere beschaffen sind.

Wenn du aber einen 'normalen' Roman schreibst, ist das hier wichtig: Um zu prüfen, ob die Dispos (psychische Dispositionen = Laune, Einstellung, Hintergedanken usw.) deiner Charaktere, und daraus folgend die Handlung, stimmig sind, solltest du sie in Form von kurzen Notizen und sehr vielen 'Daraus-Folgt-Pfeilen' darstellen.

Außerdem solltest du dir den fertig geschriebenen Handlungsverlauf und die noch zu schreibenden Handlungen in einigen Stichworten notieren (dazu gehört auch eine kurze Grob-Version der Dispos), um den Überblick zu behalten.

Hier zeigt sich auch die Wichtigkeit des Überarbeitens deiner sämtlichen bisher geschriebenen Seiten: trotz Notizen vergisst man mal was, besonders die feinen Untertöne, Details und Facetten, die ein Buch lebendig machen.

Gimmicks und Bagatellen

Was in jedem Fall sehr reizvoll und bereichernd für eine Geschichte oder einen Charakter ist, ist das Anbringen von Gimmicks und Bagatellen.

Gimmicks sind Ticks, Manierismen, Besonderheiten von Sprache und Vokabular, ein eher ungewöhnlicher Geschmack, oder merkwürdige, nicht näher erklärte Fähigkeiten, über die ein Charakter verfügt. Sie machen ihn einzigartig, witzig, sympathisch oder unsympathisch.

Bagatellen sind eigentlich unnötige (aber dafür sprachlich und atmosphärisch sehr schöne oder witzige - sonst wird der Leser böse) Zwischenszenen mit geringem Inhalt, die einzig den Sinn haben, einige Facetten der Charaktere, ihrer Beziehung zueinander, oder ihrer derzeitigen Laune deutlicher darzustellen.

Sie können die schon erwähnte Erklärungsfunktion mit einem

retardierenden Moment (ein leichter ‚Absacker' in der Spannungskurve) verbinden und so den Ansatzpunkt für einen neuen Spannungsbogen bieten.

Spannung und Langeweile

Spannungsbögen gibt es in 3 verschiedenen Ausführungen:
der lange aber eher flache Bogen mit Beulen, der sich über die gesamte Geschichte hinzieht, also eine ständige Grundspannung erzeugt, die gelegentlich ansteigt, beim Abfallen jedoch nicht auf Null geht (Kriegen sie sich oder nicht? Beule = sie streiten sich und vertragen sich wieder/verlieben sich in jemand anderes und verlassen sie/ihn dann wieder usw.)
der lange Bogen, der sich schwankend über die gesamte Story zieht, aber im Mittel stetig ansteigt und gegen Ende steil wird (Ist die hübsche Frau wirklich die Mörderin? Immer mehr Indizien weisen darauf hin.)
Der Zick-Zack-Bogen, der sich auf eine akute Situation bezieht, steil ansteigt und auch steil wieder auf Null fällt (Oh Gott, der Esel steht mitten auf den Schienen und ein Zug rast auf ihn zu! Wusch - weg ist der Esel...)
Und diese Bögen haben alle eine ganz große Schwierigkeit:
Ab einem bestimmten Grad der Spannung müssen sie endlich zu Potte kommen, sonst machen sie den Leser kirre! Deshalb solltest du darauf achten, dass du lange Bögen (auch wenn sie stetig steigen) immer in Bewegung und so den Leser bei der Stange hältst. Böse werden oder abspringen wird er, wenn sich der Bogen zu lange zu flach gestaltet, ihn also mit Langeweile quält, oder zu lange zu hoch ist, ihn also mit einer Überdosis Adrenalin in einen qualvollen Tod schickt.
Hier können dir meist nur die Lektoren helfen.

Heute oder gestern?

Eine wichtige Frage, die du dir stellen solltest ist, ob du deine Geschichte in der Gegenwart oder der Vergangenheit schreiben willst. Auf den ersten Blick besteht da nicht viel Unterschied, aber wenn du einmal einen Präsens- gegen einen Perfekt-Roman gelesen hast, wird dir auffallen, dass sich die Atmosphäre deutlich unterscheidet:

Der Perfekt-Roman ist der gängigere, bekanntere und häufigere und somit den meisten Lesern auf Anhieb sympathisch. Irgendwie fühlt man sich da zu Hause. Was passiert ist, ist passiert, daran lässt sich nichts mehr ändern. Und es ist doch auch viel richtiger so! Eine Geschichte kann eben erst erzählt werden, wenn sie vorbei ist... oder?!
Der Präsens-Roman ist sowohl für den Leser als auch für den/die SchreiberlingIn ein wenig gewöhnungsbedürftig, doch scheint die Geschichte dem Leser näher zu sein, da das Geschehen im Buch parallel zum Vorgang des Lesens abläuft. Alles scheint einfach 'jetzter' zu passieren und das Ende ist ungewisser, weil ja alles gerade jetzt passiert. Keiner weiß, wie die Sache ausgehen wird. Damit fallen zwar Einschübe wie 'hätte ich damals gewusst, was ich heute weiß, hätte ich das Brot niemals in die Zwiebelsuppe gedippt' weg, aber meiner kleinen Meinung nach sind die sowieso ein sehr plumpes Mittel zur Spannungssteigerung.

Die Perspektive

Wahrscheinlich schreibst du als personaler Erzähler, aber bist du dir sicher, dass diese Perspektive für deine Zwecke optimal ist?
Es gibt nämlich im Ganzen drei mögliche Perspektiven, aus denen man Ereignisse schildern kann; alle drei gehen irgendwie ineinander über und haben ihre Vor- und Nachteile, die ich jetzt mal kurz darstellen werde:

Der Ich-Erzähler
Der Ich-Erzähler ist entweder der Hauptprotagonist der Geschichte (wie z.B. Ismael in 'Moby Dick'), ein Nebencharakter (wie der berühmt-berüchtigte Doktor Watson) oder er ist jemand, der die Geschichte nur aus zweiter Hand erfährt und sie nun dem Leser kundtut - dann kreucht er allerdings meistens in der Grauzone zwischen Ich- und personalem, wahrscheinlicher aber auktorialem Erzähler herum.
Der Ich-Erzähler hat den Vorteil, dass der Hauptprotagonist, seine Gedanken, seine Gefühle und sein Selbstbild sehr genau beschrieben werden können, und so die Meinung, die sich der Leser über diesen Charakter, seine Mitmenschen und seine Umgebung bildet, sehr gezielt gelenkt werden kann.
Der Nachteil dieser Perspektive besteht darin, dass du, wenn du die

Meinung anderer Charaktere darstellen willst, mal Karl und mal seinen besten Freund Einhard zum Erzähler machen musst, was die Geschichte unter Umständen unruhig macht, dir Gespräche aus der Nase ziehen musst, in denen diese Meinung geäußert wird, oder Karl über Einhards Meinung bescheid wissen lassen musst, was schlecht praktikabel ist, wenn die beiden einander noch nicht lange kennen, oder einander nicht leiden können.

Der personale Erzähler
Der personale Erzähler ist ein er/sie/es-Erzähler, der rein theoretisch die Gedanken, Gefühle und Meinungen sämtlicher Protagonisten darstellen kann.
Der Vorteil dieser Perspektive ist der, dass er seine Konzentration auf Karl oder Einhard lenken kann, je nach dem, welcher von beiden gerade interessanter ist (also quasi ein Ich-Erzähler ohne dessen Nachteile ist), und so dem Leser genau die Informationen (nicht) zukommen lässt, die wichtig sind (das Vorenthalten von Information ist ein wirksames Mittel, wenn es um Spannung geht).
Der Nachteil ist, dass man hier darauf achten muss, die Leute größtenteils indirekt denken zu lassen (aber dazu später).

Der auktoriale Erzähler
Der auktoriale Erzähler ist meistens ein Ich-Erzähler, kann aber auch personal sein, und gibt zu allem ungefragt seinen Senf dazu, um die Meinung des Lesers zu beeinflussen (in älteren Werken wurde so der moralische Zeigefinger angebracht).
Der Vorteil ist, dass man keinen revoluzzernden Langobardenchef einbauen muss, wenn man kundtun will, dass man etwas gegen Karls Politik hat, oder sich einen Papisten ausdenken muss, der laut sagt, dass er findet, dass Heinrich Nummer 8 die böse Anne Boleyn gar nicht erst hätte geheiratet haben sollen.
Außerdem kann man - Satiriker aufgemerkt! - das Stilmittel der Ironie wundervoll anbringen.
Der Nachteil ist, dass einem unter Umständen die Leser flöten gehen, weil ständige Kommentare (genau wie im Kino) irgendwann einfach nur nerven.

Erzählzeit =/>/< erzählte Zeit?

Vielleicht wird dir erst auffallen, dass du diesen Fehler machst, wenn du diesen Teil gelesen hast, und ganz sicher wird es dir genau so schwer fallen wie mir, ihn abzuschalten; aber das hier ist echt wichtig: Wenn du eine Geschichte schreibst, willst du natürlich, dass sich der Leser alles genau so vorstellt, wie du.

Du beschreibst jedes Detail supergenau, rechnest vielleicht die Entfernung in Metern und die Zeit in Minuten, zählst auf, was Karl in seine Tasche packt und mit welcher Buslinie er wohin zu fahren gedenkt.

Das ist in einigen Fällen nicht schlecht, manchmal allerdings schon, z.B. wenn es um etwas geht, das für die Geschichte an sich von absoluter Nebensächlichkeit ist.

Das Verhältnis von erzählter Zeit (die fünf Minuten, die Karl braucht, um seine Tasche zu packen und zum Bus zu sprinten) zu Erzählzeit (die Zeit, die der Leser braucht, um diese Aktion zu lesen) muss einfach der Aktion angemessen sein.

Wenn du zeigen willst, dass Karl eine Sache sehr genau wahrnimmt, weil es ihn sehr interessiert (zum Beispiel das hübsche brünette Mädel auf der anderen Straßenseite), weil sie für ihn wirklich wichtig ist (die Notizen für das Bioreferat, ohne das er pappen bleibt) oder weil er sich so von etwas anderem ablenken will (er hat die total Angst, das Referat zu verhauen), ist eine genaue Beschreibung der Vorgänge in und um Karl angebracht; geht es um etwas Unwichtiges (z.B. einen total normalen, langweiligen Tag), ist es besser, den ganzen Sermon auf einen Satz oder Nebensatz zu komprimieren (es sei denn natürlich, du willst genau diese Langweiligkeit betonen – aber bitte nicht übertreiben damit!).

Deine Aufgabe ist nun, zu lernen, zu erkennen, wann Erzählzeit > erzählte Zeit angebracht ist und wann das Gegenteil.

Beste Hilfe ist dabei die Meinung deiner Lektoren.

Direktes und indirektes Denken

Deine Charaktere müssen denken. Aber kein normaler Mensch denkt 'Hmmm, das erinnert mich an diese Serie, die ich früher mal gesehen habe, da war so ein komischer Typ, der hieß Karl und der hat auch immer so was gemacht.', wenn ihn gerade einer verkloppen will. Du willst/kannst aber nicht auf den Inhalt dieses Gedankens verzichten. Was tust du dann? Du beschreibst die Gedanken einfach ohne Anführungszeichen. Also:

Für einen Moment fühlt/e er sich/ich mich, als sei er/ich in diese Fernsehserie versetzt worden, in der die armen Langobarden von Karl niedergemetzelt wurden – oder war das nur ein Überzetzungsfehler? Der erste Faustschlag reißt/riss ihn/mich von den Füßen usw. So hast du die Möglichkeit, beliebig weit abzuschweifen, ohne dass es unrealistisch wird. Schließlich denkt der Mensch und denkst du wahrscheinlich auch nicht immer in perfekt ausformulierten Sätzen, die wie ein Selbstgespräch anmuten.

Revisionen

Es hört sich vielleicht frustrierend an, aber Überarbeiten nimmt immer mehr Zeit in Anspruch, als das eigentliche Schreiben.

Um das Ganze etwas abzukürzen, solltest du dazu übergehen, dein Zeug in regelmäßigen Abständen auszudrucken, denn auf dem Papier findet man mindestens dreimal so viel wie am PC, weil das Geschriebene dort (frag mich nicht warum) völlig anders wirkt, als auf dem Bildschirm.

Schreiberling'sche Intuition

Bei all diesem instrumentalisierten Theorieblabla solltest du eins auf gar keinen Fall aus den Augen verlieren: Deine spontanen Einfälle, akuten Ideen und nicht begründbaren Gefühle von falsch oder richtig! Schreiben ist und bleibt eine Kunstform und Kunst kommt aus dem Innern und lässt sich nicht mit reinem Intellekt erzeugen! 'Theorien sind Krücken, die die Beine deiner Intuition zwar unterstützen, aber auf gar keinen Fall ersetzen können!'

Für alle LiteraturkurslerInnen unter Klasse 13

Du wendest viel Zeit für dein Geschreibsel auf? Du hörst von deinen Lektoren viel Lob? Du hast keine Angst vor Lehrern, viel Ausdauer und einen starken Willen? Dann ist das hier vielleicht etwas für dich:

Die Außerschulische Leistung oder Besondere Lernleistung (ASL/BL), die als Ersatz für das kurz diskutierte fünfte Abifach eingeführt wurde. Diese ASL ist eine von Umfang und Arbeitsaufwand einem Schuljahr angemessene Arbeit, die in sämtlichen Fächern absolviert werden kann, 1/3 der Abinoten ausmacht (die Noten der Abifächer werden eigentlich vierfach gezählt, mit einer ASL werden sie dreifach gezählt und die ASL-Note kommt als Sahnehäubchen obendrauf) und bei den betroffenen Lehrern sehr wahrscheinlich erst mal auf vehementen Widerstand stößt, weil sie mehr Arbeit bei gleicher Bezahlung auf sich zukommen sehen – zumindest kann das passieren, man soll ja auch den schönen Besamtenstab nicht über einen Kamm scheren.

Die ASL muss bis Ende 12.2 von der Schulleitung genehmigt werden und setzt sich (im Fach Literatur) aus dem schriftlichen Werk, einem reflexiven Bericht (in dem z.B. die verwendeten Stilmittel, die Charakterstrukturen, einzelne Szenen usw. erläutert werden) und einem halbstündigen Kolloquium (da musst du mit deinen beiden Betreuungslehrern über dein Werk diskutieren) zusammen.

Frag mal bei deinen Oberstufenleitern nach den Richtlinien (und halt dir den Vertrauenslehrer warm, der kann nämlich unter Umständen für schöneres Wetter bei den betroffenen Lehrern sorgen).

Verlegen?!

Wenn du nicht einfach nur zum Spaß schreibst, willst du deinen Kram natürlich auch verlegen lassen. Das ist für Erstlingsautoren nicht ganz einfach, aber auch nicht unmöglich und erfolgt in 7 Schritten (die hier vorgefundene Reihenfolge ist nicht obligatorisch):

- Du arbeitest qualitätsbewusst, gewissenhaft und mit Blick aufs Detail, damit dein Buch gut genug ist, um verlegt zu werden.

- Du verfasst ein Exposé (eine Zusammenfassung des Inhalts + Angabe des Werkumfangs auf max. 1½ Seiten - was genau der jeweilige Verlag will, kann man aber auf deren Homepage, bzw. bei dem viel zu beschäftigten Telefonsklaven abfragen), gibst eine Leseprobe dazu (meistens wollen sie den Anfang oder um die 6 Seiten mit einer besonders gelungenen zusammenhängenden Szene), hängst einen kurzen Lebenslauf an (der ist nicht unbedingt nötig, aber manche

Verlage mögen es) und heftest es in eine Bewerbungsmappe.

Höflich wäre es außerdem, noch ein kurzes Zuschreiben beizufügen, und die meisten mögen es, wenn du einen an dich selbst adressierten, frankierten Rückumschlag beilegst. Sowohl das persönliche Anschreiben als auch den Rückumschlag solltest du schon aus egoistischen Gründen beilegen – viele Verlage, die persönlich angesprochen werden, antworten auch mit einem kurzen Schreiben – das ist auch bei einer Absage erfreulicher, als einfach nur seinen Kram kommentarlos zurückzubekommen.

Und natürlich geht Bewerben auch ins Geld, also nimm lieber das Rückporto auf dich, als dauernd neue Bewerbungsmappen herstellen zu müssen.

- Du fragst den Buchhändler deines Vertrauens, ob er unter Umständen weiß, welche Verlage zur Zeit 'Verlag sucht Autor'-Anzeigen rausgeben, schaust dir im Internet Verlagsprogramme an, um zu sehen, ob dein Buch vielleicht reinpasst (schicke an die Verlage mit Kontaktadresse eine kurze E-mail, in der du deine Geschichte möglichst kurz abreißt und freundlich fragst, ob sie vielleicht in das Programm passt).

- Schicke für den Anfang fünf bis zehn Exposés ab (notiere dir, an wen du sie geschickt hast). Wenn du dann nach zwei Wochen bis drei Monaten eine Absage nach der anderen bekommst, lass dich nicht entmutigen (Robert Schneider, der Autor von 'Schlafes Bruder', wurde der Legende nach erstmal von 21 Verlagen abgelehnt), sondern schicke jedes zurückgesendete Exposé an einen neuen Verlag. Irgendwann wird es schon klappen.

- Verschicke dein gesamtes Manuskript, wenn dich ein Verlag darum bittet (hier ist ein höfliches Zuschreiben obligatorisch), aber erst, nachdem du ein Exemplar von einem Notar hast versiegeln lassen, so von wegen Urheberrecht (das kostet um die 30-40€, aber das ist nichts gegen der Ärger, den ein Urheberrechtsverfahren macht).

- Wenn man dich bzw. dein Buch dann verlegen will, lass dir einen Mustervertrag zusenden und den erst mal von einem darauf spezialisierten Anwalt prüfen (das Beste wäre natürlich, wenn du irgendwo in deinem Bekanntenkreis jemanden auftun könntest, der es für Lau macht - ein Rentner mit Organisationstalent und zu viel Freizeit kann sich auch als nützlich erweisen).

- Wenn du dann verlegt bist und der Verkauf gut läuft, feiere eine riesige Party und fühle dich geehrt.

Natürlich ist das nur der absolute Idealfall für einen Erstlingsautoren. Wir wollen nicht verscheigen, dass ein reibungsloser, 'schneller' Ablauf eher die Ausnahme als die Regel darstellt. Darum wären Verlagstipps nicht komplett, ohne ein paar Übergangslösungen darzustellen:
Oft hilft es, sich als Autor einen Namen zu machen, schon bevor man das ehrgeizige Projekt anpackt, einen Roman verlegen zu wollen. Dazu hilft es beispielweise sich mit ein paar kleineren Werken – Kurzgeschichten, Gedichte – bei Literaturzeitschriften vorzustellen.
Auch diverse Kurzgeschichten- und Gedichtwettbewerbe sollte man nutzen, denn auch wenn man dabei keinen Blumentopf gewinnt, werden meist die besten 100-200 Werke in einer Anthologie veröffentlicht – jedes Mal eine Veröffentlichung mehr, auf die man in seinem Lebenslauf hinweisen kann.

In Zeiten der digitalen Datenverarbeitung sollte man auch die Möglichkeit, sein Buch 'online' zu verlegen, in Betracht ziehen. Dies geschieht bei sogenannten BOD (Book on Demand) Verlagen. Diese Verlage arbeiten im Auftrag des Autors, stellen also eine Dienstleistung zur Verfügung. Dies hat zum Vorteil, dass der Autor alle Rechte an seinem Werk behält, in allem die letzte Entscheidungsgewalt hat und es keine Mindestauflage des Buches gibt. Gedruckt werden nur so viele Bücher, wie auch bestellt werden - das Eigenrisiko ist somit gering.
Der Nachteil dieser Velragsart ist, dass die Dienstleistung des Verlages normalerweise kostet und keinerlei Werbung von Seiten des Verlages gemacht wird. Im Vergleich zu Selbstkosten-Verlagen, die teilweise 10.000€ oder mehr Eigenkapital für das Verlegen eines Buches einfordern (von solchen Geschäften ist unbedingt abzuraten), ist ein BOD Verlag mit - je nach Verlag und Umfang der Dienstleistung (Seitenumfang, Papierart, Coverart usw.) - ca. 20-500€ jedoch noch günstig zu haben; manche Verlage empfehlen dieses Verfahren sogar

als 'Vorlauf', weil sie eine Bewerbung mit einem schon fertig gebundenen Taschenbuch bevorzugen.

Natürlich wird aber auch in BOD Verlagen eine ISBN vergeben und die meisten arbeiten mit Plattformen wie Amazon zusammen (t.w. muss dieser Service extra bezahlt werden). Wer also eine günstige Möglichkeit sucht, sein Buch für seine Freunde und Familie binden zu lassen, und nicht den Ehrgeiz hat, die nächste Joanne K. Rowling zu werden, ist vermutlich hier gut aufgehoben.

Auch im BOD werden natürlich trotzdem für jedes verkaufte Buch Tantiemen gutgeschrieben.

Zu guter Letzt gibt es die Möglichkeit, einen Literaturagenten zu beauftragen, dein Buch an einen Verlag zu bringen. Im Internet gibt es zahlreiche Foren und Plattformen, die dazu einen Erfahrungsaustausch bieten; daher soll hier nur kurz darauf hingewiesen werden, dass bei einem solchen Vertrag unbedingt darauf geachtet werden sollte, dass der Agent erst dann Anspruch auf seine Bezahlung hat, wenn er dein Buch auch sicher bei einem professionellen Verlag – nicht bei einem Selbstkostenverlag – untergebracht hat. Im besten Fall sollte man sich auf einen festen Prozentsatz der Tantiemen als Bezahlung einigen.

Wir hoffen, dass wir in diesem Buch ein paar Anregungen geben und einen Einblick in das geben konnten, was in der Welt des Schreibens so alles möglich ist und wie viel Spaß literarisches Arbeiten machen kann. Unser erklärtes Ziel war – vor allem, aber nicht nur – junge Menschen in unseren eigenen Alter (wieder) für das kreative Schreiben zu begeistern und ein bisschen von unserer eigenen Faszination und Erfahrung weiterzugeben. Sollten wir dieses hehre Ziel erreicht haben, ist das umso schöner. Solltest du, geneigter Leser, allerdings 'nur' Spaß beim Lesen dieses Buches gehabt haben, freut uns das aber genauso, denn schließlich ist das Buch an sich nicht reiner Selbstzweck, sondern da, um zu unterhalten!

Nachwort und special Thanks

Wir hoffen, dass wir dir in diesem Buch ein paar Anregungen und einen guten Einblick in die Möglichkeiten und den Spaß des Schreibens geben konnten, dass vielleicht etwas von unserer eigenen Begeisterung auf dich übergegangen ist und, und dass du bei deiner eigenen Arbeit von unseren Erfahrungen profitieren kannst.

Sofern wir dich trotz aller Anstrengung nicht davon überzeugen konnten, dass es sich lohnt, das Schreiben einmal zu versuchen, wünschen wir dir, trotzdem viel Spaß beim Lesen dieses Buches gehabt zu haben.

Und nun müssen wir noch ein paar Dankesworte loswerden:
Danke an Susanne 'Thalassa' Geduhn und Nadine 'Sternchen' Schilling fürs Korrekturlesen, and to Carolyn aka archetype-stock(.deviantart.com) for the beautiful shot we used for our cover design!

In diesem Sinne, write (and read) on!
Ela & Tine

Andere Veröffentlichungen

Manuela Sonntag - B(r)uchstücke (Anthologie)

Für den Leser – und auch manchmal für den Autor – ist eine Kurzgeschichte ei Fenster in eine größere Erzählung. Ein helles Spotlight, das nur einen kleine Teil eines Lebens, einer Handlung oder einer Idee beleuchtet und den große Kontext im Dunklen lässt.

Wenn wir eine Kurzgeschichten-Sammlung lesen, schlendern wir also ein bunte Schaufensterpassage entlang - hinter jedem dünnen Glas eine neue Idee ein neues Bild, eine neue Geschichte, von der jede das Potenzial in sich trage könnte eine große, eigenständige Saga zu werden.

Christine Schuhmann & Manuela Sonntag - Perlen für die Säue (Anthologie)

In unseren unbescholtenen Schuljahren – Rund um die erste aufsehenerregende Pisastudie - hat man einmal zu uns gesagt: ‚Romane mögen ja noch angehen, aber Kurzgeschichten und Gedichte für deutsche Jugendliche unter 25 schreiben, dass ist Perlen vor die Säue werfen.' Gut, haben wir uns damals gedacht, dann ist es genau das, was wir tun wollen. ‚Perlen FÜR die Säue' schreiben und zeigen, dass deutsche Jugend mitnichten so tumb und unreflektiert ist, wie man sie gerne sehen möchte.

Und wenn wir alles richtig gemacht haben, dann ist es auch geeignet für Menschen, die sich vielleicht zum erstem Mal hinsetzen und endlich aufschreiben, was ihnen schon lange im Kopf herumgeht, weil sie uns einfach glauben, dass Sprache und Literatur Spaß machen können, wenn man es einfach mal versucht!

Manuela Sonntag - William Shakespeare, Subject of the Crown? (Sachbuch)

Shakespeare and his work have inspired many books by literary scholars and historians throughout the century Yet the problem stated above has been an essential part in all of them. What can we know about a man of whor nothing is known, except what he chose to let his characters say and do? Can there really be any certainty abou Shakespeare's opinions, thoughts, ideas, even on the most trivial matters? Isn't this a dangerous confusion o person and fiction?

This essay will not try to find certainty among the many statements made about author and work over the year but try to relate some of Shakespeare's 'non-historical' plays to contemporary politics – one part dedicated to the English Renaissance as a century of change and progress, the other part literary analysis of Shakespe are's plays with consideration of this political zeitgeist.

Andere Veröffentlichungen

Manuela Sonntag

Der Rosenfriedhof

Manuela Sonntag - Der Rosenfriedhof (Roman)

Wir alle sind ständig auf der Suche.

Auf der Suche nach Glück, Liebe, Geld, Macht oder dem Sinn unseres Lebens. Rebecca Curtis ist da keine Ausnahme.

Obwohl ihr Leben eine Blaupause für amerikanisches Familienglück zu sein scheint, kann sie den Verlust ihrer ersten großen Liebe nicht akzeptieren. Doch als sie beginnt sich mit dem Sinn ihres Lebens auseinanderzusetzen, führt sie die Suche nicht nur in ein unbekanntes Land, sondern schickt sie auch auf eine Reise in die Vergangenheit, die ihr bisheriges Leben völlig auf den Kopf stellt.

Mitten in den grünen Hügeln Irlands begegnet sie Hass und Liebe, Intrigen, Mord, Freundschaft und Erfüllung und muss lernen, dass manchmal nur der weiteste Weg zu uns selbst führt.

Manuela Sonntag - Krieg den Schatten (Roman)
Veröffentlichung voraussichtlich 2017

„Am Anfang waren der Himmel und die Sterne und sie waren unendlich und uralt. Doch eines Tages wurde die Götting Gaya geboren und sie beschloss, dass es eine Welt geben müsse, in dem Feuer und Wasser, Wind und Erde existieren müssten, denn alles was der Himmel und die Sterne ihr bieten konnten, waren Licht und Dunkelheit."

Elysion ist ein Kontinent im Gleichgewicht von Licht und Schatten. Im Lichtreich wachen die Steinweisen über den Frieden und die Priesterschaft verehrt die Geister der Elemente.

Im Schattenreich herrschen die Jormundr über die mächtigen Familien der dunklen Völker.

Seit Jahrtausenden hielten sich diese Kräfte gegenseitig in Balance. Jetzt muss sich diese Welt verändern.

Eine ungewöhnliche Apparatur, ein wilder Drache, ein undenkbarer Krieg gegen die Schatten und eine unvorhergesehene Liebesgeschichte wird sie dazu zwingen.

Thomas Michalski

Thomas Michalski wurde 1983 in Euskirchen geboren und wuchs anschließend in der kleinen Stadt Schleiden in der Eifel auf. 2003 zog er nach Aachen und absolvierte dort an der RWTH ein Studium der Germanistischen und Allgemeinen Literaturwissenschaft sowie der Philosophie.
Er lebt weiterhin in Aachen und arbeitet dort als Layouter und Grafiker.

Er war mehrere Jahre als Journalist tätig, veröffentlicht Artikel in verschiedenen Fachmagazinen und ist der Autor mehrerer Bücher aus den Bereichen Sachbuch und Belletristik.

Weitere Informationen unter www.thomas-michalski.de

🐦 @seelenworte

Einfach Filme machen
Zweite Auflage

Erscheint 2016/2017

Jeder kann Filme machen!

Man braucht dafür keine Multi-Millionen-Dollar-Budgets, keine aufwendigen Spezialeffekt-Werkstätten oder weltberühmte Stars. Was man braucht ist vor allem eine spannende Idee, eine Kamera und etwas Kreativität.
Das nötige Hintergrundwissen hingegen findet man in diesem Buch. Vom Schreiben des Drehbuchs und Planen der Drehtage, vom Suchen und Finden von Crew und Schauspielern, über Equipment, Inszenierung, Schnitt und Spezialeffekte bis hin zum Marketing verrät einem Einfach Filme machen alles, was man wissen muss.
Hier werden professionelle Theorie mit Tipps und Tricks aus Jahren des No-Budget-Filmens vereint wie es bisher noch nie geschehen ist.

Die Erstauflage des Buches erschien 2009. In der komplett überarbeiteten zweiten Auflage werden technische Entwicklungen seither berücksichtigt und zahlreiche Themengebiete noch weiter vertieft.

Lovecraft und Duve
8,95 Euro

ISBN:
978-3-732-27348-5

H.P. Lovecraft und Karen Duve – zwei Schriftsteller, die auf den ersten Blick keinerlei Parallelen zueinander aufzuweisen scheinen. Der eine einer der Begründer der modernen, amerikanischen Schauerliteratur, die andere eines der Aushängeschilder der Bewegung, die als deutsches „Fräuleinwunder" tituliert für junge Autorinnen um die Jahrtausendwende stand.
Als Duve zur Welt kam, war Lovecraft bereits 24 Jahre verstorben.

Und doch finden sich in Texten der beiden Autoren Parallelen. Lovecraft wie Duve verwenden in einigen ihrer bekanntesten Texte das Motiv humanoider Fisch-Mensch-Hybriden; doch wo formale Ähnlichkeit herrscht, findet sich zugleich große, inhaltliche Differenz.
Doch wie kommt es dazu? Warum ist dieses in sich eigenwillige Motiv so einprägsam, und doch zugleich so offen, dass es grundverschiedenen Schriftstellern mit fast diametralen Ansichten dennoch gleichermaßen dienen kann.

Dieses Buch begibt sich auf die Suche nach einer Antwort.

Dunkle, schauerliche Wälder und geheimnisvolle, im Nebel verborgene Moore – die Eifel kann ein sehr gruseliger Ort sein. Das merken auch immer wieder Fremde, die sich in diese kalte und regnerische Region wagen.

In „Das Dorfgeheimnis" ist es ein junger Mann, der eigentlich einen Freund besuchen möchte, doch als er diesen nicht antrifft, auf die Spur eines grässlichen, weit in die Geschichte eines Eifeldorfes reichenden Geheimnisses stößt.

In „Verfluchte Eifel" machen sich fünf Studenten auf in die Region, um einerseits Urlaub zu machen, andererseits aber auch, um einer alten Legende um einen mysteriösen Kirchenraub nachzugehen. Doch nicht nur geraten sie so einigen örtlichen Verbrechern in die Quere, auch an der Legende scheint mehr dran zu sein, als den jungen Leuten lieb sein kann.

Verfluchte Eifel
8,95 Euro

ISBN:
978-3-7392-1874-8

Als eine junge Frau tot in einer Hütte im Wald aufgefunden wird, scheint die Liste offener Fragen kaum ein Ende zu nehmen: Wer ist sie? Warum liegt sie dort im Wald? Wer hat sie ermordet – und warum?

Journalist Philipp Kreil kann sich mit der offiziellen Erklärung, es sei eine willkürliche Tat gewesen, nicht zufrieden geben. Gemeinsam mit seiner jungen Kollegin Karin beginnt er eigene Nachforschungen. Die Spuren führen sie zur ansässigen Universität – gibt es in den Mauern ihrer Alma Mater ein Geheimnis, das einen Mord wert ist?

Schleier aus Schnee
11 Euro

ISBN:
978-3-7386-5966-5

Jedes Jahr pilgern die Leute aus dem ganzen Umland in ein kleines Eifeldorf, um einem ganz besonderen Osterritus beizuwohnen: Große Räder aus Holz werden mit Stroh und Reisig versehen, entfacht und eine kleine Steilklippe nahe der Siedlung hinabgeschickt, um die bösen Geister zu vertreiben. Ein Brauch, vielleicht so alt wie das Dorf selbst.

Als jedoch der ansässige Pfarrer während der Karfreitagsprozession ums Leben kommt, gerät das ganze Fest aus den Fugen. Weder der junge, vor kurzem erst zugezogene und unerwartet an sein Amt gekommene Bürgermeister, noch eine Journalistin, die eigentlich nur für einen Brauchtumsbericht angereist ist, können sich auf die Vorgänge einen Reim machen.

Als jedoch schon am Tag nach dem Mord ein Ersatz für den verstorbenen Priester eintrifft, direkt aus der Heiligen Stadt, wie man sagt, ist den beiden eines klar: Hier geht es um mehr, als es zunächst den Anschein hat

Verdorbene Asche

Erscheint 2016/17